U0928506

山月记

さんげつき

〔日〕中岛敦 —— 著

汤丽珍 —— 译

台海出版社

图书在版编目（CIP）数据

山月记 : 中岛敦作品选 / (日) 中岛敦著 ; 汤丽珍译 . -- 北京 : 台海出版社 , 2023.2
ISBN 978-7-5168-3466-4

Ⅰ . ①山… Ⅱ . ①中… ②汤… Ⅲ . ①中篇小说—小说集—日本—现代②短篇小说—小说集—日本—现代 Ⅳ . ① I313.45

中国版本图书馆 CIP 数据核字（2022）第 230207 号

山月记：中岛敦作品选

著　　者：[日] 中岛敦　　译　　者：汤丽珍

出 版 人：蔡　旭　　责任编辑：俞滟荣

出版发行：台海出版社
地　　址：北京市东城区景山东街 20 号　　邮政编码：100009
电　　话：010-64041652（发行，邮购）
传　　真：010-84045799（总编室）
网　　址：http://www.taimeng.org.cn/thcbs/default.htm
E - mail ：thcbs@126.com

经　　销：全国各地新华书店
印　　刷：北京盛通印刷股份有限公司
本书如有破损、缺页、装订错误，请与本社联系调换

开　　本：880 毫米 ×1230 毫米　　1/32
字　　数：242 千字　　印　　张：10.75
版　　次：2023 年 2 月第 1 版　　印　　次：2023 年 5 月第 1 次印刷
书　　号：ISBN 978-7-5168-3466-4

定　　价：43.00 元

担心自己并非珠玉，不敢刻苦磨炼，
同时又自信我本为珠玉，不愿与瓦砾为伍。

◇◇◇◇◇◇◇◇◇

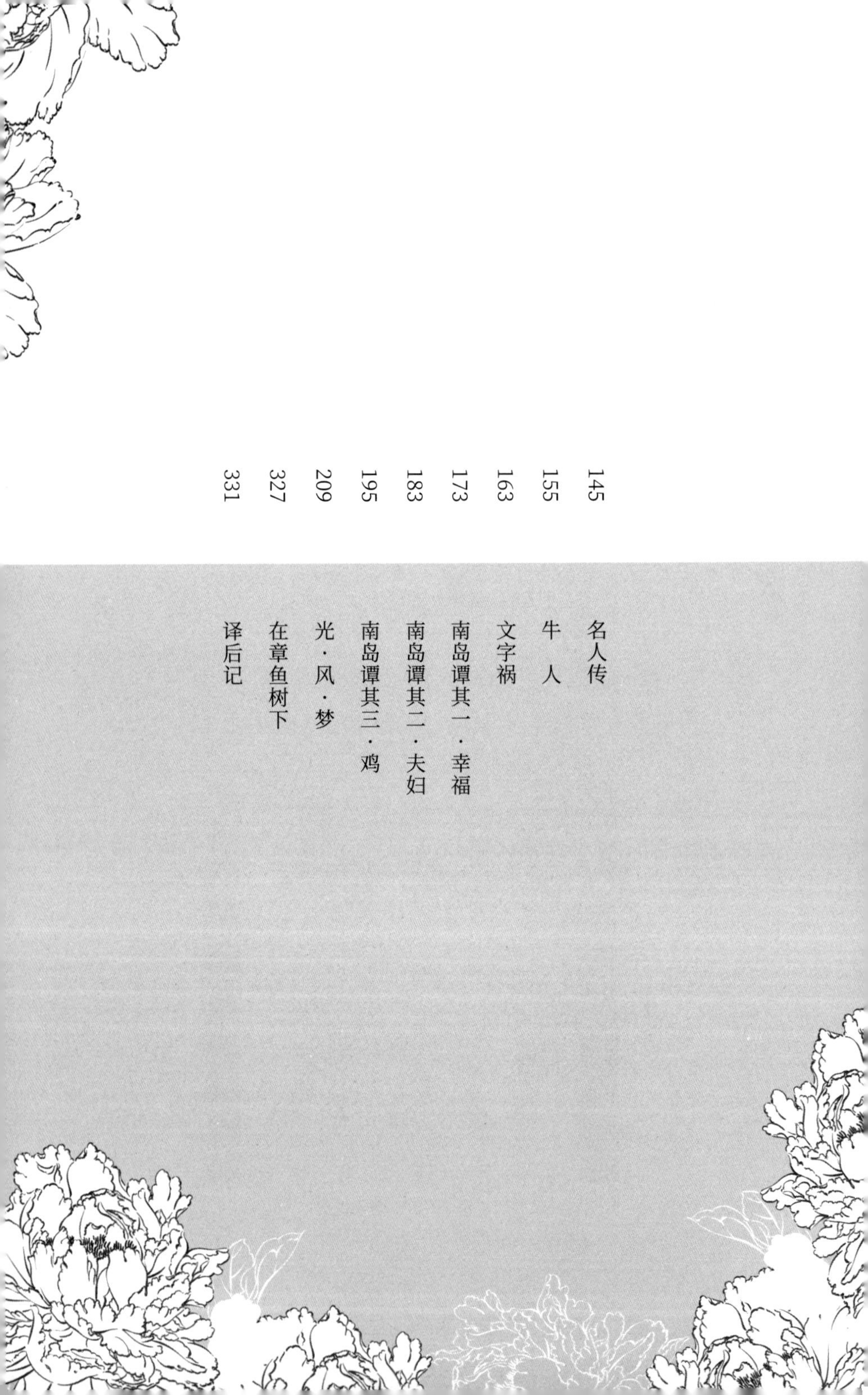

名人传 145
牛　人 155
文字祸 163
南岛谭其一·幸福 173
南岛谭其二·夫妇 183
南岛谭其三·鸡 195
光·风·梦 209
在章鱼树下 327
译后记 331

目录

もくろ

山月记 001

弟子 009

李陵 047

盈虚 089

悟净出世 101

悟净叹异 127

山月记

さんげつき

此夕溪山对明月，不成长啸但成嗥。

山月记

陇西有个才子叫李征，学识渊博，才华出众。天宝末年，李征年纪轻轻便荣登虎榜[①]，后补缺调任江南尉。然而此人生性狷狂，自视甚高，决不甘与稗官贱吏为伍。不久，他便辞官回到故里虢略，闭门与人绝交，终日醉心诗作。

在他看来，与其作为小吏常年于高官显贵面前卑躬屈膝，不如以诗人身份流芳百世。然而，文名远扬实属不易，生活倒是日渐困苦。李征心中渐生焦躁，面容消瘦，形销骨立，唯独那目光炯炯有神，进士及第时的翩翩美少年风姿已荡然无存。

数年后，李征不堪贫困，为保妻儿衣食无忧，终于再次东行，谋了一个地方官吏的职位。这也是因为对自己的诗文几近绝望而致。昔日的同侪早已身居高位，而自己却不得不听命于原本不屑一顾的愚钝之辈。不难想象，此事对往日才俊李征的自尊心造成了多大的伤害。他快快不乐，狂悖的性情越发难以抑制。

---

① 龙虎榜的简称，即进士榜。

一年后，李征因公外出，宿于汝水之畔时，终于发了狂。那天半夜，李征突然脸色大变，从床上坐起来，口中发出莫名其妙的喊叫，跳下床榻奔入黑暗之中，一去不返。众人寻遍附近山野，丝毫不见他的踪迹。此后，再也无人知晓李征的状况。

次年，监察御史——陈郡人士袁傪奉命出使岭南，途中寄宿商於。次日一早天色未明便欲启程。驿官劝道："前方路上有食人虎出没，行人只可在白昼通行。如今天色尚早，再稍候片刻为宜。"但袁傪自恃随从甚多，斥退驿官便动身启程了。

众人借残月之光穿行于林间草地之际，果真有一猛虎自草丛中一跃而出。猛虎扑向袁傪，千钧一发之际，竟倏忽转身躲回了草丛。只听草丛中传来人声，反复低喃："好险！好险！"袁傪觉得那声音似曾相识。惶恐之余，忽然明白过来，大叫："听那声音，莫非是我友李征兄？"袁傪与李征同年进士及第，李征朋友不多，袁傪曾是他最亲密的友人。或许也是因为袁傪性格温和，与性情倨傲的李征从未发生过冲突吧。

许久过去了，草丛中并没有任何回应，只传来断断续续的低泣声。良久过后，才听到有人低声答道："在下正是陇西李征。"

袁傪已将恐惧抛诸脑后，翻身下马走近草丛，与其畅叙离衷。然后袁傪问："为什么不现身相见？"

李征答道："如今我已成为异类之身，岂能没羞没臊地以丑陋之躯出现在故人面前呢？"又说道，"若我现身，势必让你感觉畏惧、厌恶。然而，如今意外邂逅故人，心中倍感怀念，倒是让我忘记愧赧了。求你了，可否莫嫌弃我如今的模样，与你的昔日好友李征闲谈片刻？"

事后忆起此情此景，确实不可思议。然而当时，袁傪竟欣然接受了如此超自然的异象，并且丝毫不觉得诧异。他命令部下停止前进，自己站到草丛边，与那不见其身的声音对谈起来。年少时亲密无间的挚友，以毫无隔阂的语气聊起了京城传闻、旧友的消息，谈到袁傪如今的地位，李征对此表达了祝贺。之后，袁傪问李征为什么变成了如今的模样，草丛中的声音如是说：

"大约一年前，我出行途中夜宿汝水之畔，一觉醒来，听到门外有人呼唤自己的名字。应声出门一看，并无人影，那声音却在黑暗中频频召唤，我便不由自主地追声而去。忘我疾行间，不知何时竟已进入山林，而且还是以双手撑地之势狂奔着。我感觉体内力量充沛，可轻松跃过岩石。回过神时，只见指尖与胳膊似乎长出了绒毛。等天色稍明，我到山间溪流边观察水中倒影时，才知道自己竟已化为虎身。起初我简直不敢相信自己的眼睛。接着，又认为这一定是一场梦。因为我曾有过身在梦境但自知在做梦的经历。后来，当我不得不承认这一切并非梦境时，先是感到茫然，接着又觉得恐惧。一想到万事皆有可能，我就惶恐万分。可是，为什么会发生这样的事情？我百思不得其解。我们对一切都一无所知。老老实实地接受被不明不白地强加于身的事务，浑浑噩噩地生活下去，就是我们生灵的宿命。我的第一个念头就是想去死。可就在那时，恰好一只兔子从我眼前跑过，我体内的人性忽然消失了。当我再次清醒时，发现自己嘴里沾满了兔血，而四周散落着兔毛。那是我作为一头老虎的初体验。

"从那时至今，自己的种种行径，实在难以启齿。只是每日里必会有数个时辰会恢复人性。每到那时，我便和往日一样，既能说人话，也可思考复杂的问题，甚至能咏诵经书章句。当我以人性之心审视自己身为老虎时的种种残虐行径，回顾自身命运时，内心最感羞愧、恐惧、愤恨。而随着时光的流逝，连恢复人性的时间也日益缩短了。曾经的我会因为自己变成了老虎而惊诧，最近却忽然发现，我竟然为自己曾经是人类而疑惑了。这一切令我不寒而栗。或许再过些日子，就像旧宫殿的基石逐渐被沙土所掩埋一般，我心中的人性会被兽性吞噬吧。届时，我终将彻底忘却自己的过往，作为一头猛虎四处狂奔，即便像今日这般与你相会，也认不出故人，而会将你撕裂吞噬，却毫无悔意吧！也许，兽类和人类原本都是某种别的物种吧！起初还记得自己的来历，而后便渐渐忘却，以为自己生来就是如今的形态吧！不，这些其实都无关紧要。或许，当人性完全泯灭时，我反而能得到幸福吧！但我心中的人性对此感到无比恐惧。啊！我是多么惶恐、多么悲伤、多么痛苦啊！自己身而为人的记忆将完全消失。除了与我有相同境遇之人，谁又能懂这种心情？哦，对了，在我尚未彻底丧失人性前，还有一事相求。”

袁傪一行人屏息凝神，入神地倾听着草丛中传出的那不可思议的声音。那声音继续说道：

“我也别无他求。我本想以诗成名。然而事业未成反遭此厄运。我曾作诗数百，还未曾为世人所知，遗稿也早已不知所踪。不过，至今还可记诵其中数十篇，望君能为我传录。我并不是想以诗人自居，虽不知作品巧拙，但这令我执着一生，为之倾尽家产、心狂智乱之物，若不能为后代留下片言只字，我将死不瞑目。”

袁傪命部下执笔，记录下草丛中的声音所说的内容。草丛中朗朗响起李征的声音。长长短短约三十篇，格调高雅，意趣卓逸，一读即可体会作者的非凡才华。袁傪赞叹之余，又隐隐有所感悟——确实，作者的资质无疑是一流的，然而，若要成为一流作品，在某些地方（非常微妙的点）还是有所欠缺的。

吟诵完旧诗，李征语气一转，自嘲般说道：

“说来也惭愧，虽然如今已沦落到如此凄惨的下场，我还在梦里见过自己的诗集摆在长安风雅人士案头的情形。那是我横卧洞窟时做的梦，可笑吧，我这个诗人没当成倒变成虎的可怜人（袁傪回忆起年轻时李征的自嘲习惯，不由得唏嘘）。

“对了，我即兴作诗一首，聊表眼下思绪，权当博你一笑吧，也证明曾经的李征依然苟活于这猛虎身上。”

袁傪又命部下将其写下来。诗曰：

偶因狂疾成殊类，灾患相仍不可逃。
今日爪牙谁敢敌，当时声迹共相高。
我为异物蓬茅下，君已乘轺气势豪。
此夕溪山对明月，不成长啸但成嗥。

此时，残月冷光盈盈，地上白露漫漫，树间冷风簌簌，无不宣告着黎明将至。众人早已忘记此事的奇异之处，各个表情肃然，感叹诗人的不幸。李征的声音继续说道：

“我刚才说，不知道自己为何会遭此命运。但仔细一想，也并非完全心中无数。我还是人类时，就极力避免与人交际。世人都说我倨傲自大，却不知道其实是近乎羞耻心的念头作怪。曾被称为一方鬼才的我，自然也有自尊心。我妄想以诗成名，又不愿主动拜师交友，与人切磋琢磨。话说回来，我是耻于与俗人为伍的。一切的罪魁祸首便是我那怯懦的自尊心和自大的羞耻心。担心自己并非珠玉，不敢刻苦磨炼，同时又自信我本为珠玉，不愿与瓦砾为伍。渐渐地，我与世间脱钩，与人群疏远，任由内心那怯懦的自尊心因愤懑和羞恨日益膨胀。

“听说人人都是驯兽师，所驯的猛兽就是各自的性情。于我而言，猛兽便是这自大的羞耻心。那是一头猛虎，毁了自己，苦了妻儿，伤了朋友，最终连自己的外形也变成了与内在相符的形态。如今回想起来，我竟白白浪费了自己仅有的那些浅薄之才。嘴上总挂着“若无作为，人生苦长；欲有所为，人生苦短”的警句，实则受控于害怕暴露才能不足的畏惧和讨厌奋斗的怠惰。才能远不如我却专心磨炼，最终成为大诗人的大有人在。如今我已完全化身为虎，终于醒悟这道理。每每念及此处，我仍深感悔恨，心如火烧。我已无法以人类的身份生活。如今的我，即便心中诗作再优秀，又能以什么方式公之于众呢？更何况，我的精神已日渐一日地接近于猛虎。我该如何是好？我所浪费的时光又当如何？每当我不堪忍受时，我便登上对面山顶，对着空谷吼叫。满腔悲伤焦灼，总想找人来倾诉。

“昨夜，我也在那儿对着月亮长啸，希望有人能分担我心中的苦闷。可百兽听到我的声音，只是惊慌畏惧，跪拜臣服。山、树、月、露，都只当这是一头猛虎的狂怒。任我蹿天卧地，悲叹连连，满腹心绪却无人能懂。一如我身为人类时，没人理解我那容易受伤的心。濡湿我这皮毛的，绝不仅仅是夜露。”

笼罩四周的夜色逐渐变淡。林间传来阵阵报晓号角，声声悲切，竟不知所起。

“是时候离别了。我不得不沉醉（不得不变回猛虎）的时刻即将到来。”李征的声音说道。

“但临别之前我还有一事相求，就是我的妻儿。他们还在虢略，应该不知道我的命运。你从南方回去后，能否告诉他们我已不在人世，万万不可告诉他们今天的事。我自知厚颜无耻，但若能可怜他们的孤弱无助，帮忙照顾一二，不至于日后因冻饿惨死道边，我将感激不尽。”

话音刚落，草丛中就传来恸哭声。袁傪也忍不住泪眼婆娑，欣然应允了李征的请求。然而，李征的声音又恢复了先前的自嘲语气，说道：

“若我还是个人，此事应该先托付的。比起忍饥挨冻的妻儿，我竟然更在意自己那乏善可陈的诗业，所以我这样的男人才会堕落为野兽之身吧。”

随后，李征补充道，希望袁傪从岭南回来时绝不要再路过此地。只怕自己届时又因醉不识故人而加以袭击。又说：“待会离别后，你登上前方百步远的山丘，回头看这里一眼，我想让你再看看我现在的模样。绝不是为了炫耀勇猛，而是再次展示我这丑陋的模样，让你再也生不起路过此地看我一眼的念头。”

袁傪面向草丛，情真意切地辞别后，翻身上了马。草丛中又传来似乎不能自已的悲泣声。袁傪也一步三回头地望向草丛，含泪启程。

一行人登上山丘，依李征的嘱咐回头眺望刚才的林间草地。他们看到，一头猛虎突然从茂密的草丛中一跃而出。猛虎仰望已经失去光芒的残月，咆哮了两三声，随即跳回草丛，再也不曾现身了。

弟子（でし）

子路下定了决心——要保护此人不受浊世的种种侵害。

弟　子

一

鲁国卞邑有一位游侠，姓仲名由，字子路。近来听说陬邑的孔丘贤名远扬，有意前去羞辱一番。

只见他蓬头突鬓、垂冠，身穿短后之衣[①]，左手提只雄鸡，右手拎只公猪，气势汹汹地直奔孔丘家，想要看看那冒牌贤者有什么本事。他摇鸡晃猪，试图以喧嚣之音扰乱儒家的弦歌讲诵之声。

在鸡鸣猪嚎的喧闹声中冲进屋来的青年怒眼圆瞪，而圜冠句屦、垂饰佩玦、凭几而坐的孔子和颜悦色，二人之间产生了如下对话：

“你好什么？”孔子问。

“我好长剑。”青年昂然而答。

孔子不由得微微一笑。在他看来，这位青年的态度和语气

---

① 即短后衣，后幅较短的上衣，多为武士穿着，便于活动。

中洋溢着稚气与自负。面色红润，浓眉大眼，这位一看就十分剽悍的青年脸上，自然地流露出一种惹人怜爱的坦率。孔子又问：

“学又如何？”

“学习有何用？”子路本就为了说这句话而来，他气势汹汹地怒答。

学问的权威性受到挑衅，可不能一笑了之。孔子开始语重心长地阐述学问的必要性：“夫人君而无谏臣则失正；士而无教友则失听。木头不是受到墨绳牵引才能取直吗？正如御马要鞭策，操弓不反檠[①]，人又怎能不以教来矫正恣意妄为的性情呢？经匡正磨炼，方可成为有用之才。”

孔子的口才极具说服力，仅凭流传后世的语录文字实难想象。除了话中之理，那沉稳的语气、抑扬顿挫的语调，还有确信不疑的论证态度，都蕴含着一种无论如何也要说服听者的力量。青年脸上的抗拒之色渐渐消退，转为洗耳恭听的模样。

“可是，”子路并没有丧失反击的气力。“我听说南山的竹子，无需煣烤加工，自然长得笔直，将它砍下来，就能穿透犀牛的厚皮。如此看来，对天资卓越者而言，又有什么学习的必要？”

于孔子而言，击破如此幼稚的喻证简直易如反掌。

“你所说的南山之竹，若是绑上羽毛，安上箭头，再将箭头磨锋利的话，又何止穿透犀牛皮呢？”

听了孔子这句话，单纯到可爱的青年一时语塞，无言以对。他面红耳赤地呆立在孔子面前，似乎陷入了思考。不一会儿，

---

① 檠（qíng），矫正弓弩的器具。

他突然扔掉手里的鸡和猪，低头认输："谨受教诲。"

子路的认输并非仅仅因为词穷。实际上，进屋见到孔子第一面，听到孔子第一句话时，他就明白这里出现鸡和猪是何等不合时宜，自己早已被实力悬殊的对手那宏大的格局所慑服。

当日，子路行了拜师礼，拜入孔子门下。

二

子路从没见过这样的人。他曾经眼见过举千斤之鼎的勇士，也听说过明察千里之外的智者。但孔子身上所具备的绝非那种怪物般的特异功能，只不过是最基本的常识的集合体。从智慧、情感、意志等精神内核再到各种身体能力的外显，无不显得平平无奇，却又因为得到了充分发展而出类拔萃。各项能力均衡发展，增一分则多，减一分则少，乃至单项能力的出色程度绝不会引人注目。子路第一次见到能力如此丰富之人。

他惊讶地发现，孔子豁达自在，丝毫没有迂夫子做派。他很快就感觉到，这是个饱经风霜、久经世故之人。可笑的是，就连子路引以为傲的武艺和膂力[①]，竟也是孔子更胜一筹，只不过孔子平日里并未显山露水。光这一点，就让侠士子路胆战心惊了。孔子可以敏锐地洞察任何人的心理，乃至让人误以为他也曾有过放荡不羁的生活。每每想到孔子的这种跨度——从这

① 力气。膂（lǚ），脊柱两旁的肌肉。

一面到极为高尚纯洁的理想主义的那一面，子路就发自内心地感到敬佩。

总而言之，这是一个放诸四海皆可的大丈夫。以最严苛的伦理来审视，他是个大丈夫；以最世俗的标准来衡量，他也是个大丈夫。

子路至今为止所遇之人的伟大之处，都在于其有利用的价值，都不过是因为在某方面有用，才被冠以伟大之名。而孔子则全然不同，孔子此人的存在就足以证明其伟大了。至少子路是这么认为的，他已对孔子佩服得五体投地。拜入门下不足一月，他就感到自己再也离不开这个精神支柱了。

后来，孔子经历了漫长且艰辛的流浪生涯，像子路这般欣然追随者，别无他人。他并不想以孔子弟子的身份谋求一官半职，而且滑稽的是，他留在老师身边甚至不是为了磨炼自身才德，是那种至死不渝、一无所求的、纯粹的敬爱之情，将他留在了老师身边。曾经那个长剑不离手的子路，如今是无论如何也离不开老师了。

都说四十而不惑，而那时孔子还不到四十岁，不过比子路年长九岁而已。可在子路心里，那年龄的差距几乎是无限的距离。

另一方面，孔子也为子路这超乎常人的桀骜不驯感到惊诧。若只是单纯的喜好勇武或是厌恶柔弱，倒也不乏相似之人，但像这位弟子般蔑视形式的，倒也鲜见。譬如说“礼”，虽说本质上归属于精神范畴，但所有“礼”也都必须从形式入手。可子路此人却不肯轻易接受从形式到内在的路径。听老师说“礼云礼云，玉帛云乎哉？乐云乐云，钟鼓云乎哉？”[①]时，他听得喜笑颜开，而一旦进入《曲礼》的细则解说，他就露出意兴阑珊的表情。要教这个汉子礼乐，还得与他抗拒形式主义的本能做斗争，对孔子来说难度极大。但对子路而言，学习这些东西更是难上加难。

子路景仰的是孔子此人的底蕴。但他没能理解，这种底蕴其实源于日常小事的日积月累。他常说“有本才有末”，但对如何培养这种“本”却缺乏实践性的思考，所以总是挨孔子训斥。他对孔子心服口服是一回事，但是能不能立即接受孔子的教化，又是另一回事了。

讲到“唯上智与下愚不移”[②]时，孔子并未把子路纳入考虑对象。哪怕此人缺点不计其数，孔子也不认为他是“下愚”。孔子比任何人都欣赏这位剽悍弟子身上独一无二的优点，那便是这个男人纯粹的无私，不计较利害得失。对该国百姓而言，这种美德过于稀缺，所以除孔子之外，没有任何人将子路的这种倾向视之为“德”。倒不如说在他们眼中，那是一种难以理解的“愚”。然而只有孔子深知，在这份难能可贵的“愚”面前，子路的勇猛和政治才干根本不值一提。

在对待父母的态度上，子路好歹是遵从了师嘱，克己复礼，恪守形式的。拜入孔子门下以来，原本性情暴戾的子路忽然孝

① 大意是：礼呀礼呀，说的只是玉器和丝帛吗？乐呀乐呀，说的只是钟鼓等乐器吗？

② 语出《论语·阳货》。意为：只有最智慧的人和最愚钝的人的本性，才不会改变。

顺起来，得到亲戚的交口称赞。被人夸赞后，子路反而觉得别扭。因为他觉得自己的所作所为都是些虚情假意，何来孝顺之说？反倒是当初那个任性妄为、让父母束手无策的自己更率真。同时，他又觉得如今因为自己的虚情假意而欢喜的父母很可怜。虽说子路不善于分析心理，却也是个极为率真之人，所以也察觉到了这一点。多年后的某一刻，当子路突然意识到父母已经年迈，一回想自己年幼时父母身强体壮的模样，顿时泪如雨下。自那之后，子路的孝顺才变成了无人可比的奉献行为。总之，在那之前偶尔为之的孝顺，也不过如此。

三

某日，子路走在街上，偶遇两三个昔日的好友。这几人虽不能说是游手好闲的无赖，却也是放纵不羁的游侠之徒。子路驻足与他们闲聊了几句。其中一人打量了子路的穿着后，语带讥讽地说道："哟，这就是所谓的儒服吗？真寒碜哎！"又问："你不怀念长剑吗？"子路没搭理他。可他接下来说出的话就叫人听不下去了。

"怎么样啊？听说那个叫孔丘的老师就是个骗子哎。脸上一本正经的，嘴里净说些言不由衷的话，看来是个相当会捞油水的呢。"这人的话里话外并没有什么恶意，只是和以往一样，在朋友面前口无遮拦罢了。没想到子路脸色大变，伸出左手猛地揪住那人的衣襟，右手挥拳狠狠地砸在那人脸上。接连揍了两三拳后才松手，对方便窝囊地瘫倒在地。子路将挑衅的目光投向已惊得目瞪口呆的另外两人，可他们深知子路的神勇，根本不敢上前，一左一右扶起挨揍的男子，连一句话也没撂下，就灰溜溜地离去了。

不知什么时候，这事也传入孔子耳中。子路被叫到老师跟前，虽然没被直接问起此事，却不得不聆听了这么一段训诫：

“古代君子，以忠信为本质，以仁义来自卫。遇到不友善者，则用忠信来感化；遇到侵扰暴力者，则用仁义去安定，何须动用武力呢？”“只有小人动辄以不逊为武勇，而所谓君子之勇，应以义为先。”子路听得心悦诚服。

数日后，子路又上街溜达了。他听到路边树荫下有一群闲人正说得热火朝天。听那意思，似乎是在说孔子的闲话——“从前、从前的，什么都要搬出‘从前’来贬损当下。反正谁也没见从前到底是什么样的，他想怎么说都可以呗。可凡事照搬从前的老套路就能治理好天下的话，那大家还费什么劲啊。对我们来说，肯定是活着的阳虎大人要比死了的周公更伟大啊。”

那是一个盛行以下克上[①]的世道。政治实权从鲁侯落入了大夫季孙氏手中，眼下又要落入季孙氏的家臣——阳虎这个野心家手中了。说话的家伙，没准就是阳虎的亲信。

“可是，听说阳虎大人打算起用孔丘哎。前阵子曾多次派人去请，没想到那孔丘竟避而不见。可见那人说起来头头是道的，

① 源于日本战国时期的一种历史现象，在一个等级社会里，地位低下的人用某种手段取代地位高的人，即为下克上，如分家篡夺主家、家臣弑杀家主、农民驱逐武士等。

其实对现实政治心里没谱吧。就他那号人啊——”

这时，子路从后方拨开人群，大步流星地走到说话人的面前。大家立刻认出他是个孔门弟子。那老头前一秒还在洋洋自得地口若悬河，一见到子路便大惊失色，竟莫名其妙地对着子路鞠了个躬，躲到人墙背后去了。想必是子路那瞋目裂眦的凶相太骇人吧。

随后的一段时间里，同样的事情在多处上演。人们只要远远地望见怒发冲冠、目光炯炯的子路，就立马闭嘴，不敢再诋毁孔子。

因为这事，子路也多次挨老师训斥，可他就是改不了。其实，他心中也自有牢骚：若是那些个所谓的君子，感受到与我同等强烈的愤慨时还能自我克制，那是真了不起。可事实上，他们并没有感受到与我同等强烈的愤慨啊。至少他们所感受的愤慨是微弱到可以控制的嘛。一定是这样的……

过了一年左右，孔子苦笑着感叹道：“自从仲由入门之后，我是再也听不到别人说我坏话了。”

四

某日，子路在屋内鼓瑟。

孔子在另一个房间聆听了片刻，对一旁的冉有说：

“你听那瑟声，是不是充斥着暴戾之气？君子之音应当温柔中正，涵养生育之气。古时舜弹五弦之琴，作诗《南风》。诗曰：

‘南风之薰兮，可以解吾民之愠兮，南风之时兮，可以阜吾民之财兮’。而仲由的琴声，杀伐激越，远非南音，当属北声。将弹奏者荒怠暴戾的心态暴露无遗。”

后来，冉有去找子路，转告了夫子的话。

子路早有自知之明——自己缺乏音乐天赋，他主观地将其归咎于耳朵和双手。当他听说这问题其实源自更深层次的精神因素时，不由得既愕然又惶恐。原来最重要的不是手法练习，必须进行更深刻的思考。他将自己关在房里冥思，不吃不喝，直到形销骨立。数日后，他自信已经有所领悟时，再次鼓瑟。这次的弹奏极为诚惶诚恐。偶然听到瑟声的孔子这一次倒什么都没说，神情中也没有责备之意。子贡又将此事转告了子路。听说老师没有责怪自己，子路开心地笑了。

看到这位心地善良的同门兄弟喜形于色的样子，年轻的子贡也不由得微笑。聪明的子贡心中有数，子路所奏之音，依旧充满了杀伐之意的北声。夫子未责其咎，不过是怜惜子路那冥思苦想到形销骨立的直心眼罢了。

五

孔子的弟子中，恐怕再也没有谁像子路这样经常挨训了。当然，也没有谁敢像子路这般肆无忌惮地反问老师。他会提出诸如：

“请教夫子，我想抛弃古代圣贤的教训，凭自己的意志行事，可否？”之类注定要挨训的问题。

他还会当着孔子的面直言不讳：“真是这样的吗？夫子也太

迂腐了吧！”这种话除了他，没有第二个人敢说。

然而另一方面，也没有哪个弟子像子路这样全身心地依赖孔子。他毫不客气地诘问老师，也是缘于他的天性，没有打从心底真正接受的事，他是不会为了做表面功夫而去应承下来的。而且，他也不像其他同门弟子那样，为了避免遭人耻笑或斥责而事事谨小慎微。

在别的地方，子路是个绝不肯屈居人下的独立不羁的男人，是个一诺千金的好汉。也正因为如此，他以平庸无奇的弟子身份侍奉在孔子跟前的模样，确实给众人一种异样的感觉。事实上，他也怀着一种滑稽的心态——只有在孔子跟前时，他才会将复杂的思考和重要的判断全盘交给老师，自己则无忧无虑。那情形就像是在母亲面前，明明能自己做的事情也非要让母亲帮忙的幼儿。甚至当他退下后冷静一想，自己都觉得好笑。

但是，即便针对这样的老师，子路内心深处依然有一处不容碰触的秘密。那是他唯一不可退让的底线。

也就是说，对子路而言，这个世界上有一件大事。在它面前，连生死都不足为道，更别说区区的利害关系。若称之为“侠”，则显得略轻率；若称之为“信”或“义”，又沾染了迂腐之气，缺乏自由和灵动。怎么称呼都无妨。对子路而言，那是一种近似快感的东西。总之，可以带来这种感觉的就是“善”，不带有这种感觉的就是“恶”。这一点是十分明确的，他从未有过怀疑。这与孔子所说的“仁”还相去甚远，但子路从老师的教诲中，只选择性地吸收能强化这种伦理观的东西。例如“巧言、令色、足恭，匿怨而友其人，丘耻之。”[①]“无求生以害仁，有杀身以成仁。”[②]“狂者进取，狷者有所不为也。”[③]这类理念。

刚开始，就像是矫正牛角一般，孔子也不是没想过要矫正他这个毛病，后来还是放弃了。总之，如今这样的子路无疑是一头好牛。有些弟子需要鞭策，有些弟子需要缰绳。子路虽然难以驾驭，可他的性格缺陷也是可堪大用的优势。了解这一点后，孔子决定只需为其提供大致方向的指示便可。

而“敬而不中礼，谓之野；勇而不中礼，谓之逆。”[④]“好信不好学，其蔽也贼；好直不好学，其蔽也绞”[⑤]之类的教训，在许多情况下，与其说是讲给子路这个人听的，更多的是训斥身为私塾长的子路。在子路这个特殊个体身上可能成为魅力的东西，放在其他普通门生身上，大多是有害的。

六

传说晋国有个叫作魏榆的地方，石头会开口说话。有贤者称那是民众的怨嗟之声借石头传达出来。本就衰微的周王室更

---

① 语出《论语·公冶长》。大意是：花言巧语，面貌伪善，过度谦敬，将仇恨藏于心而表面友好，我认为是这种人可耻的。

② 语出《论语·卫灵公》。大意是：不因贪生怕死而损害仁义，宁可牺牲自己也要成全仁义。

③ 语出《论语·子路》。大意是：狷狂者有进取心，洁身自好者不做坏事。

④ 语出《礼记·仲尼燕居》。大意是：尊敬而不合乎礼，称为野蛮；勇猛而不合乎礼，称为叛逆。

⑤ 语出《论语·阳货》。大意是：爱讲诚信而不爱学习，弊病是容易受骗；爱好直率而不爱学习，弊病是容易说话刻薄。

是一分为二，你争我夺。十余个大国或互相勾连或互相开战，干戈不息。在齐国，齐侯与一大臣之妻私通，夜夜潜入其宅邸欢会，终被其夫所杀；在楚国，王族勒死卧病中的楚王而后篡位；在吴国，被挑断脚筋的罪人们行刺国君；在晋国，有两位大臣互换妻子。这就是当时的世道。

鲁昭公欲讨伐上卿季平子，反被驱逐出国，亡命七年后穷死他乡。亡命途中，也曾有过回国的机会，但追随昭公的臣子们担心自己回国后的命运，硬是拖住昭公不让他回去。鲁国成了季孙氏、叔孙氏、孟孙氏三大家族的天下，之后更是落入季氏宰相——阳虎之手，任其肆意妄为。

然而，玩得一手好策谋的阳虎，最终也搬起石头砸自己的脚。阳虎因自己的策谋下台后，该国的政坛风向骤变，毫无征兆之下，孔子被任命为中都宰。在那个既没有公正无私的官吏，也没有不苛敛诛求的政治家的时代，孔子公正不阿的施政方针和周密的实施计划在极短的时期内取得了惊人的政绩。惊叹不已的国君鲁定公问孔子：

“以你治理中都的方法来治理鲁国，又将如何？”

孔子答道：

“岂止是鲁国，即便是天下，用这种方法治理也无不可。”

与吹牛无缘的孔子用颇为谦恭的语气不动声色地说出如此豪言壮语，使定公越发惊讶。他立刻擢升孔子为司空，继而又提拔为大司寇并兼摄宰相之事。在孔子的推举下，子路成为相当于鲁国内阁秘书长的季氏之宰。作为孔子内政改革方案的执行者，子路自然是一路冲在前头的。

在孔子的政策中，第一步就是强化中央集权，即强化鲁侯的实权。为了达到这个目的，必须削弱当时权势超过鲁侯的叔、季、孟三桓[①]的实力。三人的私有城池中，超过百雉（一雉长三丈，高一丈）的规制的分别是郈、费、成。孔子决定先拆毁这三座城池，而负责执行的就是子路。

对子路这样的人而言，眼见自己的工作取得了立竿见影的效果，且以自己从未经历过的宏大规模出现，这无疑是极为痛快的。尤其是能亲手将旧政治家所部署的邪恶组织和陋习一一粉碎，使子路体验到了一种前所未有的人生意义。再看孔子因为实现多年的抱负，忙忙碌碌且活力四射的模样，子路也欣喜不已。而在孔子眼中，子路不再是一名弟子，而是执行力超强的政治家，值得信赖。

拆毁费城城墙时，一个名叫公山不狃的反抗者率领费人进攻鲁国首都。鲁定公前往武子台避难时，叛军的箭矢射到了鲁定公身侧，一时间情势危急。但在孔子的精准判断和英明指挥下，终于化险为夷。孔子的实干家能力，又一次让子路钦佩不已。子路十分清楚孔子作为政治家的手腕，也了解此人的膂力之强，但从未想过在实际战斗中，孔子的指挥竟然如此游刃有余。子路在这场战斗中自然也是冲锋陷阵，奋勇杀敌的。许久不曾体会的挥舞长剑的感觉，还是那么痛快。总而言之，比起在经书中咬文嚼字、研习古礼，这种直面迎战严酷现实的活法，更符合子路的性情。

一次，为了与齐国达成屈辱的媾和，鲁定公携孔子赴夹谷

① 季孙氏、叔孙氏、孟孙氏因为都是鲁桓公的后代，因此具称“三桓”。

会齐景公。会上，孔子斥责了齐国的无礼行径，并劈头盖脸地痛斥齐景公及其诸卿大夫。齐国本为战胜国，可一众君臣竟吓得战栗不已。此事足以使子路在心中大呼“快哉！”。然而，自此之后，强大的齐国也开始对孔子这个邻国的宰相，以及对孔子施政下日益强盛的鲁国国力心生惧意。

齐国挖空心思，采用了一条典型的古代中国式的计谋——美人计，即齐国向鲁国送了一批能歌善舞的美人，企图以此迷乱鲁侯心智，离间鲁定公与孔子的关系。而更具古代中国特色的是，在鲁国国内反孔派的策应下，如此幼稚的计策竟然很快奏效了。没多久，鲁定公开始沉溺于女乐，不再上朝，以季桓子为首的一干重臣纷纷效尤。子路最先为此感到愤慨，并与人发生争执，辞去了官职。孔子并未像子路这样早早放弃，仍然打算尽最后的努力。但子路一心只想让孔子也早日辞官。他并非担心老师会同流合污，而是不忍心眼睁睁地看着老师置身于这乌烟瘴气的氛围之中。

当孔子也忍无可忍、不得不放弃时，子路如释重负。他追随老师，欣然离开了鲁国。身为作曲家和作词家，孔子回首眺望渐行渐远的鲁国都城，忍不住高歌一曲。

“那个美妇一张嘴，可迫使君子出走；那个美妇一进言，能导致人死国败……”

自此，孔子踏上了漫长的周游列国之旅。

七

子路心中有个巨大的疑问。这个疑问自孩提时代就存在，在他成年甚至即将步入老年时依然没能解开。该疑问源自一个任何人都见怪不怪的现象——“邪盛正衰”这个司空见惯的事实。

每当遭遇如此事实，子路便发自内心地感到悲愤。为什么？为什么会这样？人们都说，即便邪恶猖獗一时，终将遭到报应的。或许确实有这样的事例吧，可这不就是人终有一死的这一普遍现象中的一个例子而已吗？若要说善人取得最终胜利的事例，没人知道古时候是什么情况，至少当今这个世道几乎是闻所未闻的。为什么？为什么？！对于子路这个大孩子而言，只有这一点令他愤愤不平。他顿足捶胸地思考——“天”到底是什么？“天”到底看到了什么？若是这些命运都是“天”创造出来的，那自己就不得不逆天而行了。就像不设人兽之别一样，上天也是不辨善恶的吗？正与邪就是人与人之间临时约定的吗？

每当子路带着这个问题去找孔子，都只能被迫听一场所谓人生幸福真谛的理论。行善的报偿，难道终归只有“行了善事”这种满足感而已吗？在老师面前时，子路总觉得自己理解了，可退下后独自一想，又觉得有些地方无法释然。他无法接受通过如此牵强的解释所得出的幸福结论。若是严守正义之人得不到任何人都无可挑剔的、切切实实的善报，也太没意思了。

这种对于“天”的不满，他在老师的命运中感受得最为深切。老师明明拥有超脱凡人的大才、大德，为什么如此怀才不遇呢？没有幸福的家庭，一把年纪了还不得不在外颠沛流离。这种倒霉事为什么非要老师摊上呢？一天夜里，孔子喃喃自语道：“凤鸟不至，河不出图，吾已矣夫。”[1] 子路听得潸然泪下。孔子为天下苍生而叹，子路落泪却不为天下，只为孔子一人。

自从为孔子，以及为孔子的怀才不遇落泪的那一刻起，子路下定了决心——要保护此人不受浊世的种种侵害。自己在精神上获得老师的引导和守护，那就由自己替他承受这世俗的一切烦扰污辱。虽然有僭越之嫌，但他觉得这就是自己的使命。或许，无论是学识还是才能，自己都不及同门的师弟才子们。但他深信，一旦发生意外，最先为了夫子奋不顾身的一定是自己。

八

当子贡问：“有美玉于斯，韫椟而藏诸？求善贾而沽诸？”[2] 时，孔子即刻答道：“沽之哉！沽之哉！我待贾者也。”[3]

这正是孔子踏上周游列国之旅的目的。追随的众弟子大多也是愿意“沽之哉”的，但子路却不认为非“沽”不可。通过此前的经历，他已经尝过运用权力地位雷厉风行地推行自身信念的快感，但他觉得那需要一个特别的、绝对的前提——必须在孔子的手下才行。若无法实现这一点，倒情愿“被褐怀玉”[4] 地活着。哪怕一辈子都当孔子的看家狗，也是无怨无悔的。倒

① 语出《论语・子罕》。凤鸟不来，黄河也不再出图了（凤鸟与河图都是圣王临世的祥瑞），我这一辈子就这样了吧！

② 意为：这儿有一块美玉，是收藏到木匣里还是等个好价钱卖了它？

③ 意为：卖了！卖了！我正等个好价钱呢。

④ 语出《老子・德经》七十章。意为：身上穿着破旧的粗布衣服，而怀揣美玉。比喻自身虽贫寒卑贱，却有真才实学。

也不是没有世俗的那种虚荣之心，只是他觉得委曲求全地当官反倒有损自己磊落豁达的本性。

追随孔子的弟子也是形形色色的。有果断干练的实干家冉有，温厚的长者闵子骞，爱打破砂锅问到底的掌故家子夏，略带诡辩家色彩的享受派宰予，铁骨铮铮的慷慨之士公良孺，身高只有孔子一半（传说孔子身高九尺六寸）的愚直之人子羔。当然，无论是年龄还是气度，子路都领先众人。

比子路年轻二十二岁的子贡，确实是个引人注目的才子。比起让孔子赞不绝口的颜回，子路更推荐的是子贡。颜回这个年轻人，简直像个抽去了强韧的生命力和政治观的孔子，子路并不太喜欢他。那绝不是嫉妒（不过，子贡、子张等人看到老师格外器重颜回，倒是难掩嫉妒之情）。一是子路与颜回年龄相差过大，再者性格上也天生不在意这些。他只是完全无法理解颜回那种被动的柔软的性格究竟好在哪儿。第一个看不惯的就是颜回那欠缺活力的状态。在这一方面，还是略轻浮却总是精力旺盛、才华横溢的子贡与子路更为脾性相投吧，被这个年轻人头脑之敏锐惊到的，可不是只有子路。大家都发现，和头脑相比，子贡的人格还不够成熟，但这仅仅是年龄问题。虽说子路也曾因他的过分轻浮而怒斥过他，但总体而言，子路对这个青年心怀“后生可畏”之感。

有一次，子贡对两三个友人说了一段话，大意是——都说夫子厌恶巧辩，可我觉得夫子自己辩起来也太“巧”了。我们要警惕这一点。因为这与宰予等人的“巧”全然不同。宰予之辩，巧得太明目张胆，能给听者以欢乐，却无法给人以信赖，因此反倒可以说是安全的。而夫子之辩截然不同。他用不容置疑的厚重感来取代流畅感，以含蓄深奥的譬喻来取代诙谐，任何人都无法反驳如此巧辩。当然，夫子之所言之物，九分九厘都是无缪之真理；夫子之所行之事，九分九厘都可为我辈之典范。即便如此，剩下的那一厘——在绝对可信的夫子之辩中的区区百分之一，有时恐怕是用来为夫子的性格（他性格之中与绝对普适性真理未必一致的极少的部分）辩护的。这就是我们需要警惕的地方。也许这就是我们与夫子过于亲密、过于熟悉所导致的苛求之心。事实上，后世之人就算将夫子推崇为圣人也是最理所当然不过的了。我从未见过夫子这样近乎完美的人，估计以后也不会再出现这样的人了。不过我想说的是，即便是这样的夫子，身上也还有如此细微但值得警惕的地方。像颜回那样与夫子性情相合之人，一定感觉不到我所感受到的不满吧。夫子常常夸赞颜回，说到底也是因为他们性情相合吧……

子路听得怒火中烧——区区小毛孩竟敢批评老师，太狂妄了！虽然他心里清楚，子贡说这话不过是出于对颜回的嫉妒，但他还是从子贡这番话中感受到了不容小觑之处。因为子路也想过性情相合的问题。

这个狂妄的小毛孩似乎有种奇妙的才能，能将我们只是隐隐有所意识的东西说得如此透彻。佩服和鄙视两种情感交织在子路的心头。

子贡曾问过孔子一个奇妙的问题：“死者有知乎？将无知乎？”这是个关于人死后有无知觉，或者说灵魂是否破灭的问题。孔子的回答也颇为奇妙：“吾欲言死之有知，将恐孝子顺孙妨生以送死；吾欲言死之无知，将恐不孝之子弃其亲而不葬。”[①] 答非所问的回应让子贡甚是不服。当然，孔子很清楚子贡问的是什么，但孔子终究是一个现实主义者，一个以日常生活为中心的人，试图转变这个优秀弟子的关注方向而已。

子贡很是不满，便将此事告诉了子路。子路对这类问题并无多大兴趣，不过比起死亡本身，他更想知道老师的生死观，所以有一次特意问了个关于死亡的问题。

“未知生，焉知死？”——这就是孔子的回答。

正是如此！子路心悦诚服。可子贡觉得这次又是一个巧妙的顾左右而言他。他脸上的表情显然在说：“话是没错，可和我说的不是一件事啊！”

九

卫灵公是个意志极为薄弱的君主。虽说没有愚蠢到贤庸不分的程度，但比起逆耳忠言更喜欢阿谀奉承。而左右卫国国政的，居然是后宫。

卫灵公夫人南子素有淫荡之名。她还是宋国公主时，就与其同父异母的兄长——名为朝的美男子私通。成为卫灵公夫人之后，她又将宋朝招到卫国任大夫之职，继续维持着淫乱的关系。南子是个才气横溢的女子，甚至插手政事，可卫灵公对她

① 意为：我想说死者有知觉，却担心孝子顺孙伤害自己的生命来安葬死者；我想说死者没有知觉，又担心不肖子孙将自己的亲人弃而不葬。

言听计从。因此，卫国已形成惯例——若想说动卫灵公，必先取悦南子。

孔子自鲁入卫时受召谒见了卫灵公，但未特别拜见夫人。南子不悦，立刻遣人告诉孔子："四方之君子不辱欲与寡君为兄弟者，必见寡小君。寡小君愿见。"① 云云。

无奈之下，孔子只好前去拜见南子。见面时，南子在细葛布帷帐后接见，孔子面朝北方行稽首礼时，南子在帷帐后回礼，身上环佩叮当作响。

孔子从王宫回来后，子路就毫不掩饰地露出不快的表情。他原本就希望孔子不去理会南子那种卖弄风情式的要求。不过他也不觉得孔子会真的被妖妇迷惑。不过，本该纯洁无瑕的夫子向淫女叩首跪拜，仅这一点就让人不快了。大概就像是珍藏美玉之人，甚至连美玉表面映照出不洁的影子都唯恐避之不及吧。看到子路内心那个与超级干练的实干家相伴相生的大孩子总是长不大，孔子又好笑又无奈。

一日，卫灵公派使者来找孔子，说是要与孔子同车巡视国都，并请教各种问题。孔子欣喜，立即更衣出门了。

卫灵公将这个身材高大、一本正经的老爷子敬为贤者，早就使南子心中不悦。听说丈夫要撇下自己与他同车巡视国都，更是忍无可忍。

当孔子谒见过卫灵公，出门正要同乘一车时，发现盛装打

---

① 语出《史记·孔子世家》。意为：四方天下的君子想要和我家君主结交为兄弟的，都必须来见我南子。我也愿意见您一面。

扮的南子夫人早已上车。那里已经没有孔子的座位。南子不怀好意地笑看卫灵公，孔子也很不愉快，冷眼观察卫灵公的反应。卫灵公羞愧难当地垂下眼帘，却不敢对南子说什么，默默指了指后面那辆车，安排给孔子。

两辆车巡游在卫国的都城。前面那辆豪华的四轮马车上，艳丽的南子夫人与卫灵公并肩而坐，如牡丹般光彩照人。后面那辆寒酸的二轮牛车上，一脸落寞的孔子面朝前方正襟危坐。这一幕，让沿途的民众看得暗暗叹息蹙眉。

子路也挤在人群中观看，他亲眼见到夫子受邀时的欣喜样，此刻不由得怒火中烧。这时大惊小怪地发出娇声的南子恰好从他眼前经过。他怒不可遏，紧握双拳推开众人就要扑上前去。背后有人拉住了他。他怒目回视想要挣脱，却见拖住他的是子若和子正二人。二人死命拽着子路的衣袖，泪眼汪汪。子路见状，只好放下高举的双拳。

第二天，孔子等人离开了卫国。孔子叹息："吾未见好德如好色者也。"[①]

十

叶公子高非常喜欢龙。他在居室里刻龙，在绣帐上画龙，整日起居于群龙之间。天上的真龙听说后非常高兴。一天，真

① 语出《论语·子罕》。意为：我从未见过爱美德如好美色之人啊。

龙飞降叶公家，想见见自己的崇拜者。真龙体格巨大，脑袋钻进了窗户，尾巴还拖在堂前。叶公一见，吓得浑身发抖落荒而逃。他失魂落魄，六神无主，没半点胆色。

诸侯喜爱孔子的贤名，却不欣赏他的实质，无不是叶公好龙之流。对他们而言，真实的孔子太“大”了。将孔子奉为国宾者有之；任用孔子之弟子者也有之，但没有任何国家真心想推行孔子的政策。他在匡城险受暴民凌辱，在宋国惨遭奸臣迫害，在蒲地又遇到凶汉袭击。等待孔子的，只有诸侯的疏离、御用学者的嫉妒和政治家们的排挤。

即便如此，孔子与弟子们照旧讲论不辍，切磋不怠，不知疲倦地游走列国。“鸟则择木，木岂能择鸟？”此话志向高远，但绝非愤世嫉俗，心中所求终究还是能为世所用。并且他们发自内心地认为：为人所用并非为己，而是为天下，为大道——这种想法多令人震惊！虽贫困却总是积极乐观，虽艰苦却不抛弃希望。真是神奇的一群人。

孔子一行受邀前去面见楚昭王时，陈国、蔡国的大夫们合谋，秘密纠集暴徒将孔子等人围困于半途。两国惧怕孔子为楚国所用，有意从中阻挠。虽说孔子与弟子们不是第一次遭暴徒袭击，但这次形势最窘困。由于断粮，连续七天无法开火做饭。在饥饿与疲惫的袭击下，陆续有人病倒。弟子们陷入困惫与惶恐之中，只有孔子丝毫不见疲态，一如既往地弦歌不辍。看着众人的惨状，子路于心不忍。他面色微愠，走到仍在弹琴的孔子身边，问道：“夫子此刻弦歌，合乎礼吗？”孔子默不作答，也不停下正在拨弦的手。一曲结束后，他才开口：“仲由你过来，我告诉你吧。君子喜好音乐，是为了不骄傲。小人喜好音乐，是为了不害怕。这个不懂我却跟着我的人，到底是谁家的孩子呀！”

那一刻，子路简直不敢相信自己的耳朵。身处如此困境之中，竟然还为了不使自己骄傲而奏乐？不过他很快理解了孔子的心思，顿觉欣喜万分，忍不住操戚[①]起舞。孔子抚琴相和，连奏三曲而终。旁观众人也暂时忘却饥饿和疲劳，陶醉于这豪迈的即兴舞乐之中。

同样是“陈蔡之困”时，子路见眼下无法轻易解围，便问：“君子也会有‘穷’之时吗？”因为依老师平日里的教导，君子不应有“穷”之时。孔子马上答道：“所谓的‘穷’难道不是穷于道吗？如今，我孔丘胸怀仁义之道，遭遇乱世之患，何‘穷’之有呢？如果以食不果腹、心衰体弱为‘穷’，君子本就是‘穷’的，但小人一‘穷’，则自暴自弃。”孔子表示，这就是君子与小人的区别。闻言，子路不由得面红耳赤。他觉得老师说中了自己心中的“小人”。看到这个深知“穷”也是命，大难临头而面不改色的孔子，子路不得不赞叹一声：“这就是大勇啊！”相比之下，自己曾引以为傲的那种“白刃交于前也不眨眼”的勇，是多么可怜而渺小啊。

---

① 古代兵器，形状如斧一类。

十一

从许国前往叶地途中，子路掉队了。他独自走在田间小路上，遇见一个背着竹篓的老者。子路微微行礼，问道："请问您见到夫子了吗？"老者止步，冷冷地回答："夫子夫子的，我怎么知道谁是你夫子？"他目不转睛地将子路上下打量了一番，轻蔑地笑道："看你这样子，像是个四体不勤、不干实事、整日里靠空理空论过活的人呐。"之后，他便下到旁边田里，头也不回地匆匆锄起草来。子路觉得此人必定是一位隐士，便对老者作了个揖，站在小路上，等老者再次开口。老者默默干完活，回到了小路上，并将子路带回自己家。此时夜幕已降。老者杀鸡炊黍款待子路，又引见了两个儿子。饭后，几杯浊酒后略带醉意的老者，取过一旁的琴弹奏起来。他的两个儿子则和声唱道：

> 湛湛露斯，匪阳不晞。
> 厌厌夜饮，不醉无归。[1]

显然，这个家庭虽生活清贫，却洋溢着一种其乐融融的富足感。父子三人那充满祥和的脸上，不时闪现着智慧的光芒，令人难以忽视。

一曲终了，老者对子路说："自古以来，陆地行车，水上行舟。若现在非要在陆地行舟，又会如何？想要在当今之世行周

---

① 语出《诗经·小雅·湛露》。描写贵族们宴饮取乐的场景。

代古法，正可谓是陆地行舟。若是给猴子穿上周公之服，猴子必将惊恐万分，并将其扯碎丢弃……”显然，老者知道子路是孔门弟子，才说了这番话。

老者又道：“成就人生乐趣方能谓之得志，得志不在于官位爵禄啊。”老者的理想应该是澹然无极吧。子路并不是第一次遇见这种遁世哲学。他遇见过长沮、桀溺二人；也遇见过楚国那个装疯的接舆。但从未像今天这样走进他们的生活，共度一夜。耳濡目染了老者沉稳的言辞和怡然自得的神态，子路竟然生出几分羡慕，觉得这无疑也是一种美好的活法。

不过，他也并未对老者的话照单全收。“与世隔绝固然快乐，然而人之所以为人，并非全在成就一己之乐。为了保全区区己身而乱了大伦，并不是为人之道。我们早已明白，当今之世并无大道，我们也知道在当下推行大道的危险。但是，不正是因为身处无道之乱世，才要冒着风险去讲大道吗？”

次日一早，子路辞别老者一家，匆匆上路。一路上，他都在比较孔子与昨夜的老者。孔子的洞察力不逊于老者，孔子的欲望也不比那老者多。即便如此，孔子还是放弃了明哲保身之路，选择为大道周游天下。想着想着，他突然对那个老者心生厌恶，而昨晚却完全没有那种感觉。将近晌午时，子路终于看到遥远的前方有一行人正走在绿油油的麦田小道上。在人群中认出孔子那尤为高大的身影，子路忽然感到一阵揪心般的苦楚。

十二

从宋国前往陈国的渡船上，子贡和宰予展开了一场论辩。论辩的焦点是老师说过的一句话——“十室之邑，必有忠信如丘者焉，不如丘之好学也。”[①] 子贡认为，即便孔子说过此话，但他那伟大的成就源自非凡的天资。宰予则反对，认为孔子为完善自我而做出的后天努力贡献更大。按照宰予的说法，孔子与弟子之间的能力差异是量的差距，而绝非质的差别。孔子所拥有的，人人都有。只不过孔子通过刻苦努力，将其一一打磨到如今这个境界。子贡表示，当量的差距达到极致就无异于质的差别了。而且，能为完善自我而不断努力到那种程度，这本身就是其非凡天资的最佳证据。不过，要说孔子天赋的核心是什么，“那就是，”子贡道，“他那追求中庸的卓绝本能。无论何时何地，都能让夫子优雅地进退自如地追求中庸的本能。”

瞎说什么呢？一旁的子路摆着一张臭脸。这些只会耍嘴皮子肚子里没料的家伙！现在要是船翻了，他们还不知道会吓得怎么面无人色呢。不管怎么说，一旦出事，能帮到夫子的只有我！看着两个舌灿莲花的年轻人，子路思考着“巧言乱德”一词，自矜于胸中一片冰心。

然而，子路对老师也并非完全没有抱怨。

陈灵公与大臣的妻子私通，还穿着那女人的贴身衣物上朝

---

① 语出《论语·公冶长》。意为：即使只有十户人家的小村落，也一定有像我这样讲忠信的人，只是不如我好学罢了。

炫耀。一位叫泄冶的大臣谏诤无果反被杀害。一弟子询问孔子这桩百年前的事:“泄冶因诤谏而被杀,与古之名臣比干之谏死并无两样,可以称之为‘仁’吧?”孔子答:“不能。比干与纣王有血缘关系,而且官至少师,因此舍身诤谏,并期待自己被杀后,纣王能有所悔悟。这种做法应该称之为‘仁’。但泄冶与陈灵公并非骨肉至亲,地位也不过是区区大夫而已。知道一国之君行为不正,国家风气不正,本该果断全身而退,可他却不自量力,试图以一己之力匡正一国之淫乱昏庸,白白送了小命。这种骚乱怎么是‘仁’呢?”

闻言,该弟子满意地退下了。而一旁的子路却难以苟同。他立刻开口了:“‘仁’与‘不仁’姑且不论。可是,不管结果如何,忘却自身之安危,试图匡正一国之紊乱,其中必有其超越智与不智的伟大之处。那是一种无法用白白送命来一以概之的东西。”

“仲由啊,看来你只关注了小义之中的伟大,却不了解更高层次的意义。古代的贤明之士,国有道则尽忠以辅之,国无道则退身以避之。看来你并不理解这‘出处进退’的玄奥。《诗经》说‘民之多辟,无自立辟’[①],说的就是泄冶这样的事了。”

“那——”子路思考了许久,说道,“到头来,人生在世最重要的难道是顾全自身安危而不是舍生取义吗?个人的出处进退是否妥当,难道比天下苍生的安危更重要吗?也就是说,如

① 语出《诗经·大雅·板》。意为:民间多是乖张邪僻之事,没有必要再多立法规制度了。

果那个泄冶面对眼前的乱伦行为选择蹙眉退却，对他自己而言，或许这样就皆大欢喜了。但对陈国百姓又算什么呢？倒是明知无用仍然死谏，以此影响民风，这种方式是不是意义大得多呢？”

“也不是说任何时候都只顾自身安危最重要，否则我也不会称赞比干为仁人。但是，舍身取道也要分何时舍、何处舍。以智慧去察觉这一切，并非为了一己私利。一味急着去送死可不算是本事。”

老师这样一说倒有道理，可子路还是有些想不通。老师的言论常令子路有种感觉：老师一边讲杀身成仁，一边又倾向于将明哲保身视为最大的智慧。这一点让子路很介意。其他弟子对此毫无察觉，是因为明哲保身主义已经作为本能根深蒂固了。若将此作为一切的根本而不是仁义，那定然是十分危险的。

当子路带着难以理解的脸色离去时，孔子目送他的背影，怅然叹道：“国家政治清明时直如箭矢，国家政治黑暗时也直如箭矢。他与卫国的史鱼是一类人，恐怕无法善终啊。”

楚国攻打吴国时，担任工尹的商阳追赶吴军，同乘的公子弃疾说：“这是为国效力，你该拿起弓箭。”商阳这才拿起弓箭。弃疾又催促：“你射他们啊。”商阳便射杀一人，但马上将弓收了起来。在弃疾的又一次催促下，他又取出弓，又射杀二人，但每射一人都要以手掩目。射杀三人后，他说：“按照我如今的身份，这样就足以复命了吧。”说完便调转战车回去了。

孔子听说此事后，感慨道：“在杀人的时候，也是有‘礼’

在啊。”而在子路看来，再没有比这更荒唐的了。尤其商阳“对我而言，杀三人就足够了”的话里，将自身行为置于国家安危之上的观念也太显而易见了。这是子路最厌恶的地方，也使他大为愤慨。他怫然不悦，反驳孔子道：“身为人臣之节，遇到国君的大事，理应尽心尽力，死而后已。夫子怎么能称赞商阳呢？”对此，孔子竟然无言以对，只笑着应道：“确实如你所言。我只是欣赏他那种不忍杀人的善心罢了。”

十三

孔子出入卫国四次，逗留陈国三年，走遍曹、宋、蔡、叶、楚，子路始终追随左右。

事到如今，子路已不再指望诸侯愿意将孔子之道付诸实践了，而奇怪的是，他也不再为此焦躁了。年复一年，世道污浊、诸侯无能、孔子怀才不遇都曾令他感到愤懑焦躁。可如今，他终于开始隐约对孔子以及自己这些追随者们的命运有了领悟。但这与消极认命的感受大不相同。即使同样是认命，可这是自从他意识到自己的使命是“不囿于一小国，不囿于一时代，成为天下万代的木铎”[①]后，相当积极的认命。在匡地遭暴民围困时，孔子曾昂然说过：“天之未丧斯文也，匡人其如予何？”[②]如今的子路已能充分理解这句话了。面对任何境遇都不绝望，绝

① 一种以木为舌的铜制大铃。古代颁布政令时，会巡视敲打大铃。

② 意为：如果上天不想毁灭这种文化，匡人又能把我怎么样呢？

不轻视现实，在有限的范围内坚持尽善尽美——他已能领会老师这种智慧的伟大之处，也开始认同孔子那事事为后世榜样的举动包含的意义。或许受过于丰富的俗世之才所累，聪明的子贡对孔子这种超越时代的使命鲜有察觉。倒是生性质朴耿直的子路，出于对老师的纯粹的爱，反而能领悟到孔子自身的伟大。

年复一年的漂泊岁月间，子路也年届五十了。很难说他已被磨平了棱角，但人格到底还是稳重了起来。无论是那后世所称“万钟于我何加焉”的气概，还是炯炯有神的目光，早已蜕去了落魄浪子的自负，彰显出自成一家的堂堂风范。

十四

孔子第四次造访卫国时，应年轻的卫侯和正卿孔叔圉之请，荐举子路在卫国效力。孔子时隔十多年再次受聘回鲁时，子路也与他分别，依旧留在了卫国。

近十年来，卫国因南子夫人的胡作非为而纷争不断。先是公叔戌企图抵制南子，不料反遭其谗言所害而亡命鲁国；接着是卫灵公之子——太子蒯聩刺杀后母南子失败而逃亡晋国。太子人选还没定卫灵公就去世了。无奈之下，只能立亡命太子的儿子——年幼的辄继位，这就是卫出公。这时，亡命在外的前太子蒯聩又借晋国之力潜入卫国西部，对卫侯之位虎视眈眈。欲将其拒之门外的现任卫侯出公是儿子，试图夺位之人是父亲。这就是子路出仕时卫国的国情。

子路的工作就是作为“邑宰”，为孔家治理蒲地。孔家是卫国的名门望族，其地位相当于鲁国的季孙氏，族长孔叔圉素来是声望极高的大夫。而蒲邑，正是曾因南子谗言而亡命在外的公叔戍的旧领地。当地人无不对将领主驱逐出境的政府持反抗态度。而此地本就是民风彪悍，以前子路追随孔子途经此地时，就曾遭暴民袭击。

赴任前，子路前去拜访孔子。他告诉孔子“邑多壮士，极难治理”的蒲地民风，请教治理之法。孔子说：“恭而敬，可以摄勇；宽而正，可以怀强；温而断，可以抑奸。”① 子路再拜致谢，欣然赴任。

入蒲地后，子路首先召集当地的豪强和叛民，与他们开诚布公地交谈。这并不是驯化的手段。因为孔子常说“不可不教而刑”，所以子路觉得应该首先向他们表明自己的意图。这种毫不做作的直率，似乎正与当地彪悍的民风相合。壮士们无不被子路的豪爽豁达所折服。更何况此时的子路，也作为孔门首屈一指的豪爽男儿闻名天下。就连孔子称赞的“片言可以折狱者，其由也与”② 也被人添油加醋地口耳相传开了。这样的名声确实也是让蒲地的壮士们折服于子路的原因之一。

三年后，孔子偶然经过蒲邑。才进入领地，便说：“善哉由也，恭敬以信矣。”进入城邑，则说：“善哉由也，忠信而宽矣。”等到走进子路的官衙，又说：“善哉由也，明察以断矣。”牵着马辔的子贡问孔子，为什么还没见到子路，就赞不绝口。孔子

---

① 意为：谦恭而尊敬，能震慑勇者；宽容而正直，能怀柔强者；温和而果断，能制服奸佞。

② 语出《论语·颜渊》。意为：凭借关键的证词便能办案之人，恐怕只有仲由吧。

答道:“一入领地，只见农田耕作良好，广开荒地，深挖沟渠，这是治理者恭敬守信而百姓竭尽全力的缘故；一入城邑，只见民宅完好，树木繁茂，这是治理者忠信宽厚而百姓安居乐业的缘故；及至迈入宅邸庭园，只见甚是清闲，侍从童仆安分守己，这是治理者明察果断、政务有条不紊的缘故。这不都是还没见到仲由本人就能了解他政绩的手段吗？”

十五

鲁哀公在西边的大野打猎捕获麒麟时，子路从卫国回了一趟鲁国。当时，小邾的大夫射背叛了祖国前来投奔鲁国。此人与子路曾有过一面之缘，他说“使季路要我，吾无盟矣”。依当时惯例，逃亡到别国之人，要该国立誓保证自己的生命安全才能安心定居。但小邾的大夫却说只要子路能出面担保，就不需要鲁国的盟誓了。“子路无宿诺”——子路的信义和正直已如此名扬天下了。

但子路冷漠地拒绝了该请求。有人问他:“人家说不相信千乘之国的盟誓，却相信你的一句话。所谓男子汉的夙愿也不过如此了，你为什么反以为耻呢？”。子路回答:“若是鲁国与小邾开战，便是叫我死在他们的城下，我也绝无二话。可是射这个男人是卖国的叛臣，若是我为了他担保，就相当于我认可卖国贼了。这样的事能做不能做，还需要考虑吗？”

熟知子路之人听他这番话，不由得会心一笑。这太像他说话做事的风格了。

同年，齐国陈恒弑君。孔子斋戒三日后，到鲁哀公面前请愿，希望他能举大义而伐齐。孔子请愿三次，哀公却畏惧齐国的强大，不肯答应，只让孔子找季孙商议行事。季康子自然不可能赞成此事。孔子从君前退下后，告诉别人："我也算是忝列大夫之末，所以不敢不说。"意思是，即使明知无用，但碍于自己的身份地位，还是不得不说（当时孔子在鲁国享受国老待遇）。

子路听说此事后，沉下了脸。他心想：夫子所行之事，难道只为追求形式上的完美吗？他的义愤仅此而已吗？只要履行了形式，哪怕无法付诸行动，也无所谓吗？

哪怕已受言传身教近四十年，他们之间的鸿沟依然无法逾越。

十六

子路回鲁国期间，卫国政坛的顶梁柱孔叔圉去世了。他的遗孀也是流亡太子蒯聩的姐姐伯姬，以女谋士身份现身卫国政坛。独生子孔悝继承孔叔圉之位，但只是明面上如此而已。对伯姬而言，现任卫侯辄是自己的外甥，而觊觎王位的前太子蒯聩是自己的弟弟，按理说关系亲疏上并无差别，但在爱憎和利欲的复杂纠葛下，她竟然打算帮弟弟谋位。丈夫死后，伯姬便频繁派遣自己宠幸的一个侍从出身的美男子浑良夫，往来于自己与弟弟蒯聩之间，密谋驱逐当今卫侯一事。

子路再次回到卫国时，卫侯父子间之争已趋白热化，政变有风雨欲来之势。

周昭王四十年闰十二月某日[①]。近黄昏时，一使者慌慌张张地闯入子路家中。使者是孔家长老栾宁所派。使者带来其口信："前太子蒯聩今日潜入都城，如今已闯入孔宅，与伯姬、浑良夫一同挟持家主孔悝，令他拥戴自己为卫侯。大势已难挽回，我（栾宁）现在侍奉当今卫侯逃往鲁国。后事还劳你多多费心。"

"该来的终于来了"，子路心想。无论如何，听闻自己的直属领导孔悝受挟持逼迫，断不能坐视不理。子路当即手持利剑直奔孔府。

子路来到孔府外门正要往里闯，却与一个正往外跑的矮小男子撞了个满怀。此人是子羔，是孔门弟子中的晚辈，经子路举荐当上了卫国大夫。他为人正直但器量不大。子羔说："内门已关。"子路说："无论如何，都得闯一闯。"子羔说："可这是没用的。现在进去恐怕反遭其害啊。"子路厉声喝道："既然食孔家之禄，何来避难之说呢？"

子路甩开子羔，冲到内门处一看，果然见门已从内部锁上。他"咚咚咚"地用力敲门，里面人大喊："不得入内！"子路一听，勃然大怒。他高声吼道："是公孙敢吧。为了避难而变节，这样的事情我可做不出来。既然食君之禄，就得救君于难。开门！

① 此处时间有误，应为周敬王四十年。

开门！”

恰好有使者从里面出来，子路借机闯了进去。

定睛一看，宽敞的院内已是人山人海。全是因为要以孔悝之名发布拥立新卫侯蒯聩的宣言，而被急召而来的大臣。众人面露惊愕、困惑之色，似乎正迷茫该何去何从。年轻的孔悝站在院前的露台上，似乎正在母亲伯姬和舅舅蒯聩的挟持下，被迫面向众人宣读政变宣言并做解释。

子路站在众人背后，朝露台上大喊：“你们抓着孔悝干吗？放了他！就算杀了孔悝一人，正义之士也不会死绝的！”

子路打算先救出自己的主人。见嘈杂的院子瞬间安静，众人齐齐回头看着自己，子路便煽动众人：“太子是个出了名的懦夫。只要放火烧台，太子就会害怕，肯定会放了孔叔（悝）。快放火呀！放火！”

此时已是薄暮，院子的各个角落原本就燃着篝火。子路指着篝火大叫：“放火！快放火！凡是感念先代孔叔文子（圉）的，都去取火烧台啊！这样就能救下孔叔了。”

台上的篡位者闻言，惊恐万分，命石乞、盂黡两名剑客攻打子路。

子路以一敌二，奋力杀敌。可昔日的勇者子路终究难敌岁月的摧残。渐渐地，子路体力不支，呼吸也紊乱起来。察觉到子路的颓势，众人终于纷纷表明立场。铺天盖地的骂声涌向子路，无数石子和木棒砸向子路。敌人的长戟掠过子路的脸颊，割断了冠缨，冠帽摇摇欲坠。子路正要用左手扶正，却被另一个敌人的剑砍中肩头。鲜血迸溅，子路倒下了，冠帽也摔落在地。虽然倒地，子路仍然伸手拾起冠帽，端正地戴在头上，利索地系上冠缨。在敌人的利刃之下，浑身是血的子路用尽最后的力气高喊："看吧！君子死而冠不免！"

子路死了，被砍成了肉酱。

远在鲁国的孔子听说卫国政变的消息时，脱口说道："柴也其来乎。由也其死矣。"① 得知自己不幸言中时，老圣人闭目伫立良久，潸然泪下。当他得知子路的尸首被处以醢刑②，便命人将家中所有的腌菜丢掉。后来，孔子餐桌上再也没有出现过肉酱。

---

① 意为：柴（子羔）会回来的吧。子路会死的吧。

② 醢（hǎi）刑，古代一种酷刑，将人剁成肉酱。

李陵（りりょう）

老母已死，虽欲报恩将安归。

李　陵

一

汉武帝天汉二年九月，秋。骑都尉李陵率步兵五千人，自边塞遮虏鄣北上。在阿尔泰山脉东南端戈壁沙漠交界处，沿着坚硬瘠薄的丘陵地带向北行军三十日。朔风猎猎戎装寒，万里迢迢孤军来。行军抵达漠北浚稽山麓后，终于安营扎寨。此地已深入敌国匈奴的势力范围。虽然时节尚在秋季，但北地早已苜蓿枯败，榆柳肃杀。四周景色苍凉，除了营地附近，别说树叶，连树都难见一棵，只有砂岩砾石和干涸的河床。极目远眺，目之所及不见人烟，偶尔能看到的只有来旷野觅水的羚羊。眼前这高耸的远山划破秋空，高飞的雁群匆匆南下的情形，却勾不起任何一位将士美好的思乡情怀。可见他们的处境已凶险到何等程度。

面对以骑兵为主力的匈奴，李陵军中竟然没有一支骑兵，骑着马的仅有李陵和几位幕僚。区区五千步兵，绝无后援，竟以如此阵容深入敌军腹地，可谓无谋至极。且这浚稽山距最近的汉朝边塞居延有一千五百里之遥，若不是对统领李陵的绝对信任与敬服，此次行军势必难以为继。

每到秋风起时，大汉北边疆必有大队彪悍匈奴驱策胡马入侵。他们虐杀边吏，劫掠庶民，抢夺家畜。五原、朔方、云中、上谷、雁门等地连年深受其害。汉元狩至元鼎[①]的数年间，靠着大将军卫青、骠骑将军霍去病的骁勇善战，导致一时间出现了“漠南无王庭”的局面。之后的三十年间，北疆灾祸不断。如今，霍去病去世十八年，卫青去世也七年了。浞野侯赵破奴全军被俘，光禄勋徐自为在朔北建筑的城塞也弹指间灰飞烟灭。眼下足以获得全军信赖的将帅也只有前几年因远征大宛而一举成名的贰师将军李广利了。

这一年——天汉二年五月，匈奴侵略在即，贰师将军李广利率三万骑兵从酒泉出发，准备在天山阻击频频觊觎西境的匈奴右贤王。武帝在未央宫武台殿召见李陵，命他负责为大军押送辎重。李陵极力请辞，不愿担任此职。李陵乃飞将军李广之长孙，自幼便被称赞颇具祖父风范。他精于骑射，几年前即升任骑都尉，驻扎在酒泉、张掖等地，日常教授射术，操练兵马。李陵年近四十，正是血气方刚之时，运送辎重的职位无疑是有损颜面的。李陵叩请道：“臣在边疆所养之兵，皆是荆楚一骑当千的勇士。望能自率一军，侧面牵制匈奴大军。”对李陵的请愿，武帝自然也有所认同。可不巧的是，因为朝廷不断向各方派兵，已无多余的战马可拨给李陵。李陵表示无妨。虽然心里觉得有

① 元狩、元鼎是汉武帝刘彻的第四个和第五个年号。时间为公元前 122 年到公元前 111 年。

些勉强，但比起担任运送辎重的职务，李陵更想选择率领愿为自己舍身卖命的五千名部下与匈奴冒死一战。李陵的一句“臣愿以少胜多”让好大喜功的武帝龙颜大悦，当即欣然应允。

李陵返回西塞张掖后，很快便整兵北上。当时驻守居延的强弩都尉路博德奉命到半路迎接李陵的军队。在这之前，一切还算顺利。然而这之后，形势却不妙起来。

路博德从军多年，原本是霍去病麾下的老将，甚至曾被封为邳离侯。尤其是十二年前，他曾官至伏波将军，率十万大军灭了南越。后来因为犯法失了侯位，被贬到如今的官位，在此戍守西疆。从年龄上说，他和李陵几乎能以父子相称了。

曾经封侯的老将如今屈居年轻的李陵之下，无论如何也愉快不起来。所以，他在迎接李陵军队的同时，又遣使者前往都城上奏，说是如今刚入秋，匈奴兵肥马壮，以孤军对战擅长马战的匈奴精锐恐怕难以抵挡。若自己能与李陵在此地过冬，待到明年开春，各率酒泉、张掖五千骑兵分别攻打东西浚稽山，定能获胜。当然，李陵本人并不知晓此事。武帝见到奏折后龙颜大怒，他认定这是李陵与路博德商议后的奏本。李陵当初在御前夸下海口，如今到了边疆又临阵怯战，真是岂有此理。于是，武帝遣使者火速自都城直奔路博德与李陵处。诏令路博德：“李陵当初在御前夸下海口要以少击众，汝无需从旁助力。如今匈奴侵入西河，汝速率兵驰援西河，堵住敌军的道路。”对李陵的诏书则是：“速至漠北，前往东起浚稽山，南至龙勒水一带侦察敌情，若无异状，则沿浞野侯赵破奴时的旧道前往受降城休整。”自然，诏书中言辞激烈地诘问李陵，与博德商议后上的奏折究竟是怎么回事。且不谈孤军深入敌后侦察的危险，对这支未配战马的军队而言，光是这指定的数千里行程已是难于上青天了。考虑徒步行军的速度、人力拉车的效率、胡地入冬时的气候，每个人心里都有数，这前路是何等艰险。

武帝绝不是昏君，他和同样不是昏君的隋炀帝、秦始皇等人有着共通的长处和短处。当初武帝宠妃李夫人的兄长——贰师将军因兵力不足想要从大宛撤兵回朝，触了武帝逆鳞，被拦在玉门关外。而当初征伐大宛的起因，也不过是帝王一时兴起想要良马。帝王一言九鼎，无论多么荒谬的旨意，臣子都必须坚决执行。更何况李陵当初是主动请缨的（不过在季节和距离上被附加了相当苛刻的条件而已），自然没有任何理由踌躇不前。于是，李陵踏上了没有骑兵的北征之路。

李陵军在浚稽山间驻扎了十余天。这期间，李陵自然是日日派斥候去远方打探敌情，还必须将附近的山川地貌全都绘制成图，上奏朝廷。报告文书由李陵麾下一位叫作陈步乐的人带在身上，他单骑飞奔都城。被选中的使者向李陵一揖之后，从军中不足十匹的马中选出一匹，翻身上马，随即扬鞭策马冲下山丘。众将士目送着那身影消失在灰茫茫的沙漠中，内心忐忑不安。

十天来，浚稽山东西三十里内不见一个胡兵。

贰师将军先于他们赶在夏季出征天山，曾一度击溃右贤王军队，却在班师回朝途中遭遇另一支匈奴大军围剿，一败涂地。据说汉军丧命者十有六七，就连将军自己都差点丢了性命。这些消息也传到了李陵等人耳中。大破李广利的敌军主力如今身在何处？从时间和距离估算，眼下因杅将军公孙敖在西河、朔方一带防御的敌军（与李陵兵分两路的路博德便是去驰援该处）

不可能是先前大败李广利的敌军主力，因为他们无法在如此短的时间内从天山往东行军四千里抵达河南（鄂尔多斯）。由此可以推断，匈奴主力必然驻扎在李陵军的营地与北方郅居水之间。

李陵每天站在山顶，往四下眺望。自东往南是苍茫的沙漠，自西往北则是植被稀疏的丘陵山脉。秋云间偶有不知是鹰还是隼的飞鸟掠过，地上却从未见一骑胡兵露面。

山谷疏林外，兵车列阵围成一圈，圈内则是以帷幕连成的阵营。夜里气温急剧下降，士兵们折了些稀疏的树枝烧了取暖。在此地待了十天，月亮也不露脸了。或许是因为空气干燥，星空极为美丽。天狼星夜夜高悬长空，贴着黑幽幽的山影，斜曳出银白色光芒。就这样平安无事地过了十几天。某夜，李陵决定第二天就拔营，按指定路线往东南行军。当晚，一个哨兵无意识地抬头仰望璀璨的天狼星时，蓦地发现天狼星正下方的天幕上出现一颗硕大的红黄色星星。正诧异间，又见那颗陌生的巨星拖着一条红色的粗壮尾巴，晃动了起来。紧接着，一个、两个、三个、四个、五个……它周围出现了无数同样的光，晃动着。哨兵不禁喊出声来，这时，远处的灯火忽然一齐消失，仿佛刚才的一切都是梦境。

听到步哨的报告，李陵命全军做好准备，天明之时进入战斗状态。他走出营帐，查点并部署了所有兵力后才返回营帐内酣睡，鼾声如雷。

次日一早，李陵醒来出营帐一看，全军已照昨夜的命令列阵完毕，静待敌军。兵车在内，士兵在外，前排士兵持戟盾，后排士兵执弓弩。万籁俱寂，山谷两侧的山头仍在拂晓的昏暗中沉睡，但已能隐隐察觉到四处岩石后方似乎藏匿着什么。

当朝日的光辉射入谷间时（匈奴人似乎要在单于拜过朝阳后才开始行动），方才还空不见人的两山之巅至山腰处突然涌出无数人影。伴随着撼天动地的喊声，胡兵杀下山来。胡兵的先锋部队逼近至二十步远时，一直按兵不动的汉军阵营才响起鼓声。千弩齐发，数百胡兵应弦倒地。汉军前排的戟兵以间不容发之势向还未站稳脚跟的剩余胡兵发起攻势。匈奴先锋部队全线溃散，逃窜至山上。汉军乘胜追击，俘虏敌军数千。

汉军打了一场漂亮的开门战，但执拗的敌军绝不可能就此退兵。仅是今日的敌军人数就足足有三万吧。而且，从山上随风飘扬的旌旗看，此军无疑是单于的近卫军。如果单于在此，就必须做好思想准备，对方派出十万八万的后援也是理所当然的。李陵决定即刻撤离此地，向南方转移。这一决定也改变了之前规划的行军路线，不再赶往东南两千里外的受降城，而是沿着半个月前的来路南下，早日赶到居延塞（可距离此地依然有一千数百里之遥）。

南行第三日中午，汉军身后遥远的北方地平线上黄沙飞扬，有如黄云漫天。是匈奴骑兵追来了。第二天，已有八万胡兵凭借战马的速度优势，将汉军围得水泄不通。但似乎因为前一日的失败而心有忌惮，并未紧逼到跟前，只将南行的汉军远远围住，骑在战马上射远箭。每当李陵命令全军停止前进，排兵布阵准备迎战，敌人就策马远退，避开缠斗。当汉军重新行军，敌军便再次凑上前来射击。如此一来，汉军行军速度明显减缓，死伤者也日渐增多。匈奴军就像茫茫旷野中紧跟在饥渴劳顿的旅行者身后的野狼一般，以这种战法穷追不舍。他们试图以钝刀子割肉般的战术挫伤汉军的实力，窥伺着最后致命一击的机会。

且战且退地南行数日后，汉军进入一处山谷，休养一天。伤兵数量已经相当庞大，李陵清点全军将士，明确损伤情况后下令：负伤一处者继续持兵器誓死抵抗，负伤两处者协助推兵车，负伤三处者方可乘兵车前行。由于运输能力匮乏，尸体只能遗弃在荒野中。

当晚，李陵巡视阵营时，偶然发现辎重车中藏有一名女扮男装的女子。于是逐一搜查全军兵车，发现以同样方式潜藏车内的女子竟有十余人。原来，当初关东大盗被剿灭时，他们的妻儿被流放到了这西部边陲。这些寡妇中，不少人因穷困或再嫁戍边士兵，或彻底沦为军妓。她们藏匿于兵车之中，跟到了这千里迢迢的漠北。李陵并未责罚将她们带来的士兵，只是简单粗暴地命令军吏斩杀她们。被带到山涧洼地的女人们厉声哭号了许久，突然又仿佛被深沉的黑夜吞噬了一般，哭喊声戛然而止。军帐内的将士们听着这动静，无不肃然沉思。

次日清晨，敌军久违地近身来袭，汉军酣畅淋漓地大战一场，最终敌军丢弃的尸体就达三千有余。第二天起，李陵率军仍照之前的计划，沿着原来的龙城道南撤。胡兵因为吃了亏，又故技重施，采取尾随战术，伺机而动。

连日来遭敌人游击战术纠缠的憋屈和焦躁被一扫而空，士气陡然大振。第二天，他们开始沿着龙城旧道向南撤退，匈奴军则恢复了此前的远距离包围战术。到了第五天，汉军踏入了一处平沙地带常见的沼泽地。水已经开始结冰，泥沼没过小腿，无边无际的干枯芦苇地似乎怎么也走不到头。匈奴军绕到上风地带放了一把火。朔风卷着烈焰，正午的烈日下失了光辉的惨白色大火飞速逼近汉军。李陵立即让士兵点燃身边的芦苇来抵挡，才勉强阻止了火势。火攻是抵挡住了，可在沼泽地行车的困难却难以言表。找不到可休息的地方，全军只能在泥泞中走了一宿。第二天早上，总算到达了丘陵地带，却遭到敌袭，原来敌军主力部队早已抢先埋伏在此地。那是一场人马混战、生死相搏的血战。为了避开敌军骑兵的强势突击，李陵军弃车而走，将战场转移到山脚处植被稀疏的树林中。汉军以树林做掩护，弓弩齐发的效果颇佳。这时，单于率亲卫队恰巧现身阵前，在弓手一阵连弩齐射下，单于胯下白马高扬前蹄，身体直立，瞬间将那一袭青袍的胡人首领摔在地上。两名亲卫队成员骑在马上，一左一右将单于捞起，其余队员则火速将此三人围起，掩护着他们迅速撤退。一阵混战过后，终于将难缠的敌人击退，此战却是至今为止最艰难的一战。敌军弃下尸首数千具，汉军战死者也有近千人。

汉军从当日俘虏的胡兵口中了解到一些敌军内情。俘虏表示，单于对汉军如此难以对付深感惊叹——面对比自己强大二十倍的大军也毫不畏惧，每日持续南下，看起来像是在诱敌深入。他怀疑附近或有汉军伏兵，因而李陵才有恃无恐。出击的前一晚商议战事时，单于将自己的怀疑透露给诸将，众人觉得确实有可能，但最终主战派的观点占了上风——单于亲率数万骑兵，却消灭不了汉人一支孤军，实在有损颜面。他们决定，在此地以南四五十里之外延绵的山谷展开猛攻，到了平原一带再决一死战，若是仍然无法击溃汉军，就撤兵返回北方。听到这些话，校尉韩延年等汉军幕僚们心中里涌起一丝微弱的希望，觉得汉军或许还有一线生机。

第二天起，胡军的攻势变得极其猛烈，大概是俘虏口中“最后的猛攻”开始了吧。敌人的袭击一天重复十几次，汉军一面极力反击，一面缓缓南移。三天后，汉军终于来到平原地带。平原作战时，骑兵队的威力更发挥得淋漓尽致。匈奴军展开疯狂攻击，企图压制汉军，但还是铩羽而归，以又留下两千具尸体告终。如果俘虏所言不虚，这下胡军应该会放弃追击了。虽说区区小卒所言不能尽信，但一众幕僚还是微微松了一口气。

但当天晚上，汉军中一个名为管敢的军侯脱离汉营投降了匈奴。管敢曾是长安城的不良少年，前一晚因侦察敌情时偷懒而被校尉——成安侯韩延年当众责打。并且，前些日子被斩杀在溪谷的众女中就有他的妻子。管敢知道匈奴俘虏供述的情报，因此当他逃到胡营，被带到单于面前时，力劝单于无需担心伏兵。汉军并无后援，而且箭矢即将用尽，伤亡者又层出不穷，行军已极为困难。汉军中心部队不过是李将军及成安侯韩延年各自率领的八百人而已。他们分别以黄旗白旗为标记，若明日胡军精兵集中攻破汉军黄白旗所在之处，剩下的便可轻松击溃，如此云云。单于大喜，随即重赏管敢，马上取消了撤兵北上的命令。

第三天，匈奴精兵一边高呼“李陵、韩延年速降！”一边朝黄、白旗的汉军发动攻击。胡军来势汹汹，汉军从平地被渐渐逼入西面山地，最终进了远离主道的偏僻山谷。敌军的箭雨从四面八方的山上袭来，汉军有心应战却无箭可用。出遮虏鄣时，五千士兵每人备一百支箭，如今五十万支箭已悉数射尽。不仅是箭，全军的刀枪矛戟也折损过半，可谓名副其实的“刀折矢尽”了。即便如此，失了矛戟者砍下车梁拿在手里，军吏则手持短刀迎战。退至山谷深处时，地势越来越窄。胡军开始从悬崖上往下抛投巨石，这一次的杀伤力远胜弓箭，汉军死伤者剧增。尸体和石头堆积如山，已不可能再前进。

当晚，李陵换上小袖便衣，禁止任何人跟随，独自出营去了。月光洒向山谷，照亮了堆积如山的死尸。从浚稽山之战撤离之时夜色漆黑，如今明月已再次露面。在如练月光和满地白霜的映照下，整面山坡仿佛被水浸湿了一般。营中的将士们单从李陵的服装就猜到，李陵一定是打算只身涉险刺探敌情，伺机刺杀单于。李陵迟迟未回，众人屏住呼吸留神外头的动静。只听见远处山上敌营中传来阵阵胡笳声。许久之后，李陵悄然掀起帷帐进了军营，一落座便叹息：“休矣！”过了许久，又喃喃自语道：“兵败如此，只能全军战死！”满座寂静。

不久，一个军吏开口了。他表示，早些年浞野侯赵破奴被胡军生擒，数年后逃回大汉，武帝并未治他的罪。更何况李将军孤军威震匈奴，即便逃回汉都，想来天子也会礼遇有加吧。李陵打断他的话，说道：“我李陵 己之事暂且不论，若现在有十支箭或许可以突围，但眼下箭已耗尽，天一亮全军只能坐以待毙。不过，若可趁今夜突出重围作鸟兽散，或许还有人能逃回边塞，向天子禀报军情。据我推测，此地应该是鞮汗山北面山地，离居延还有数日行程，虽然成败难料，但已别无他法了。”诸将幕僚均点头称是。

李陵令将士们每人携带两升干粮和一块大冰，不管三七二十一直奔遮虏鄣。同时，他们将汉军旌旗悉数砍断埋到土里，武器、兵车等但凡可被敌军利用的物品也悉数毁掉。半夜时分，汉军擂鼓起兵，鼓声凄然低沉。李陵同韩校尉飞身上马，领十多名壮士冲在前面，打算突破今天被逼入的峡谷东口，冲出平原朝南方狂奔。

月亮早已落山。因攻敌不备，三分之二的李陵军按计划冲出了谷口。但也立刻遭到敌军骑兵的追击。虽然大部分步兵被杀或被俘，仍有数十人趁着混战抢了胡马，挥鞭南下。在夜色中微微发白的平沙上，李陵清点了人数，确认摆脱敌军追击成功逃脱的士兵达到百余人后，又返回峡谷入口的修罗场，冲入敌群厮杀。

李陵多处受伤，戎衣已被自己和敌人的鲜血浸湿，越发沉重起来。与他并肩作战的韩延年早已战死。眼见麾下全军尽失，李陵自觉已无颜再见天子。他重新执起长戟，再次冲入乱军之中。黑暗中敌我难分，混战间李陵的战马似被流矢射中，无力地向前倒去。几乎就在同时，正举戟刺向前方敌人的李陵突然被重物击中后脑勺，失去了意识。早已准备生擒的胡兵里三层外三层地扑向了跌落马下的李陵。

二

九月份出兵北伐的五千名汉军，到了十一月已是疲惫不堪，伤痕累累，主将折损，只剩下不足四百人的残兵回到边塞。兵败的战报立刻通过驿站传到了都城长安。

出人意料的是，武帝并没有震怒。毕竟连身为主力部队的李广利大军都一败涂地，又怎么会对李陵那支没有后援的孤军寄予厚望呢？而且，武帝认为李陵必定是战死沙场了。不过，之前李陵派来的那个从漠北赶回来的使者——声称“战线无异常，士气甚高昂”的陈步乐（作为带来吉报的使者受了嘉奖，直接封官留在了都城），在这形势下只能自裁以谢罪了。虽然可怜，却也无奈。第二年，即天汉三年的春天，李陵并未战死而是被俘投降的确切情报传到了京城。武帝这才赫然震怒。武帝在位已有四十余年，此时已经年近六十，但脾气之暴烈却胜过年轻力壮的青年时代。他喜欢神仙传说，宠幸方士巫觋，虽然之前已被自己笃信尊崇的方士们蒙骗了多次。这位亲历汉朝鼎盛时期，君临天下五十余年的大帝，步入中年后，对灵魂世界怀着深切的不安，难以自拔。正因为如此，这方面的失望带来的打击也是巨大的。随着年龄的增长，这样的打击使原本生性豁达的他对群臣的猜忌越来越严重。李蔡、青翟、赵周等官至丞相的人相继被处死。以至于现任丞相公孙贺在受封时因为担忧自己的命运，在皇帝面前号啕大哭。自从硬骨铁汉汲黯退位之后，围绕在皇帝身边的不是佞臣就是酷吏。

且说武帝收到情报后，召集群臣商议该如何处置李陵。李陵本人虽不在京城，但是一旦论罪，便由他的妻儿家眷和财产来承担处罚。以残酷闻名的某廷尉擅长察言观色，巧妙地扭曲律令，来迎合圣意。有人曾以律法权威来指责他，他竟答道：“前主认为对的是律，后主认为对的即令。除了当今圣上的意思之外，还有什么法律呢？”

群臣都是此廷尉之流。丞相公孙贺、御史大夫杜周、太常赵弟以下的百官，没人敢触犯天子逆鳞为李陵辩护。他们极尽恶毒的言辞，怒斥李陵的卖国行径。甚至有人说，如今一想到自己曾经跟李陵这样的叛贼共事，就感到羞愧难当。百官一致认为，李陵平时的言行举止处处可疑。就连李陵堂弟李敢[①]仰仗太子的宠信恣意妄为，也成了诽谤李陵的口实。结果，缄口不言已经算是对李陵最大的善意了，不过这样的人也寥寥无几。

只有一人，神情不悦地看着眼前这一幕。如今极尽一切言辞诋毁李陵的，不正是数月前李陵辞别京城时举杯为他壮行的那些家伙吗？当漠北来的使者说李陵军队尚在时，大赞李陵孤军奋战，说什么不愧是名将李广之后的，不也是这些家伙吗？恬不知耻地装作忘记过往的这些达官显贵，和明明睿智到足以看透他们的阿谀奉承，却不愿听真话的君主，让这个男人深感不解。不，这其实并不难理解。人性如此，他早就心知肚明了，但他依然感觉不快。

身为下大夫，因为参与朝廷议事，他也受到了皇帝的垂问。他毫不掩饰地盛赞李陵。他说："臣观李陵平时对父母孝顺，对朋友诚信，总是为国奋不顾身，急国家之急，实有国士之风。如今不幸战败一次，圣上身边的佞臣们一心只想全躯保妻儿性命，肆意夸大、扭曲李陵这一过失过来蒙蔽圣听，实在是遗憾之至。李陵本次出征只率不足五千人的步兵，孤军深入敌军营地，使匈奴数万骑兵疲于奔命，转战千里。战到最后，耗尽弓矢，全军依然张空弩，举白刃死战。深得部下之心，同心协力拼死迎战，说是古今名将也不为过。虽说战败，但其骁勇善战

---

① 此处应为作者笔误，李敢应为李广的儿子，李陵的叔父，下文也有提到李敢为李陵叔父。此处应该为李陵的堂弟李禹。

的事迹足以昭告天下。依臣愚见，李陵不死而降虏，或是为了在敌营寻找机会报效大汉吧……”

群臣无不大惊失色。没想到，这世上居然还有人敢说出这种话！他们诚惶诚恐地抬头仰望着武帝青筋暴起的怒颜。接着，一想到这个将他们称为“全躯保妻儿性命之臣”的男人接下来的命运，就都不怀好意地笑了。

这个不顾死活的男人——太史令司马迁，刚刚从皇帝面前退下来，“全躯保妻儿性命之臣”中的一人立即向皇帝进谗言，揭发司马迁和李陵的关系亲密。甚至有人称，太史令因故与贰师将军之间素有嫌隙，他赞扬李陵是为了借机陷害先于李陵出塞却无功而返的贰师将军。总而言之，众臣一致认为，区区一个掌管占星卜祀的小小太史令，态度竟然如此嚣张。于是，怪异的一幕发生了，司马迁居然先于李陵族人被定了罪，第二天就被贬为廷尉，处以宫刑。

自古以来，中国的肉刑主要有黥（面部刺字）、劓（割鼻）、刵（砍脚）、宫（切掉生殖器）四种。武帝的祖父汉文帝时期废除了其中三种，只保留了宫刑。宫刑是一种让男人不再是男人的怪诞刑罚。该刑罚又被称作腐刑，一说是因为创口处散发腐臭，也有说法因为受刑后男性就如腐木般无法结果。受刑者被称作阉人，宫廷宦官自然大多属于此类。那么多人中，偏偏是司马迁遭受了这种刑罚。

后人所熟知的《史记》作者司马迁之名虽然如雷贯耳，但当时的小小太史令司马迁不过是一介文吏，实在太过渺小。此人确实头脑明晰，但给人的印象却是太过自信，又不善与人交际，并得理不饶人，顶多是个以倔强乖僻闻名之人。这样的他即便受了腐刑，也没有人大惊小怪。

司马氏自周朝起任史官，后入晋、侍秦，至汉朝时，第四代传人司马谈效忠武帝，在武帝建元年间担任太史令。司马谈为司马迁之父，专攻律、历、易之法，精通道家学说，博览儒、墨、法、名诸家之言，兼收并蓄为自己的独到见解。这种对自身头脑及思维能力的高度自信，完美地传承到了儿子司马迁身上。他对儿子最主要的教育方式，是传授诸家学说经典，并让其云游四海。这在当时是一种非常奇怪的教育方式，但对成就后来名垂青史的历史学家司马迁做出的贡献却不言而喻。

元封元年，汉武帝东巡时登泰山祭天。当时司马谈卧病周南（洛阳），这个热血男人自己未能在天子首次封禅时随行而哀叹，竟然含恨而死。他毕生的夙愿是写一部贯通古今的通史，最终止于完成史料收集这一步。他临终的情景，被儿子司马迁详细地记录在了《史记》的最后一章里。据记载，司马谈意识到自己大限将至，就喊来司马迁，握着他的手，谆谆叮嘱编纂史书的必要性，又悲叹哀号自己无用，身为太史却没能着手此事，让贤君忠臣的事迹都湮灭在黄土之中。“我死后，你一定会继任太史。当了太史之后，切勿忘了我著书立说之志。”司马谈反复叮嘱，“这才是你对我最大的孝行，你一定要铭记在心。”司马迁俯首涕零，发誓决不违背父亲遗愿。

父亲死后两年，司马迁果然继承了太史令一职。他本想利用父亲收集的材料和宫廷收藏的秘典，立刻投身到他们父子间传承的天职中去，但他当上太史令后被安排的第一个任务是修订历法。整整花了四年埋头这项工作。太初元年，他终于完成了这项工作，马上开始着手《史记》的编纂。这一年，司马迁四十二岁。

腹稿早已经打好。司马迁所构思的史书与以往的史书形式完全不同。作为彰显道义评判准则史书，当推《春秋》，但将它作为传述事实的史书却不尽如人意。他想要的是更多事实，事实比经验教训更重要。《左传》和《国语》倒是确实有事实，且《左传》叙事手法之巧妙，令人只能拍案叫绝。但书中缺少对创造了这些事实的个体的探究。哪怕他们在事件中的形象被描写得栩栩如生，可由于缺少对独立个体的背景调查，文中并未体现他们是如何走到这一步的，这便是司马迁不满意之处。而且，自古以来的史书主要着眼于让当代人了解历史，缺乏让后人了解当代的考虑。总之，司马迁无法在现有的史书中找到自己想要的东西。

而现有史书的不足之处究竟在哪儿，也只能等写完自己想要的东西之后才清楚。写出藏在心里的郁闷和焦躁比批判现有史书更为重要。不，应该说，他的批判，只有以独自创作出新事物的形式才能表现出来。至于自己长期以来在头脑中描绘的构想究竟能否称之为“史”，他并没有自信。但是，无论能否称之为“史”，这都是最有必要写出来的（对于现世之人，对于子孙后代，尤其对于自己而言）。在这一点上，他是自信的。他效仿孔子，采取了“述而不作”的方式，但又与孔子的“述而不作”大不相同。对司马迁来说，只列举事件的编年体式写法不能称之为“述”；而妨碍后世之人了解事实的道义性评判，又该划入“作”的范畴。

自大汉一统天下，至武帝时已传承五代[①]，已有百年了。因秦始皇的焚书坑儒所销毁或隐匿的书籍终于得以重见天日，文化复兴的气运生机勃勃。不仅是大汉朝廷，时代也需要史书的出现。就司马迁个人而言，父亲遗训所带来的激励，随着自己学问、观察能力、文字表达能力的不断提高，已经逐渐发酵成浑然一体的能力。因此，他的编史大业进展顺利，甚至到了因太顺利而苦恼的地步。从开篇的《五帝本纪》到夏、商、周、秦本纪时，他只是个但求在材料安排和记述上正确严谨的技师。但是，在写完秦始皇进入《项羽本纪》时，他失去了作为技师的冷静。他时不时感觉自己被项羽附体，或是自己变成了项羽。

“项王则夜起，饮帐中。有美人名虞，常幸从；骏马名骓，常骑之。于是项王乃悲歌慷慨，自为诗曰：‘力拔山兮气盖世，时不利兮骓不逝。骓不逝兮可奈何，虞兮虞兮奈若何！’歌数阕，美人和之。项王泣数行下，左右皆泣，莫能仰视。”

能这样写吗？司马迁疑惑了。能采用如此炽烈的写法吗？他极度警惕“作”，认为自己的工作唯“述”而已。事实上，他所做的也只是在“述”，可那是多么生动的叙述手法啊！若没有异乎常人的想象力，不可能写出如此生动的记述。他太担心自己在“作”书，便时不时返回去重读已完稿的部分，为此删除了那些会使历史人物看起来如现实人物一般栩栩如生的字句。如此一来，那些人物确实停止了鲜活的呼吸，他也就不必担心有“作”的成分了。可是，（司马迁又想）这样的话，项羽岂不

① 应为七代皇帝。分别为汉高祖刘邦、汉惠帝刘盈、前少帝刘恭、后少帝刘弘、汉景帝刘启，以及汉武帝刘彻。因前少帝刘恭和后少帝刘弘在位时间短，且吕后临朝称制，或因此作者未将这两位皇帝算入其中。

就不是项羽了吗？项羽、秦始皇、楚庄王都变成了同一个人。把不同的人记述成同一个人，又何“述”之有呢？所谓“述”，不是将不同的人记述得各不相同吗？这么一想，他就不得不让自己删掉的字句复活。原封不动地改回去再读一读，他终于放心了。不，不只是他一个人，他笔下的那些历史人物——项羽、樊哙和范增等，也终于能安下心来，各得其所。

心情好时，汉武帝确实是一位高迈豁达、通情达理的文教保护者。而且太史令这个官职，需要的是一种朴素的特殊技能，这也使司马迁免于陷入官场常见的结党营私、尔虞我诈带来的地位（乃至生命）的危机。

那几年，司马迁每天都过得充实且幸福（虽然当时的人所认为的幸福，和现代人心目中的幸福有天壤之别，但追求幸福之心从未改变）。他从不妥协，向来积极开朗，能言善辩，爱笑爱怒，而且擅长争辩，常常把对方驳得体无完肤才罢休。

没想到几年之后，横祸突然从天而降。

在昏暗的蚕室里——受腐刑后必须避免受风，所以造密室蓄火以保暖，将术后的受刑者放到室内静养数日。温暖昏暗的环境有如养蚕暖房，因而得名“蚕室”。——身处难以言喻的混乱中，司马迁茫然倚靠着墙壁坐着。他最先感觉到的竟然是惊骇而不是激愤。如果是斩首或是别的死刑，他平时早就做好了心理准备。他甚至可以想象自己受刑而死的模样。在忤逆武帝圣意赞扬李陵时，他也担心过，稍有差池就可能招致杀身之祸。然而，没想到的是，在众多刑罚里偏偏遇上这最为羞耻的宫刑！

要说粗心大意也确实是粗心大意了（既然都想到死刑了，当然也应该想到其他任何一种刑罚），司马迁虽然想过自己命里可能会遭遇不测之死，但从未想过如此丑恶之事竟会突然落到自己身上。他一直有种近乎确信的念头，认为每个人身上只会发生与他本人相配之事。在长期编修史实的过程中，自然而然地形成了这种念头。就像同处逆境时一样，慷慨之士会遭受激昂悲壮的惨痛之苦，而软弱之徒则遭受缓慢阴暗的丑恶之苦。

哪怕一开始看上去不相称，至少人们通过其后续的处事方式可以发现，命运还是与这个人本身相符的。司马迁坚信自己是个大丈夫。他确信，自己虽然是个文吏，但比当下任何一个习武之人都更具男子气概。不是他自负，无论多么讨厌他的人，也不得不承认这一点。因此照他一贯的想法，自己甚至可以接受车裂之刑作为人生终点。结果没想到，自己一个年近五十之人竟然遭此奇耻大辱！一想到如今身处蚕室的自己，一切仿佛是一场梦。他希望这是梦。可当他背靠墙壁，睁开紧闭的双眼时，映入眼帘的是一片晦暗中，或躺或坐的三四名男子，他们衣衫不整，脸上了无生气、失魂落魄。当他想到如今的自己也是那模样时，像是呜咽又像是怒吼的嘶喊声破喉而出。

在痛苦、愤恨、烦闷交织的几天里，有时候学者特有的习惯性思考——反省，会浮现在脑海中。他在思考，在这次的变故中，究竟是什么，是谁，是谁的什么地方不对呢？在那个君臣之道与日本截然不同的国家，他首先想到的，自然是怨恨汉武帝。事实上，有段时间他全身心都充斥着怨恨，无暇顾及其他。但是，短暂的狂乱期过去之后，身为历史学家的他醒悟了。不同于儒家学者，他知道如何从历史学家的角度来审视先王的功绩，对于现在的武帝，他在评判时同样不会任私怨扰乱标准。不管怎么说，汉武帝都是个伟大的君主。尽管武帝有大量缺点，但是只要此君在位，大汉的天下就稳如磐石。汉高祖暂且不谈，汉朝的仁君文帝和名君景帝跟这位君主相比，还是逊色了。只是，越伟大的东西，缺点也会被放大，这也是无可奈何之事。虽然处在极度怨恨中，司马迁仍然没有忘记这一点。总而言之，这次的事件只能当成是天有不测风云，自己不幸遭遇雷霆疾风暴雨罢了。

这样的想法又把他逼入愈发绝望的愤慨中，但在另一方面，也使他释然了。既然怨恨的矛头无法长期指向君王，则势必会转向君侧的一众奸臣。是他们的错。确实如此。然而他们的错并不重要。而且，清高的司马迁又觉得，这些小人不配成为自己的怨恨对象。他从未对所谓的“好人”感到如此愤怒过。这些人比奸臣酷吏更难应付，至少在一旁看着他们就来气。他们善于让自己心安理得，也让他人安心，正因为如此，就更是岂有此理。他们不辩解，不反驳，内心既无反省也无自责，典型的是丞相公孙贺之流。同样是阿谀奉承，杜周（此人最近刚陷害了前任御史大夫王卿并上位了）之流无疑是有意而为之的。而那个“好人”丞相就连这点自知之明都没有。即便被指为“全躯保妻儿之臣”，他这种家伙恐怕也不会生气吧。那帮家伙甚至不值得自己怨恨。

最后，司马迁将这愤懑的矛头指向了自己。实际上，如果必须对某个对象生气，最后那股怨气只会针对自己。可是自己何错之有呢？无论怎么想，他都不认为自己为李陵辩护这件事有错。也不觉得辩护方式有多拙劣。只要不自甘堕落地去阿谀奉承，就只能如此，别无他法。只要问心无愧，无论这种行为最终会带来怎样的结果，真正的士只能坦然承受。诚如此言，无论被肢解还是被腰斩，自己都会心甘情愿地接受。可是宫刑——其结果就是如今这惨状——却又另当别论了。同样是残疾，这种刑罚与跺脚割鼻有天壤之别。这不该是施加于士大夫身上的刑罚。单从这一点来说，无论从哪个角度看，自己身体遭受如此摧残，绝对是丑恶的，没有任何粉饰的余地。如果仅仅是精神上的伤害，也许可以随着时间的流逝而愈合。可自己身体上这丑恶的模样却要持续到死。不管动机如何，招致这样的结果，最终都只能归结为“错了”。但是，哪里错了？自己的哪里错了？哪里都没有错。自己只是做了一件正确的事。若非要说错了，只能说“自我的存在”本身错了。

茫然的司马迁虚脱地瘫坐在地，时而猛然起身，如负伤的野兽般呻吟着在晦暗温暖的室内走来走去。他无意识地重复着这些行为，思绪也同样留在原处打转，不知何处是终点。

除了几次神志不清时一头猛撞到墙上而头破血流之外，他并没有试图自杀。他想死。要是死了该多好。比死要可怕无数倍的耻辱在刺激着他，使他完全没有怕死之心。为什么没能死成呢？也许是因为监狱中没有可以自杀的工具吧。但除此之外，还有某种内在的力量在阻止他。起初，他并没有意识到那是什么。只是感觉自己在狂乱和愤懑中不停地承受死亡的诱惑，可又能依稀感觉到一种阻止他自寻短见的东西。他并不清楚自己忘记了什么，但是总有一种忘记了什么的感觉。这就是他当时的心境。

获释回家，禁足在家里时，他才恍然大悟，这一个月的狂乱纷扰已使他完全忘记了修史这个毕生大业。然而，虽然表面上已经遗忘，潜意识中对这项事业的关心却暗中阻止了他自杀的念头。

十年前，父亲临终时在病榻上握住自己的手含泪留下遗言，那言辞凄恻的叮嘱至今犹在耳畔。但如今，使内心遭受惨痛的他仍未绝修史之念的，并不仅是父亲的遗训，最本质的理由在于那项事业本身。但那也不是出于该事业本身的魅力，或者对这一事业的热忱之类的怡情志趣。对司马迁而言，那无疑是一种修史使命感的觉醒，但那种觉醒也并非能让他昂然自恃的自我觉醒。曾经那个极度自我的男人，经过这次事件的蹂躏，痛切地领悟到自己是多么微不足道。无论如何自视甚高地宣扬什么理想抱负，终究只是在路边被牛蹄踩得稀烂的虫蝼而已。

虽然“自我”被践踏得稀烂，但他从未质疑过修史这项事业的意义。不管怎么想，沦落到如此凄惨的境地，丧失了一切自信和自恃之后，依然为了这项事业苟活于世，是不可能感到愉快的。他感觉到，那是一种宿命般的因缘，就像两看两相厌却永远无法摆脱对方的人间孽缘一般。总而言之，唯一可以明确的是，为了这项事业，他没能将自己杀死（这也并非出于责任感，而是源自他本身已经与这项事业产生了紧紧的联系）。

当初如盲目的野兽挣扎般的痛苦过后，取而代之的是人类所特有的自觉性的痛苦。苦恼的是，当确信自己不能自杀之后，他越来越清楚地意识到，除了自杀再无其他办法可以逃脱苦恼和耻辱。作为大丈夫太史令的司马迁已死于天汉三年春。此后续写史书的司马迁，不过是既没知觉也没意识的书写机器——除了这样自我麻痹，别无他法。虽然牵强，他仍试图强迫自己这样去想。修史大业必须继续下去，这是他的底线。为了继续修史大业，不管多么难以忍受，也必须苟活于世；为了苟活于世，无论如何都要把自己当成一个死透的人。

五月之后，司马迁再度执笔。他既感觉不到欢欣也感觉不到亢奋，仅在要完成大业的意志的鞭笞下，如拖着负伤的腿脚朝目标前行的旅人那般，意态消沉地撰写书稿。太史令一职也早已被罢免。武帝有些后悔了，不久后又提拔他为中书令，然而官职升贬于他而言已没有任何意义。曾经那个能言善辩的论客司马迁已缄默不语，无喜无悲。但那姿态绝不是颓然沮丧，众人反而从他那缄默的面容中看到了某种恶灵附身般的骇人模样。他废寝忘食，笔耕不辍。家人们甚至觉得他似乎在争分夺秒，急于尽快完成大业，好早日获得自杀的自由。

凄惨悲壮的奋斗持续了一年左右，他终于发现，在丧失了活着的乐趣后，只有表达的喜悦还可以继续存留。然而即便到了这时，他依然无法打破已经彻底融于自身的沉默，容貌中的骇人之气也丝毫不见缓和。在持续的书写过程中，每当不得不写下“宦者”“阉奴”之类的文字，他都会不自觉地发出呻吟。无论是独处一室还是夜间卧榻时，每当这种屈辱的思绪突然苏醒，仿佛被烙铁灼烫般的疼痛立时就席卷全身。这时他会猛然跃起，发出怪叫，呻吟着走来走去，再咬紧牙关，竭力使自己平静下来。

三

李陵在混战中失去了知觉。当他在点着兽脂油灯、烧着兽粪的单于大帐里苏醒的那一瞬间，内心有了决断。或是自刎以免受辱，或是假意降敌再伺机逃走——立下足以赎战败之罪的功勋——眼下只有这两条出路。李陵决定选择后者。

单于亲自替李陵松绑，之后对他也极尽礼遇。且鞮侯单于是前任单于呴犁湖的弟弟，是个体格魁梧、巨眼赭髯的中年汉子。他坦言，自己曾跟随数代单于与汉人交战，还从没遇过李陵这样的强劲对手。又提到李陵的祖父李广，以称赞李陵的骁勇善战。飞将军李广射石杀虎的鼎鼎大名至今在胡地仍广为流传。李陵被优待，不仅因为他是强将子孙，更缘于他自身的英勇强悍。分配食物时，强壮者取走美味，老弱者瓜分残余，就是匈奴的民风。强者在此地绝不会遭到屈辱。降将李陵受到贵宾礼遇，被赐予穹庐一座、侍从数十人。

李陵开始了新奇的生活。住的是穹庐毡帐，吃的是牛羊马肉，喝的是酪浆、兽奶、乳酪酒，穿的是用狼皮、羊皮、熊皮缝成的毡裘。日常生活中除了畜牧、狩猎、劫掠，再也没有别的事了。一望无际的高原上，也有河流、湖泊、群山形成的自然边界，除了单于直辖地，还划分出了左贤王、右贤王、左谷蠡王、右谷蠡王及以下各路王侯的领地。牧民的迁徙也仅限于各自的疆域之内。这个国家没有城郭和田地。虽有村落，也会随季节逐水草迁徙。

李陵没有分到土地，始终和单于麾下诸将一起随侍单于左右。他一直伺机取单于首级，但总是找不到机会。即使真的能杀了单于，除非有绝佳机遇，他根本不可能携带单于首级安全逃脱。如果单于在胡地遇刺，匈奴一定会将这个莫大耻辱掩饰过去，消息恐怕也传不到大汉。于是，李陵耐下性子，等待那几乎不可能的机会来临。

除李陵外，单于帐下还有几名汉朝的降将。其中一人叫卫律，虽不是军人出身，却深受单于重用，被封为丁灵王。卫律的父亲是胡人，他却因故生长于汉都。他曾效命于汉武帝，早些年协律都尉李延年东窗事发，他怕遭牵连而逃回匈奴。因为血脉相通，他迅速适应了胡地风俗，也展现出相当出众的才能，经常出入且鞮侯单于帷帐议事，参与所有的帷幄运筹之事。李陵几乎不与卫律等胡地内的汉朝降将说话。他觉得这些人中，没有任何人可与他共同完成他心中的大计。说起来，其他汉人同胞之间似乎也存在一种尴尬的气氛，彼此没有什么深交。

有一次，单于叫来李陵，向他请教军事战略。因为那是与东胡之间的战役，李陵便爽快地直抒己见。单于第二次向李陵请教的是针对汉军的策略，李陵毫不掩饰地露出不快的表情，没有开口，单于也没有强求。很久之后，单于想任命李陵为将军，让他带兵南下掠夺代、上两郡，李陵断然拒绝，表示自己无法参加针对大汉的战役。之后，单于再也没有对李陵提出类似的要求，待遇则一如从前。这让人觉得，他并非想利用李陵，而仅仅是为了礼遇贤士而厚待李陵。总而言之，这单于倒是个真正的大丈夫，李陵心想。

单于长子左贤王开始莫名向李陵示好。那情感说是善意，倒更接近尊敬。左贤王二十出头，性情粗野但英勇可嘉，是个实在的青年。他对强者的崇拜，的确是一种纯粹而强烈的情感。

一开始他来找李陵时，只为了请教骑射之术。说是骑射，他的骑术原本就不逊于李陵。尤其是驾驭裸马，他的骑术甚至在李陵之上，于是李陵决定仅传授他射术。左贤王成了一名热心好学的弟子。提到李陵的祖父李广出神入化的射术时，这名番族青年便两眼放光，认真地倾听。两人常结伴狩猎。他们仅带极少随从，在旷野上纵横疾驰，猎射狐狸、野狼、羚羊、雕和野鸡等。

有一次，天快黑了，箭已射尽的二人——两人的骏马早甩开了随从——遭到狼群包围。他们策马扬鞭往狼群外冲。这时，一头狼纵身跃起扑向李陵的马屁股，跑在后方的青年左贤王挥舞着弯刀干净利落地将狼斩于马下。事后一检查，两人的坐骑都被狼群撕咬得皮开肉绽，血流不止。夜幕笼罩下，他们将当天的猎物煮成肉汤。李陵呼呼吹着热气小口啜饮时，看到篝火照亮下这名番王长子年轻的脸，忽然产生了一丝友谊般的情愫。

天汉三年秋，匈奴再次进攻雁门。为了以牙还牙，汉朝于次年派贰师将军李广利率骑兵六万、步兵七万出朔方，并令强弩都尉路博德率步卒一万为后援。同时，又派因杅将军公孙敖率领骑兵一万人、步兵三万人出雁门，游击将军韩说率领步兵三万人出五原，众军分头前进。近年来从未有过如此大规模的北伐。单于听到消息后，当即将妇女老幼、牲畜资财等全部转移到余吾水以北，亲率十万精骑在南岸大草原迎击李广利、路博德大军。鏖战十余日，汉军终于被迫退兵。师从李陵的青年左贤王则另率一队兵马，向东迎战因杅将军，并将其打得落花流水。汉军左翼韩说部队也进军未果而败退。北伐全面失败。李陵照例不与汉军交战，撤退到了余吾水以北。但他愕然地发现，自己竟然挂念着左贤王的战绩。当然，从整体战局来说，李陵自然希望汉军成功而匈奴战败，唯独针对左贤王，李陵似乎有种不希望他失败的感觉。意识到这一点后，李陵产生了强烈的自责。

被左贤王打败的公孙敖回到长安后，因兵力折损又无功而返被打入大牢。他的辩解之词十分蹊跷，说是据敌军的俘虏交代，匈奴军之所以强悍善战，是因为汉军降将李将军常常帮忙操练兵马，教授兵法，以抵御汉军。虽说如此，这也不能成为兵败的理由，因杅将军自然罪责难逃。但武帝听闻此事后对李陵的暴怒自不必言。此前已经被赦免的李陵一族又被投入监牢。这次，上至李陵的老母亲，下至李陵的妻子、儿女、弟弟全数被杀。都说人情凉薄是常态，据记载，当时陇西（李陵家族原籍陇西）的士大夫们都以李家为耻。

消息传入李陵耳中已是半年之后，出自一个从边境俘来的汉军士兵之口。李陵闻听后，猛然起身抓住那士兵的领口，激烈摇晃着士兵再次确认真伪。当得知消息属实后，他牙关咬紧，不由得将全身力量都运到了双手，那士兵扭身挣扎，痛苦地呻吟着。原来在无意识间，李陵双手掐住了那士兵的喉咙。李陵手一松，那士兵便扑通一声瘫倒在地。李陵看都没看他一眼，飞奔出了毡帐。

李陵乱步行走于郊野，暴怒的情绪在他脑海中卷起了旋涡。一想起老母幼儿，他就心如火烧，但流不出一滴眼泪。也许是极度的愤怒早已灼干了泪水吧。

又岂止这一次。迄今为止，李氏一族在大汉受的都是什么待遇？李陵想起了祖父李广临终时的情形。李陵父亲当户在他出生数月前就离世了。李陵是遗腹子，所以直到少年时期，都由声名远扬的祖父教导他、锤炼他。名将李广多次在北伐中功勋卓越，却因君侧佞臣作梗，未曾得过半点恩赏。麾下诸将纷纷晋爵封侯，只有他这清廉的将军不仅没有封侯，还只能自始至终忍受清贫之苦。最后，他与大将军卫青起了冲突。卫青本人对这位老将军怜悯有加，但下面的军吏却狐假虎威，羞辱了李广。激愤不已的年老名将当即于军营中引刀自刎。李陵至今还清楚地记得，听到祖父死讯时，少年时的自己失声痛哭的模样……

李陵叔父（李广三子）李敢又是怎么死的呢？他因为父亲的惨死而怨恨卫青，亲自跑到大将军府邸羞辱了对方。大将军的外甥——骠骑将军霍去病因此怀恨在心，借甘泉宫狩猎之机射杀了李敢。武帝明明知道此事，却为了袒护骠骑将军，对外宣称李敢是被鹿角撞死的……

与司马迁不同，李陵的想法很单纯，他心中只有愤怒（除了后悔自己没有早一点将计划——手持单于首级并逃脱胡地——付诸实施）。只不过，如今的问题在于如何排解怒气。想起刚才那士兵的话，“陛下听闻李将军在胡地教兵备战对付汉朝，龙颜大怒。”李陵终于明白了。他自己当然没有做这样的事。但这里还有个叫李绪的汉朝降将，原本是镇守奚侯城的塞外都尉。此人归降匈奴之后，经常向胡军传授兵法，帮他们练兵。就在半年前的那场战役中，他还追随单于与汉军（不是牵连李陵的公孙敖部队）作战。肯定是这人，李陵心想。同为李将军，他们肯定是把李绪误认作自己了。

当晚，他只身闯入李绪帐中，一言未发，也未让对方发一言。只一刺，便让那李绪当场毙命。

次日早晨，李陵去单于跟前，说明了事情原委。单于表示无须担心，只是自己母亲大阏氏那里会有点麻烦——单于之母虽然一把年纪了，却与那李绪有染。单于早就知道此事。按匈奴的习俗，父亲死后，长子要将亡父的妻妾全部纳为自己的妻妾，但生母自然是排除在外的。极端奉行男尊女卑主义的他们，仍然保有对生母的尊敬——“希望你先到北方躲一躲”，末了又补充道，“等风头过去便接你归来”。李陵听后，带着一众随从去西北兜衔山避风头去了。

不久，大阏氏病死了，单于派人将李陵召回来。李陵仿佛变了个人。因为他以前决不传授匈奴对付汉军的战略，如今却主动表示愿意出谋划策。单于为此大喜过望，他任命李陵为右校王，并将自己的一个女儿许配给他。虽然单于早就提过要将女儿嫁给李陵，但李陵一直回绝，而这次却毫不犹豫地娶了。当时正有一支部队要南下至酒泉、张掖一带掠夺，李陵主动请缨随军而行。部队朝西南行军，碰巧途经浚稽山麓，李陵的内心沉重起来，想到了曾在此地因追随自己而战死的部下。走在这片掩埋了他们的尸骨，浸透了他们鲜血的黄沙上，再一想如今自身的处境，他便丧失了南下与汉军作战的勇气。于是他称病告退，独自调转马头回了北方。

次年是太始元年，且鞮侯单于亡，跟李陵关系亲密的左贤王嗣位，是为狐鹿姑单于。

位居匈奴右校王，李陵的内心依旧矛盾重重。此前的经历已经证明，纵使母亲和妻儿惨遭杀害的灭族之恨深入骨髓，他仍无法亲自领兵与汉军交战。虽然发誓不再踏入汉地一步，但即便和新单于交情不错，李陵仍然对自己能否归化匈奴、安然度过一生没有自信。他不愿再思考，每当心神不宁时便独自纵马狂奔于旷野。秋日长空一碧如洗，铁蹄声声不绝于耳，他疯狂地在草原和丘陵间策马狂奔。奔驰了几十里，终于人马俱疲时，便在高原上寻一条小河，下到河畔让马饮水。他仰卧在草地上，感受着精疲力竭的快感，陶醉地眺望着纯洁、高远、广阔的蓝天。心里感慨：啊！我只是广袤天地之间的一粒沙子而已，为什么要纠结汉人胡人之分呢？休息片刻后，他再次上马忘我狂奔。他终日策马狂奔，直到精疲力竭，等落晖映黄云时才回营帐。只有疲劳，是他唯一的救赎。

有人告诉李陵，司马迁因替他争辩而获罪了。李陵心中并没有特别的感激或同情。他虽与司马迁相识也互有寒暄，但关系也算不上特别亲密。他反而觉得那是个只爱与人争辩不休的家伙，很让人讨厌。而且眼下李陵正拼命同自身的苦闷搏斗，哪有空顾及他人的不幸。虽然他不至于认为司马迁是多管闲事，但同样也没感到特别的愧疚，这是事实。

慢慢地，李陵理解了胡地风俗。那些起初只觉得粗野滑稽的风俗，结合当地实际的风土、气候等背景来看，绝不粗野更无不合理之处：没有厚重的皮革胡服就无法挺过朔北的寒冬，不吃肉就无法储备可以抵御胡地寒冷的体力，不筑房定居也缘于他们的生活形态。一切都存在其必然性，不能不问缘由就将其全盘贬斥为低级、原始的。要是固守汉人的习俗，恐怕在这胡地的自然环境中，一天都活不了。

李陵还记得且鞮侯单于说过一句话。单于说，汉人言必称自己是礼仪之邦，将匈奴言行举止视同野兽并加以责难。那汉人所谓的礼仪到底是什么？不就是将丑陋的事物进行表面的虚饰和美化吗？就好利、嫉妒而言，汉人和胡人究竟谁更过分呢？要说好色、贪财，又是谁更无耻呢？若剥去表皮只看内在，胡人和汉人并无二致。只不过汉人知道掩饰这些，而胡人不知道罢了。单于列举了汉初以来，汉室骨肉相残的内乱，百官互相排挤诬陷的例子时，李陵几乎无言以对。作为一介武夫，李陵不止一次对那些烦琐的礼仪感到困惑。他时常觉得，胡人的粗野直率要比汉人掩盖在美名下的阴险狡诈好多了。李陵渐渐察觉，主观断定华夏的风俗是高尚的，胡地的风俗是低贱的，完全是汉人的偏见。例如，他曾经盲目地相信，一个人有名又有字是理所当然的，但仔细一想，字的存在并没有任何必要的理由。

李陵的妻子是个十分温顺的女子，至今在丈夫面前仍然拘谨畏缩，不太敢开口。不过他们的儿子却一点都不害怕父亲，总是摇摇晃晃地顺着爬到李陵的腿上。李陵入神地看着孩子的脸，忽然想起数年前那个被留在长安——最终与母亲、祖母一同被杀害——的孩子，不由得黯然神伤。

在李陵投降匈奴的前一年，汉朝的中郎将苏武被扣留在了胡地。

苏武原本是作为使节被派来匈奴交换俘虏的，没想到随行的某副使卷入了匈奴内斗，导致使节团全员被扣押。单于无意杀死他们，却以死为威胁来逼他们投降。只有苏武非但不肯投降，还为了避免受到侮辱，拔剑自刺胸口。对于昏倒在地的苏武，胡医采取了相当诡异的治疗手法。据《汉书》记载，他们在地上挖一个坑，在坑中点火，将伤者躺在坑上，踩其后背令其出血。在这种野蛮的治疗下，不幸的苏武在昏厥半天之后又活了过来。且鞮侯单于已经完全被他折服。数十天过后，苏武的身体终于康复了。单于便派之前那位近臣卫律再去劝降。卫律被苏武骂得狗血喷头，羞愧难当，再也不肯去了。后来，苏武因持节十九年而名垂青史，同时被广为流传的还有他被幽禁在地窖时啮雪吞毡充饥的故事，以及他被赶到北海（贝加尔湖）一带寥无人烟处牧羊，并被匈奴告知，除非公羊出奶才肯放他回家的故事，在此不做赘述。总之，当李陵不得不下定决心将自己苦闷的余生埋葬在胡地时，苏武已在北海一带独自牧羊好久了。

苏武与李陵是相交二十年的朋友。二人曾同时担任过侍中。李陵觉得，苏武虽然有顽固不化之处，但确实是世间少有的铮铮铁汉。天汉元年，苏武北上不久，他的母亲就病故了。李陵还亲自送葬至杨陵。出征前，李陵听说苏武的妻子在得知丈夫再也回不来之后已经改嫁了。那时，李陵为朋友感到愤愤不平，愤恨这位妻子的见异思迁。

世事难料，李陵也没想到自己如今竟降了匈奴。从那之后，李陵也再没动过去见苏武的念头。对于苏武被流放至偏远的北地，两人不会再碰面一事，李陵甚至感到松了一口气。特别是自己因被灭族而彻底断了重回汉地之心后，他更不想与这位“手持汉节的牧羊人”见面了。

狐鹿姑单于继承父位几年后，曾一度有谣传称苏武生死未卜。狐鹿姑单于想起父亲未能降服的这名不屈汉使，便请李陵前去查探苏武的安危，若还健在，就再试试劝降。因为他听说二人是朋友。无奈之下，李陵只得动身北上。

李陵沿姑且水北上到达与郅居水交汇处，再继续向西北深入森林地带。在遍布残雪的河岸上前行数日，终于看到森林和原野对面的北海碧水。在当地居民丁灵族人的带领下，李陵等人来到一座简陋的圆木小屋前。小屋的主人被久违了的人声惊动，现身时竟手持弓箭。眼前这个人从头到脚披着兽皮，脸上胡须乱糟糟的。李陵在这个像熊一样的山里汉子脸上找出了当年移中厩监苏子卿的影子。然而，对方却在过了好一会儿之后，才认出眼前这胡服大官是当年的骑都尉李少卿。苏武完全不知道，李陵如今是在为匈奴效力。

刹那间，久别重逢的感动，压过了李陵心中一直阻挠他来见苏武的情绪。起初，二人几乎都激动得说不出话来。

李陵的随从在附近搭起几座营帐，这无人之境立时热闹起来。事先备好的酒食被搬进小屋，夜幕下久违的欢笑惊起了林中鸟兽。李陵在那里逗留了好几天。

谈到自己为何身穿胡服，李陵实在是难以启齿。但他没有丝毫辩解，只是陈述了事实。而苏武则若无其事地讲述自己这几年的悲惨生活。几年前匈奴於靬王狩猎时路过此地，对苏武的境遇深表同情，曾连续三年为他提供衣服和食物。自从於靬王去世后，苏武便沦落到只能从结冻的大地挖野鼠充饥的地步。有关苏武生死不明的传闻则是谣传，其实是他放牧的牲畜被盗贼洗劫一空了。李陵只把苏武母亲去世的消息告诉了他，至于他的妻子抛弃孩子、另嫁他人一事，实难启齿。

李陵不解的是，眼前这个男人究竟为了什么而活？他还在期待有朝一日能重回大汉吗？

因为从苏武的口风推测，如今他似乎已对此不抱任何期望了。那他为什么还要忍受这日复一日的悲惨生活？只要向单于表露降服之意，肯定会受到重用。但李陵一开始就十分清楚，苏武绝对不会做出那样的事。李陵感到诧异的是，既然如此，苏武为什么不趁早自绝生命呢？李陵无法亲手斩断自己毫无希望的生活，是因为不知不觉间，自己在这片土地上结下了各种情意和义理的因缘纠葛，更何况，即使他现在一死了之，也算不上为汉朝尽忠。可苏武不一样，他在这片土地上没有家庭的拖累和牵挂。从对汉朝尽忠这一点来看，手持汉朝符节在这旷野里无休无止地忍饥挨饿，和立即烧了符节自刎之间，似乎并无差别。刚被俘时猛然自刺胸口的那个苏武，不可能如今会突然萌生了怕死之心。李陵想起年轻苏武的偏执——那顽固不化、硬撑到底的样子甚至到了滑稽的程度。

单于以荣华富贵为饵，想让深陷极度穷困状态的自己上钩，若是自己禁不住诱惑，自然无需多言，可若因受不了困苦而选择自杀，也无异于对单于（或是以此为象征的命运）低头了——这就是苏武的心声吗？在李陵看来，苏武固执地与命运顽强抗争的样子，没有任何滑稽和荒唐之处。如果坦然笑对这种超乎想象的困苦、贫乏、酷寒、孤独（而且将持续至死）全都付之一笑的行为是固执，那这固执该是何等悲壮啊！李陵忍不住惊叹，以前苏武那有幼稚之嫌的死撑，如今已成长为一种坚贞的心性。而且此人并不指望自己的所作所为能被大汉知晓。别说是大汉了，他甚至不指望自己独自在荒芜之地与命运抗争之事传入单于耳中。在注定孤独死去的生命最后一刻，回顾自己笑对命运的此生时，他应该会心满意足，死也瞑目了吧。即便无人知晓自己的事迹，也丝毫不放在心上。而李陵曾想取上一代单于首级，又担心目的达成后无法全身而退，会让自己白白牺牲而壮举传不回汉都。患得患失间，始终未能找到将计划付诸行动的时机。面对丝毫不担心是否有人知晓的苏武，李陵暗自汗颜。

两三天后，最初的激动淡去，李陵发觉自己心里产生了一种让他束手无策的心结。无论谈到什么话题，他都要将自己的过去同苏武做一番比较，然后陷入纠结。苏武是义士，自己是叛贼——虽然李陵没有如此清楚地界定，但他不可控制地觉得，在苏武那长年累月于森林、原野、湖水的沉默中锤炼出来的庄严面前，唯一可以为自己的行为辩解的理由，也就是自己内心积累至今的所谓苦恼，是完全不堪一击的。而且，也许是心理作用，随着日子一天天过去，李陵开始从苏武对自己的态度中察觉到一种类似富人面对穷人时的姿态——那是一种知道自己处于优势地位后，刻意向对方展示宽以待人的姿态。虽然说不清到底体现在什么地方，但李陵有时候会在不经意间捕获到这种感觉。让身披奢华貂裘的右校王李陵最为惶恐的是衣衫褴褛的苏武眼里时不时流露出的怜悯之色。

李陵逗留十多天后才辞别旧友，悄然南下。临行前，他在小木屋里留下了充足的粮食和衣物。

李陵终究没有提及单于嘱托的劝降一事。因为苏武的态度鲜明，已无需多问。事到如今，也不需要再用什么劝降来侮辱苏武、侮辱自己了。

南归之后，苏武的身影也无时无刻不萦绕在李陵的脑海。离别后再回想时，苏武的形象反而更加威严肃穆，耸立在他面前。

李陵并非认同自己投降匈奴的行为，但是他一直相信，考虑到自己为故国尽心尽力的付出和故国对自己的回报，即便是再无情的批判者也会认同这件“迫不得已”的事。然而，现在却有这么一个男人，无论面前是多么“迫不得已”的情况，也决不允许自己屈服于那种“迫不得已”。

无论是饥饿严寒、孤独凄苦，或是祖国的冷漠，还是自己的艰苦守节不为人知的这个几乎确凿的事实，对于这个男人来说，都不是足以让他改变平生义节的“迫不得已”的事情。

对李陵而言，苏武的存在既是一种崇高的道德训诫，也是一个令他焦躁的噩梦。他不时派人打探苏武的安危，送去食物、牛羊和绒毯等。想见苏武和怕见苏武的两种情感，时常在他的内心纠缠。

数年后，李陵再次前往北海边那座小木屋。途中遇到一队戍守云中以北地区的卫兵，李陵从他们口中得知，近日汉朝边境太守及以下吏民都身穿白衣。国民穿丧服，那一定是为天子服丧。李陵知道是武帝驾崩了。他抵达北海湖畔后，将此事告诉了苏武。苏武面朝南方放声恸哭数日，最后竟然吐血。见他这副模样，李陵的心情也逐渐阴郁起来。当然，他并不怀疑苏武的恸哭是否出于真情实感。苏武那纯粹且惨烈的悲鸣触动了他，但他却连一滴眼泪都流不下来。苏武虽然不像李陵那样被灭了族，但他兄长在天子仪仗出行时出了一些微不足道的差错，而他的弟弟因未能抓捕罪犯，最终都被问罪自戕。无论从哪方面来看，都很难说苏武受到了朝廷的厚待。正因为知道这些情况，看着眼前苏武那单纯且真挚的恸哭，李陵这才发现，自己曾以为苏武只是异常固执，其实他那固执深处藏着对大汉国土无法言喻、清冽纯粹的爱（那不是道义、贞节之类被外界强压的东西，而是难以抑制的、喷涌不息的最真挚、最自然的爱）。

一头撞上自己与朋友之间最本质的隔阂，哪怕不情愿，李陵也不得不对自己产生了阴暗的怀疑。

李陵告别苏武，回到南边时，恰好汉朝使者也到了。这些和平使节来通报武帝驾崩、昭帝即位之事，并顺便缔结暂时的友好关系——友好关系通常维持不到一年。出乎意料的是，三位使节中，竟然有李陵的故人——陇西人任立政。

是年二月，武帝驾崩，年仅八岁的太子弗陵嗣位，遵遗诏侍中奉车都尉霍光为大司马大将军辅政。霍光与李陵本就交好，且升任左将军的上官桀又是李陵故人，二人一商议，决定召回李陵，所以特意选择李陵的昔日好友出使匈奴。

单于完成接见使节的公务后，大摆酒席款待来宾。平常这种场合都由卫律负责接待应酬，但这次的使节中有李陵的旧友，因此他也被叫来陪同。任立政见到李陵出席酒宴，但迫于周围都是匈奴的大官，无法明言让李陵回大汉一事。他隔着酒桌，频频向李陵使眼色，又屡屡轻抚自己的刀环示意。李陵见了他的动作，也大致领会了他的意思，但不知道应该用什么行为来回应。

外交的宴席结束后，只剩李陵、卫律等人留下，以牛酒[1]和博戏[2]招待汉朝使节。这时，任立政对李陵说道："眼下朝廷颁布大赦令，万民共享太平仁政。新帝年纪尚小，天下大事由你的故交霍子孟和上官少叔辅佐。"立政认为卫律已经彻底是个胡人了——事实确实如此——所以不敢当着他的面劝说李陵。只是搬出霍光和上官桀的名字来吸引李陵。

李陵默然不答。他与立政对视良久，摸了摸自己的头发。那头发已经梳成椎结发型，不再是中原风格了。不一会儿，卫律离席更衣，立政这才亲密地呼唤李陵的字："少卿啊，这么多年你受苦了！霍子孟和上官少叔让我代为问好。"李陵语气生分地寒暄，淡淡地问了句二人是否无恙。不等李陵说完，立政打断他的话头，又开口说道："少卿啊，回来吧。荣华富贵何需担心？什么都不要说了，你回来吧。"因为刚刚从苏武那儿回来，面对朋友恳切的言辞，李陵怎么能不动心呢？但他知道，想都不必想，那已经是不可能的了。"回去容易，但只怕是再受屈辱，不是吗？"话还没说完，卫律回来了，两人都闭口不语了。

酒尽人散时，任立政若无其事地走到李陵身旁，低声又一次确认李陵是否有回归之意。李陵摇了摇头，答道："大丈夫不能再次蒙羞。"他说得有气无力，倒也并不是因为害怕卫律听见。

五年后，汉昭帝始元六年夏，本以为自己将默默无闻困死

① 指的是牛和酒，古代多用于祭祀与宴饮。

② 中国古代民间的一种赌输赢的游戏。

北方的苏武，竟在机缘巧合下得到回归汉朝的机会。那传得沸沸扬扬的所谓大汉天子在上林苑中收到了拴在大雁脚上的苏武帛书的传言，无非是为揭穿单于声称苏武已死的谎言而已。其实是十九年前随苏武入胡地的常惠见到汉使，告诉他们苏武还活着，并教他们用这种谎言救出苏武。很快有使者奔赴北海，将苏武带到了单于王庭。李陵的心动摇了。能否再次回汉朝，并不会改变苏武的伟大，也不会改变他的存在对李陵内心的鞭笞，但给李陵内心带来重击的是——苍天果然有眼。虽看似不问世事，但苍天果然还是把一切看在眼里的。李陵不由得肃然生畏。时至今日，李陵依然认为自己以往的所作所为绝无过错，但眼前这个叫苏武的男人，堂堂正正地用行为让自己对原本认为也算合理的过去感到羞耻，而且他的事迹即将被昭告天下。这样的事实深深地触动了李陵。李陵恐惧不已，自己这种如刀绞般的懦弱心思不会是一种羡慕吧？

临别时，李陵为老友设宴。千言万语说不尽，但最终能说的只有一件事——自己降胡时心在大汉，可壮志未酬时，故国家人就惨遭灭门，自己已无处可归。可这话一旦说出口，落到旁人耳中就成为牢骚了。所以他对此只字未提。只是，壮志未酬时，李陵忍不住起身歌舞。

径万里兮度沙幕，
为君将兮奋匈奴。
路穷绝兮矢刃摧，
士众灭兮名已隤。
老母已死，虽欲报恩将安归。

唱着唱着，李陵声音发颤，泪水涟涟。李陵在心中痛斥自己的懦弱，却也无可奈何。

时隔十九年，苏武重返祖国。

司马迁依然在孜孜不倦地写史。

他已放弃了活在这个世上的想法，只将自己当成书中人物活着。现实生活中他再也没有开过口，却借助鲁仲连之舌，喷出熊熊烈焰；有时化身成伍子胥，自剜双眼；有时化作蔺相如，怒斥秦王；有时变成太子丹，哭送荆轲；叙述楚国屈原的忧愤时，长篇累牍地引用那首投身汨罗江前所作的《怀沙》赋，司马迁甚至觉得那篇赋就是自己的作品。

自起稿已过十四年，遭腐刑已过八年。汉都起巫蛊之祸[①]，发生“戾太子”悲剧时，这部父子传承的著作终于按最初的构思完成了通史的雏形。之后，增补、删改和推敲又花了几年。《史记》一百三十卷、五十二万六千五百字书稿完成之日，已距离武帝驾崩之时不远了。

列传的第七十篇《太史公自序》搁笔时，司马迁凭几而坐，怅然若失。他深深地叹息了一声，眼睛望着庭前茂盛的槐树许久，却什么都没看见；双耳已经不太灵敏，但还是试图倾听院

① 汉武帝征和二年（公元前 91 年），太子刘据被江充等人构陷利用巫蛊之术诅咒汉武帝，汉武帝听信了谗言。太子害怕，于是私自杀死了江充及其手下的巫师。汉武帝又发兵缉捕太子，太子逃亡。太子后因拒捕而自杀。此事件对西汉政权影响甚大，前后被杀之人达数万之多。

子某个角落传来的蝉鸣。他本该感到欢喜，可最先到来的却是放松后漠然的寂寞和不安。

直到将完稿的著作上呈官府，并到父亲墓前禀告，他心中的弦依然紧绷着，但一切结束后，他的身体猛然间陷入极度虚脱的状态。就像附身的神灵离开后的巫师，身心俱疲。才六十出头的他仿佛忽又苍老了十岁。无论是武帝驾崩还是昭帝即位，对于这具过去和未来的太史令司马迁的空壳来说，已没有任何意义。

等前文提到的任立政等人至胡地寻访李陵再回到都城时，司马迁早已与世长辞。

关于李陵，自从与苏武离别后，世上再无任何确凿记载。唯有一条，就是他在元平元年死于胡地。

与李陵关系亲近的狐鹿姑单于早早离世，改由其子壶衍鞮单于执掌大权，但这次的即位引发了左贤王、右谷蠡王的内乱。不难想象，虽然李陵不愿，也不得不卷入其中，与阏氏、卫律的势力为敌。

据《汉书·匈奴传》记载，后来，李陵在胡地的儿子拥立乌籍都尉为单于，试图与呼韩邪单于对抗，但以失败告终。事发于汉宣帝五凤二年，正好是李陵死后第十八年。史书只记载其为李陵之子，没有具体名字。

「看见了！看见了！瓜，遍地都是瓜啊！」

盈虚（えいきょ）

盈 虚

卫灵公三十九年秋，太子蒯聩奉父王之命出使齐国。途经宋国时，他听到耕田的农夫们正唱着一首古怪的歌谣。

既定尔娄猪，
盍归吾艾豭。
（既已给了你母猪，
就该早日还我公猪）

卫太子蒯聩一听，脸色大变，他听出了歌中的蹊跷。

父亲卫灵公的夫人（并非太子蒯聩之母）南子是宋国人。比起那出众的容貌，南子更是利用自己的才气，已将灵公玩弄于股掌之间。最近，南子夫人又向灵公进言，将宋国的公子朝招来卫国，委以大夫之职。宋朝是名扬天下的美男子，南子嫁入卫国前就与他有染。且此事除了灵公以外，可谓无人不知，无人不晓。如今，两人旧情复燃，肆无忌惮地公然在宫中再续前缘。毫无疑问，宋国农夫口中的母猪、公猪，指的正是南子与宋朝。

太子自齐国回到卫国后，招来近臣戏阳速密谋大计。次日，太子给南子夫人请安时，戏阳速怀揣匕首躲在屋角帷幕之后。太子一边若无其事地跟南子闲聊，一边朝帷幕后递眼色。或许是突然心生怯意，刺客死活不现身。太子三次示意，那黑色的帷幕也只是微微晃动了几下。南子夫人察觉到太子的异样，循着太子的目光望了过去。发现屋角处藏有刺客时，南子夫人尖叫着逃进了内室。

灵公闻声前来，执起夫人的手不住地安抚。南子夫人似乎发疯了一般，嘴里不住念叨着："太子欲杀臣妾！太子欲杀臣妾！"

等到灵公传召，命军队讨伐太子时，太子与刺客早已逃出都城去了。

太子奔逃至宋国，而后又逃入晋国。他逢人便说，好端端的刺杀淫妇之义举，却因胆小鬼的背叛而失败了。同样从卫国逃出来的戏阳速听到后，则反驳道："哪有？我才是差点被太子出卖的那个。太子威胁我，要我去刺杀他的后母。我若是不答应，他一定会杀了我，可我若是真杀了南子夫人，一定是他的替罪羊。所以我嘴上答应，却又不真的动手，其实是经过深谋远虑的。"

当时，晋国正因范氏、中行氏之乱焦头烂额。齐、卫诸国背地里为叛乱者撑腰，所以局势难以平息。

卫太子蒯聩逃入晋国后，寄身于该国权臣赵简子门下。赵简子对这位太子颇为厚待，也不过是想拥立他以打击现任卫侯这个反晋派罢了。

虽说受到厚待，可蒯聩如今的身份毕竟不同于故国。晋国国都绛群山延绵，与一马平川的卫国风光大有不同。在此地打发了三年的寂寞时光后，太子听说了远方的父亲卫侯的讣告。

传闻称，由于太子缺位，卫国只得立蒯聩之子辄即位。那是蒯聩亡命他国时留在卫国的儿子。蒯聩原以为会是自己的某个同父异母兄弟继任卫侯，听到这个消息后，心中五味杂陈。那么个小孩竟然当了卫侯？想起三年前儿子那天真幼稚的模样，他忽然想笑。他觉得，自己立刻回国去当卫侯，应该是轻而易举之事。

于是，亡命太子在赵简子所派军队的簇拥下，意气风发地渡过黄河，终于再次踏上了卫国的土地。

然而，来到戚地后，他就发现已无法再往东前进一步了。他们遭到阻止太子回国的新卫侯所派军队的伏击。就连戚城，太子也是披麻戴孝、痛哭流涕地获得当地人好感后才得以进城。这一出人意料的变故，令他满肚子火却又无计可施。一只脚才踏入故国，就不得不止步静候时机了。而且，与他最初的预期背道而驰的是，这一等竟然就是十三年。

自己的儿子辄（曾经那么可爱）已不复存在，取而代之的是夺了本该属于自己的王位并无情阻止自己回国的、贪得无厌的、可恨的年轻卫侯。就连自己曾经照顾有加的诸位大夫，也没一人前来请安。他们就像从未听说蒯聩这个名字似的，快活地侍奉着年轻傲慢的卫侯以及辅佐他的上卿——道貌岸然、老奸巨猾的孔叔圉（蒯聩的姐夫，一个糟老头子）。

在与黄河水朝夕相对的十余年间，那个曾经任性浮躁的白面贵公子，不知何时也成了刻薄乖僻的中年人。

在寂寞无聊的生活中，唯一的安慰就是他的儿子——公子疾。他是现任卫侯辄同父异母的弟弟，蒯聩一进入戚地，他就与母亲一起到了父亲身边。蒯聩早已下定决心，自己一旦得志，必立此子为太子。除了儿子，他还自暴自弃地在斗鸡活动中找到了宣泄激情的出口。斗鸡满足了他的侥幸心和嗜虐心，矫健雄鸡的勃勃英姿也令他沉迷。他的生活并不宽裕，却仍斥巨资建造了气派的鸡舍，豢养着健美勇猛的斗鸡。

孔叔圉死后，遗孀即蒯聩的姐姐伯姬便将自己的儿子当作傀儡，开始挟势弄权。卫国都城内的政治风向有了转变，形势终于对流亡太子蒯聩有利起来。伯姬的情夫——浑良夫成为使者，频繁往来于国都与戚地之间。太子将其视为左膀右臂，紧锣密鼓地实施着惊天密谋。太子还向浑良夫许诺：一旦自己大志得遂，就立其为大夫，并免他三次死罪。

周敬王四十年闰十二月某日，太子蒯聩在浑良夫的接应下长驱直入国都。夜幕时分，他男扮女装潜入孔宅，与姐姐伯姬以及浑良夫一起，挟持身为孔家家主及卫国上卿的外甥孔悝（即伯姬的儿子），胁迫其加入自己阵营，并断然发动了政变。儿子——卫侯辄即刻出逃，父亲——前太子蒯聩则取而代之，当上了卫庄公。此时已是被南子逐出卫国后的第十七个年头。

卫庄公即位后要做的第一件大事，既不是调整外交关系，也不是重振朝纲，而是要补偿自己所虚度的时光，或者说是对过去进行报复吧。失意时代所失去的快乐，必须立刻且进行十二分地补偿；失意时代惨遭屈辱的自尊心，如今必须立刻用倨傲来填满；失意时代虐待过自己的人，必须处以极刑，轻视过自己的人必须施加相应的惩罚，未对自己表示同情的人必须冷眼相待。

最让他觉得遗憾的是，先王的夫人南子已在前一年去世。因为抓住那个淫妇，让她受尽折磨后再处以极刑，曾是他流亡时期最快乐的梦想。他对以前漠不关心自己的诸位重臣说："寡人已经饱尝颠沛流离之苦。诸位爱卿也品尝一下这良药如何？"此话一出，逃亡去国外的卫国大夫便不止两三位了。而对于本该重重酬谢的姐姐伯姬和外甥孔悝，某夜他设宴款待，将二人灌醉并塞进马车，命御者径直将马车赶出了国境。当上卫侯的第一年，他仿佛中了邪似的，在报复中度过每一天。为了弥补自己在颠沛流离中失去的青春年华，他大肆搜罗国都的美女，悉数纳入后宫，种种行径已无需赘言。

正如此前所打算的那样，蒯聩一登上王位就将曾与自己共患难的公子疾立为太子。曾经那个年幼的少年，不知何时已长成了仪表堂堂的青年。而且，或许是从小饱尝了人间疾苦，看遍了人心险恶，这位太子偶尔会流露出与年龄不相称的刻薄神情，令人毛骨悚然。幼年时的溺爱骄纵，如今演变成儿子傲慢不逊，父亲忍耐退让的相处模式。父亲只会在这个儿子面前表露出旁人永远无法理解的软弱。可以说，只有这个太子疾和已升任大夫的浑良夫才是卫庄公的心腹。

某夜，卫庄公与浑良夫议事。提及前任卫侯辄出逃时将卫国历代传承的镇国宝器悉数带走一事，商议是否有法子将宝器弄回来。浑良夫屏退持烛的侍从，亲自持烛走近庄公，低声说道：

“如今流亡在外的前卫侯辄与当今太子疾都是主公之子，当初他越过您登上王位，并非出于本意。事到如今，不如将前卫侯召回，与现太子一较高下。才干优胜者，重新立为太子，您看如何？倘若其才干不如太子疾，届时便可仅留下宝器……”

屋里某处似乎藏有细作。尽管浑良夫已经谨慎地屏退了侍从，可他与卫庄公的这番密谈一字不落地传入了太子疾耳中。

次日一早，杀气腾腾的太子疾率五名手提白刃的壮士直闯父亲的居室。卫庄公岂敢叱责太子无礼，只吓得脸色苍白，战栗不已。太子命侍从将带进来的公猪杀了，逼父亲发誓，确保自己的太子之位无忧。随后又胁迫父亲，说浑良夫那样的奸臣应立刻诛杀。卫庄公说：“我与他有约在先，要免他三次死罪。”“好吧，”太子疾恫吓般地厉声提醒，“若他第四次犯死罪，便可诛杀了吧！”早已被儿子的气势震慑的卫庄公，只得唯唯诺诺地回答说：“是。”

第二年春天，卫庄公在郊外游园地籍圃盖了一处亭子，屏障、器具、缎帐等一应物件皆饰以老虎图案。举办落成典礼当日，卫庄公举办盛大筵席，卫国名流个个身穿华服，欢聚一堂。浑良夫是从一介侍从跻身高位的，本就是个喜欢奢华打扮的家伙。这天，他身穿一袭紫衣，外披狐裘，驾着一辆由两匹公马拉着的豪华马车前来赴宴。由于当天是不拘礼仪的欢宴，他未摘宝剑就入席了。吃到半途觉得热了，便脱下狐裘。见此情形，太子疾猛地蹿到他面前，一把将他揪了出来。太子将白刃抵在他的鼻子尖上，大喝道：“仗着国君宠爱胡作非为，也该有个限度！今日我便替国君在此了结你！”

浑良夫自知不敌太子，也不抵抗，只向卫庄公投去哀求的目光，口中喊道：“主公曾许诺，可免我三次死罪。即便我今日真有罪，太子您也不能杀我。”

“三次？好吧。那我们便数数你的罪状吧。今日你穿着只有国君能穿的紫衣而来，此乃罪一。乘坐只有天子近臣上卿才能乘坐的双驾马车，此乃罪二。在国君面前脱衣，不释剑而食，此乃罪三。”

“仅此三件，太子您还是不能杀我！”浑良夫拼死挣扎，大喊道。

“不！还有！你可别忘了，那天夜里你对主公进了什么谗言？你这个离间君臣父子的佞臣！”

浑良夫霎时脸色苍白如纸。“加上这一件，正好凑满四件！”太子疾的话音未落，浑良夫的人头已经落地，鲜血喷洒在绣金猛虎的黑色缎帐上。

卫庄公脸色苍白，看着儿子的举动，始终一言不发。

晋国的赵简子遣使者来见卫庄公，传来口信说，卫侯亡命之际，赵简子也曾尽绵薄之力，可卫侯回国之后却音信全无。若是卫侯自身不便，至少差太子前来，问候晋侯一声。言辞之间颇为倨傲不恭，使庄公忆起自己曾经的悲惨经历，自尊心备受打击。他权且差了使者前往晋国，带去口信：“国内尚且纷乱未绝，望宽限些时日”。卫庄公的使者前脚刚离开晋国，太子派出的密使后脚便抵达了晋国，向赵简子传话说，父亲卫侯的回信不过是托词，其实是因为对自己曾在晋国寄人篱下感到不自在，才有意拖延，还请勿上当。太子想及早取父亲而代之而搞出这样的小伎俩，心思已昭然若揭。赵简子心中略有不快，但同时，他也觉得卫侯忘恩负义，应当严惩。

是年秋天的某夜，卫庄公做了个奇怪的梦。

荒凉的旷野上，耸立着一座连屋顶都已倾斜的古老楼台，一个男人登上楼台，披头散发地大叫道："看见了！看见了！瓜，遍地都是瓜啊！"卫庄公觉得此地有点眼熟，仔细一想，原来是古昆吾氏部落的遗迹，地上果然长满了瓜。楼台上那男人发疯似的跺着脚狂喊："是谁把小瓜种这么大的？又是谁将那个悲惨的流亡者扶上显赫的卫侯之位的？"这声音听起来也似曾相识。卫庄公心下诧异，侧耳静听了一会儿。这次听得一清二楚了。"我是浑良夫啊。我何罪之有？我何罪之有！"

卫庄公吓出一身冷汗，人也惊醒了。心绪不宁。为了驱散心中的不快，他出了屋子，来到露台。深夜的月亮正从原野的尽头升起。那是一轮接近赤铜色、浑浊的红月。卫庄公仿佛看到了什么不吉利的东西，回到屋内，难以释怀地亲手取出了灯下占卜用的筮竹。

次日一早，卫庄公召来筮师解卦。筮师说："无害。"卫庄公大喜，赏赐了领邑，可筮师从卫庄公跟前退下后，立刻仓皇逃往了国外。因为他知道，若照卦象直解，庄公定会不悦，不如暂且说句好听的蒙混过关，再马上逃亡。庄公又占了一卦。这一次的卦辞中表示："如鱼疲病，曳赪尾横于流，迷于水边。大国灭之，将亡。闭城门水门，乃自后逾。"他只知道所谓"大国"

应就是晋国，其他就不明所以了。他心想，不管怎么说，卫侯前途黯淡这一点是确切无疑的。

卫庄公自觉时日无多，面对晋国的压迫和太子的专横，也不采取切实有效的对策，反而一心只想在那灰暗的预言成真前尽可能多地享乐。由于接连不断地大兴土木，在超强度的强制性劳作下，石匠、木匠等工匠的怨嗟之声充斥着大街小巷。

曾一度被他抛诸脑后的斗鸡，也再次让他沉迷其中。不同于蛰伏时代，如今的他可以随心所欲，极尽奢华之能事，享受这项娱乐了。因此，他挥霍金钱和权势，将国内外出色的公鸡悉数收入囊中。尤其是从鲁国某贵人处购得的一只鸡，羽毛如金，爪距如铁，高冠昂尾，实为难得一见之逸品。卫侯有不进后宫之日，却无不看此鸡奋翅振羽之日。

一日，卫侯站在城楼远眺下方的街市，发现有一处甚为杂乱污秽。一问侍臣才知，原来是戎人的部落。所谓戎人，即继承了未受教化的西部人血脉的异族人。庄公觉得碍眼，下令拆毁戎人部落，将戎人放逐到都城十里之外的地方。贱民们扶老携幼，载着家什器物，陆陆续续向城门外走去。他们在官差的驱赶之下惊慌失措的惨状，在城楼上也能看得一清二楚。庄公发现被驱赶的人群中，有一女子满头长发格外美丽浓密，立刻差人将这女子召来。女子是戎人己氏之妻，相貌平平，但一头秀发乌黑亮丽。庄公命侍臣将女子的头发齐根割下，说是要为后宫某宠姬作发髻。看到被剃光了头发回来的妻子，丈夫己氏立刻拿出斗篷给她罩上，并狠狠地瞪着还站在城楼上的卫侯，无论差役如何鞭打，也不肯轻易离去。

是年冬天，晋国军队从西面入侵，大夫石圃与其外呼内应，举兵谋反，袭击了卫国王宫。有人说，这是因为他知道卫侯想除掉自己，便先下手为强。又有人说，他是与太子疾联合谋反。

庄公下令将城门悉数关闭[①]，亲自登上城楼与叛军交涉，提出种种和议条件，然而石圃坚决不肯接受。庄公无奈，只好让为数不多的亲兵奋力抵御。就这样，夜幕渐渐降临。

必须趁着月亮升起前的昏暗夜色逃走。庄公带上诸公子和侍臣等少数随从，亲自抱着那只高冠昂尾的爱鸡，从王宫后门翻墙而出[②]。养尊处优的庄公不习惯爬高下低，一脚踩空跌了下去，摔伤了屁股又崴伤了脚，但也无暇医治，只能在侍臣的搀扶下，继续奔走在漆黑的旷野中。无论如何都要赶在天亮之前越过国境，进入宋国。

奔走了许久，忽然觉得天空化作一团朦胧的微黄色，似乎从旷野的黑暗中剥离出来，竟飘浮了起来。原来是月亮升起来了。那轮浑浊的赤铜色月亮，与那夜梦中醒来后在王宫露台上看到的月亮一模一样。“这下不妙了”卫庄公一念刚起，忽见左右草丛中蹿出数条黑影，朝自己砍了过来。是强盗，还是追兵？来不及细想，一场激烈的打斗便拉开帷幕。诸公子和一干侍臣大多被杀，只剩庄公一人在草丛中匍匐向前，得以脱逃。腿脚受伤站不起来，反而因此保住了性命。等他回过神来，才发现自己手中还紧紧抱着那只公鸡。怪不得从刚才起就一声未叫，

① 关闭城门呼应卦辞中的“闭城门水门”。

② 翻墙而出呼应卦辞中的“乃自后逾”。

原来早被捂死了。即便如此，卫庄公还是舍不得丢了它，便单手抱着死鸡，继续向前爬去。

出乎意料的是，卫庄公竟然在原野的一角看到了一片村落。他好不容易爬到那里，气息奄奄地趴倒在打头的那户人家门口。有人将他扶进屋中，倒了一杯水给他。等他喝完水，就听到一个粗犷的声音说道："你终于来了！"他惊讶地抬眼望去，应该是这家的主人。这个红脸大龅牙的汉子正死死地盯着自己，可他对此人完全没有印象。

"不认识了？也是。但你总该认识这个人吧？"

那汉子将蹲在房间角落里的女子叫了过来。当卫庄公在昏暗的灯光下看清女子的脸时，吓得丢下手中的死鸡，差点瘫倒在地。毫无疑问，眼前这个斗篷遮头的女子正是因卫庄公为了给宠姬做发髻而被夺去秀发的己氏之妻。

"饶了我吧，"卫庄公用嘶哑的嗓音说道，"饶了我。"

卫庄公用颤抖的手解下身上佩戴的美玉，奉到己氏面前。

"这个给你，求你饶我一命。"

己氏抽出番刀，步步逼近庄公，冷冷地笑了。

"杀了你，美玉还会跑掉不成？"

这就是卫侯的最终下场。

悟净出世①

ごじょうしゅっせ

他确实病了。

① 本篇取材于中国古典文学名著《西游记》一书。中岛敦曾在给友人的信中谈道："我就是带着这样的想法正在撰写《西游记》（孙悟空和猪八戒出场），我要把它写成我的《浮士德》。"因此，在《悟净出世》《悟净叹异》中，"悟净"的形象与《西游记》中的形象有所不同，中岛敦笔下的"悟净"则更有作者本人性格与思想的投影。

悟净出世

寒蝉鸣败柳，大火向西流[①]。入秋后，三藏心中忐忑，由两个徒弟引着，披荆斩棘，历经险阻，匆匆西行。忽见一道大水狂澜，浑波涌浪，河面宽阔，一眼望不到尽头。站到岸边一探究竟，只见旁边立着一块石碑，以篆书雕刻“流沙河”三字，正面又雕刻四行小楷碑文：

八百流沙界，
三千弱水深。
鹅毛飘不起，
芦花定底沉。

——《西游记》

---

① 大火向西流，意为即将进入秋天，天气转凉。大火，心宿二的古称。

一

那时，流沙河的河底约莫住着一万三千个妖怪。这些妖怪中，就数他意志最薄弱。他说自己吃了九个僧侣后遭了报应，那九人的骷髅一直缠在自己脖子周围不肯离去，可别的妖怪从没见过他口中的骷髅。

大家一说“没见到啊，怕是你心理作用吧”，他便用难以置信的眼神看向众妖怪，随即面色悲戚，仿佛在感慨自己为何如此与众不同。众妖怪在背地里议论他：“别说什么僧侣了，那家伙怕是连个普通人都没吃过吧。因为谁也没见过他吃人的样子啊。小鱼小虾什么的，倒是见他捉来吃过。”

妖怪们给他取了个绰号——“独言悟净”。因为他时常感到不安，遭受着刀割般的悔恨折磨，不断在心中反复苛责可怜的自己，以至于心中所想演变成了无意识的自言自语。远远看去，只见他嘴里冒出一个个小水泡，实则是在低声嘀咕着什么“我真傻”“我为什么会这样啊”“我完蛋了”之类的话。有时还会冒出一句“我就是个堕落天使”什么的。

当时，不仅是妖怪，所有生灵都相信自己是由什么东西轮回转世而来的。在流沙河的河底，众妖都说他前世是天界灵霄殿的卷帘大将。因此，就连满腹狐疑的悟净本人，到头来也不得不装出深信不疑的样子来。可事实上，所有的妖怪中，唯有他对轮回转世之说暗自存疑。即便相信五百年前天界的卷帘大将转世成了如今的自己，可是何以证明从前的卷帘大将与如今的自己是同一个人呢？首先，如今的自己一点儿也想不起天界的任何事情。其次，那个存在于自己记忆之前的卷帘大将与如今的自己究竟哪里相同？是同享一具肉身，还是共用一个灵魂？再说，灵魂又是什么呢？每当他嘀嘀咕咕地冒出这些疑问时，妖怪们便嗤笑道："又来了。"有的妖怪对他冷嘲热讽，有的妖怪则一脸悲悯地说："他这是病了吧？这都是恶病闹的。"

他确实病了。

可悟净自己也不清楚，自己是什么时候开始患病，又为什么患病的。只是当他意识到时，自己已经被这种讨厌的怪病缠身，动弹不得。他没有心思做任何事，所见所闻的一切都让他意志消沉，使他产生自我厌恶和自我怀疑。他日复一日地将自己关在洞穴里沉思，不吃不喝，只有那双眼瞪得跟铜铃似的，炯炯有神。他会突然站起身在周边踱步，嘴里叽里咕噜地念念有词，又猛地一屁股坐下。对于自己做出的这一系列动作，他竟然是毫无意识的。他甚至不明白，究竟要弄明白哪一点，自己才能从不安中解脱出来。他只知道，自己曾以为理所当然的一切，如今都变成解不开的谜团。曾以为已经理解的整件事，如今也要拆分得支离破碎才能接受，而在针对每个细节进行思考的过程中，整体的含义又变得混沌不清了。

有一次，身兼医者、观星师和巫祝的老鱼精见到悟净，对他说："哎，真可怜呐。你这是染上了因果之病。但凡得了这种病，一百个里九十九个都只能凄凄惨惨地过完余生。原本我们妖怪是不会得这种病的，可自从我们开始吃人，就有极少数的会染上这种病。一旦染上这种病，就再也无法顺理成章地理解身边的一切事物了。无论看到什么，遇上什么，脑子里先冒出来的都是'为什么'，而这'为什么'是修成正果的神仙们才懂的。

我们这些凡俗之物要是开始思考这样的问题，可就活不下去咯。不去思考这样的问题，才是这世上芸芸众生之间的约定，不是吗？而其中最难办的是，染病的家伙会怀疑‘自我’的存在。为什么‘我’会把‘我’看成‘我’呢？将别人看成‘我’，不是也无碍吗？‘我’到底是什么？一旦开始琢磨这些，这病便进入晚期了。怎么样，我没说错吧？可惜啊，这病既无药可救，也无人能医，只能待它自愈。若没遇上什么特别的机缘，恐怕你脸上这辈子都不会有笑容了。”

二

文字被发明出来这事儿，早就从人界传到了妖界。但总体而言，这些妖怪似乎存在一种蔑视文字的风气。他们普遍认为，文字那种死物不可能将活生生的智慧记录下来（若是绘画倒也可行）。用文字来记录智慧，简直就像伸手去抓一缕轻烟而不破坏其形状一般，愚不可及。因此，谁要是懂文字，就会被视为出现生命力衰退的症状而遭到排斥。妖怪们都认为，悟净整日里郁郁寡欢，一定是因为他看得懂文字。

虽说妖怪们不崇尚文字，但也并不轻视思想。在那一万三千个妖怪中，也出了不少哲学家。只是由于词汇极度匮乏，他们只能用最天真质朴的语言去表达最艰深复杂的大问题。他们在这流沙河的河底开了各色思考铺子，以至于河底弥漫着一股哲学式的忧郁之气。某聪明的老鱼买下了一座美轮美奂的庭院，在亮堂堂的窗下冥想永无悔恨的幸福；某高贵的鱼族在有着美丽条纹的绿藻荫里弹竖琴，歌颂宇宙之音的和谐。又丑又笨又死心眼儿，却毫不掩饰自己那愚蠢的烦心事的悟净，自然成了这些充满知性的妖怪玩弄的对象。有个貌似聪明的妖怪一本正经地问悟净："真理是什么？"也不等悟净回答，他的嘴角便浮出一丝嘲笑，大步流星地扬长而去。还有个妖怪——是个河豚精——听说悟净病了，专程前来探望。他以为悟净的病因是"对死亡的恐惧"，打算前来嘲笑一番。这家伙的论调是"有生时无死，至死则我无。又有何惧？"悟净坦然承认这番理论的正确性。因为他本身并不怕死，他的病因也并不在于此。河豚精本为嘲笑而来，最终失望而归。

在妖怪的世界里，肉体和心灵的区别并不像人界那般泾渭分明。因此，心病很快化为肉体上的痛苦，折磨着悟净。不堪忍受的他终于下了决心："从今往后，无论多么艰难，无论被人如何嘲弄，我也要遍访这河底每一位贤哲、医者、观星师，诚心求教，直到自己弄明白为止。"

他裹上一件粗布直裰[①]就上路了。

为什么妖是妖，而不是人呢？因为他们都是残缺者，将自己的某一项特质发展到极致，而不顾其他特质之间的平衡，以至于将其强化到了丑陋非人的地步。有的极度贪吃，嘴巴和肚子奇大；有的极度淫荡，相应的器官异常发达；有的极度单纯，脑袋以外的所有器官都退化消失。他们各个都固守自己的秉性

① 古时僧侣或者行者的着装。

和世界观，并不知道这世上还有集思广益这种妙法。因为他们过于彰显自己的特质，已经无法理解他人的思考路径了。因此，流沙河的河底存在数百种世界观和形而上学，彼此绝不融会贯通。有的心怀沉稳而绝望的欢喜；有的活泼开朗到疯狂；有的心有所愿又只能失望地长吁短叹，如无数海草一般，随着水流荡漾，摇曳不定……

三

悟净首先去拜访的是当时最赫赫有名的幻术大师，名叫黑卵道人。他在并不太深的水底用一层又一层的岩石垒了个洞窟，在洞口挂了一块写着“斜月三星洞”的匾额。据说洞主鱼面人身，善使幻术，生死自如，能在严冬起雷，于酷暑生冰，让飞禽奔跑，使走兽飞天。悟净在这位道人身边侍奉了足足三个月。因为他觉得，幻术本身倒还在其次，善使幻术的道人应该就是真人了吧。既然是真人，就已参透宇宙大道，拥有能治愈他心病的智慧吧。但现实让悟净大失所望。无论石洞深处那坐在巨鳌背上的黑卵道人，还是围在其身边的数十名弟子，开口闭口都是些玄幻莫测的法术。还有些实用的技巧，比如，如何运用这些法术来瞒天过海啦，如何将某处的宝物弄到手啦。根本没人把悟净苦苦追寻的那种无用之思当回事儿。结果，悟净沦为被人愚弄奚落的笑柄，还被赶出了三星洞。

悟净第二个拜访的是沙虹隐士。这是个上了年纪、道行深厚的老虾精，腰已经弯得像把弓，半个身子埋在河底的沙子里。悟净也伺候了这位老隐士三个月，照料他生活起居的同时，也接触到了老隐士那深奥的哲学思想。老虾精让悟净给他揉腰，同时表情严肃地对他说道：

“世间万般皆空。这世上哪有什么好事？就算有，也不过是这世界终将迎来毁灭之时。无需思考高深的道理，只要观察身边万事万物即可。无休无止的动荡、不安、懊恼、恐惧、幻灭、斗争、倦，简直是昏昏昧昧，纷纷若若，不知归处。我们只活在当下这一瞬间，且这脚下的当下也会在瞬间就消失，又成为过去。下一个瞬间、下下个瞬间也是如此。我们如同攀爬松软沙坡的旅人，每踏出一步，脚下的沙坡便坍塌一些。我们该何处安身？一旦停下脚步，必将倒下，我们这一生注定要不断前行。幸福？那不过是空想出来的概念，从不是现实中的状态。只是虚无缥缈的希冀空得了虚名而已。”

隐士见悟净面露不安，又安慰道：

“不过话说回来，年轻人，倒也无需如此害怕。被大浪卷走之人会溺水而死，而踏浪前行之人可战胜劫难。要超越这种变幻无常，到达不坏不动的境界，也不是不可行。古代真人，常常超越是非善恶，物我两忘，从而到达不死不生的境界。但若是像自古流传的那般，将这种境界看作极乐世界，那便是大错特错了。那里虽没有痛苦，却也没有普通生灵所拥有的快乐。无味，无色，无趣，如蜡，如沙。”

悟净小心翼翼地插了嘴，表示自己想问的不是个人的幸福，或如何修炼不动之心，而是想知道自己和这个世界的终极意义。

隐士眨巴着堆满眼屎的眼睛，回答道：“什么自己？什么世界？难道你认为在自己之外，还会有什么客观世界吗？所谓世界，就是自己投射在时间与空间夹缝之间的幻象啊。自己死了，世界也就随之消亡了。自己死后世界依然存在的那种想法，简直是俗不可耐、荒唐至极的谬见。即使世界消失了，这个真身不明、不可思议的自己，仍将继续存在。”

悟净伺候了老隐士整整九十日，就在第九十日的早上，经历了连续数日的剧烈腹痛和疟疾的折磨后，这位老隐士终于一命归西了，并且怀着能以自己的死来消灭这个让自己承受了腹痛、疟疾之苦的客观世界的喜悦……

悟净毕恭毕敬地为他料理了后事，含泪踏上新的旅途。

坊间传闻坐忘先生常在坐禅时入睡，而且一睡就是五十天。听说他相信睡梦中的世界才是现实，偶尔清醒的时刻才是梦境。悟净走过漫漫长路终于找到这位先生时，先生果然在睡觉。这里毕竟位于流沙河最深的谷底，上头的光线几乎透不下来。就连悟净也花了很长时间才适应这里的黑暗，依稀分辨出这里的景象。在一片晦暗的河底，隐约可见座台之上有一结跏趺坐的僧侣身影。既听不到外头的声音，也鲜有鱼类游来。无奈之下，悟净只得在坐忘大师面前坐下，闭上了双眼。他竟然发现，自己的耳朵仿佛什么也听不见了。

悟净来的第四天，先生睁眼了。悟净慌忙起身行礼。而坐忘先生只是似看非看地眨巴了两三下眼睛。二人无言对坐了片刻之后，悟净诚惶诚恐地开口问道：“冒昧前来，请先生恕罪，我有一事请教。所谓‘我’，究竟是何物？”“咄！秦辆渡时辘轹钻[①]！”随着一声怒斥，悟净脑门上猛地挨了一棒。悟净一个踉跄差点跌倒，立马重新坐好。片刻之后，又十分戒备地重复了一遍方才的问题。这次倒没有挨棒子。坐忘先生面部和身体一动不动，只张开肥厚的嘴唇梦呓似的说道：“很久没吃东西会感到饥饿的，就是你。一到冬天会感觉寒冷的，就是你。”

接着，他闭上肥厚的嘴唇，盯着悟净看了片刻，随后又闭上双眼，一闭就是五十天。悟净耐心地等候。第五十一天，坐忘先生再次睁开眼睛，看到眼前的悟净，开口道：“你还在？”悟净毕恭毕敬地说自己等了五十天。“五十天？”先生仿佛还在梦中，睡眼惺忪地看向悟净，一言不发。片刻之后，他又张开两片肥厚的嘴唇，说道：

“衡量时间长短的尺度，只能是感受时间者的实际感受。连这都不明白的，就是蠢货了。听说人界做出了用来衡量时间长度的器物，恐怕只会给日后埋下误解的祸根吧。大椿之寿[②]，朝菌之夭[③]，哪有长短之分？所谓时间，不过是你我脑中的一个机关而已。”

说完，先生又闭眼了。悟净心知那双眼五十天内是不会再睁开了，于是朝沉睡的先生恭敬地鞠了一躬，转身离去。

“恐惧吧！颤抖吧！然后相信神明吧！”

流沙河最繁华的十字路口，一名青年呐喊着。

---

① 禅林比喻没用之人。出自《五灯会元》等禅宗典籍，用作当头棒喝之语。

② 出自《庄子·逍遥游》，“上古有大椿者，以八千岁为春，八千岁为秋”，指寿命长。

③ 出自《庄子·逍遥游》，“朝菌不知晦朔”，指命短。

“要知道，你我短暂的一生，淹没在无限的大永劫中，前无所起后无所止；要知道，你我居住的狭小空间，置身于广袤无垠的大空间中，互相之间一无所知。有谁，能不为自己的渺小而战栗？你我都是铁链禁锢下的死囚。每一个瞬间，总有几人在你我面前被处决。我们没有任何希望，只能等待轮到自己的时刻。时不我待啊。难道要把那短暂的时光浪费在自欺欺人和酩酊大醉中吗？倒霉的胆小鬼哟！难道打算在这短暂的时光里，倚仗你们那点可悲的理性自我陶醉吗？不知天高地厚的狂徒！就你们那少得可怜的理性与意志，连个喷嚏都控制不住吧？”

肤色白皙的青年脸色涨得通红，声嘶力竭地叱骂着。实难想象，他那略似女性的娴静高雅的气质中，竟藏着如此壮烈的情怀。悟净大为惊讶，入神地盯着青年那燃烧着激情的美眸。他感觉到了，青年的话语中仿佛射出了烈焰般的圣箭，直逼自己的灵魂深处。

“你我能做的，只有敬爱神明，憎恶自我。作为局部，不可自以为是，认为自己是独立的个体。务必以整体的意志为自身意志，为整体而活。与神明合为一体，才能成为完整的灵魂。”

悟净心想，这确实是圣洁而睿智的灵魂之声。然而，他还是深切地感到，如今自己内心所渴求并不是这种神圣的声音。金玉良言有如良药，可将治疖子的药推荐给疟疾患者，又有何用呢？

在十字路口不远处的路边，悟净见到一个丑乞丐。那乞丐身形佝偻到令人恐惧的程度，五脏六腑都被高高弓起的脊椎吊了起来，脑袋垂得比肩膀低许多，下颚几乎挡住了肚脐。从肩膀到后背还长了一片红肿溃烂的疖子，几乎没有一块好肉。悟净见状，不禁驻足叹息。

叹息声传入了原本蹲在地上的乞丐耳中。由于脖子不灵活，他抬起红肿浑浊的眼珠子，咧嘴笑了，露出仅剩的一颗长门牙。他甩动着高高耸起的两只胳膊，踉踉跄跄地来到悟净脚边，仰视着悟净，说道：

“竟然可怜我，你太冒昧了吧？年轻人啊，你觉得我是个可怜人吗？我倒觉得你更可怜。你觉得我会怨恨造物主将我生成这副模样吗？为什么呢？怎么会呢？一想到造物主让我生出如此罕见的模样，我还得夸夸他呢。我很期待，不知往后还能变成什么有趣的模样。如果左臂变成一只鸡，我便让它报时；如果右臂变成弹弓，我就用它打只猫头鹰下来烤了吃；如果屁股变成车轮，灵魂化作骏马，那可是绝佳的座驾，得当成珍宝用。如何？意不意外？我叫子舆，还有子祀、子犁、子来三个莫逆之交。我们都是女偊氏的弟子，早已超越了肉体的局限，进入不生不死之境地。水淹不湿，火烧不死，睡了无梦，醒了无忧。前一阵子我们四人说笑时，还聊到我们是以‘无’为首，以‘生’为背，以‘死’为尻的呢。啊哈哈哈……”

乞丐瘆人的笑声让悟净吓得心里发毛，同时又觉得没准这乞丐就是个真人。如果他的话属实，那确实了不起。但悟净又从此人的言谈态度里察觉到一丝炫耀的成分，忍不住怀疑他是否强忍痛苦故作豪言壮语。况且，他那丑陋的模样和身上脓包发出的恶臭使悟净产生了生理上的厌恶。悟净已经非常心动，但还是打消了在此伺候乞丐的念头。不过乞丐方才提到的女偶氏，悟净倒是想去求教一番，于是开口打听。

“哦，你问我师父啊？师父在此地往北两千八百里，流沙河与赤水、墨水交汇处结庐而居。只要你求道之心坚定，自然会得到谆谆教诲。机会难得，好好修行吧。也替我向师父问好。”可怜的驼子耸了耸高耸的肩膀，趾高气扬地说道。

四

悟净踏上北行之旅，直奔流沙河与墨水、赤水交汇处而去。夜间他在芦苇丛中打个盹，清早继续顺着水底无垠的沙石荒原往北走。他每天都这样走着。每当看到鱼族翻转着银鳞欢快地游动，他便满心落寞，为什么只有自己闷闷不乐？一路上，但凡遇到有些名声的道人或是修行者，他都一个不漏地登门求教。

悟净拜访了以贪吃和力大而闻名的虬髯鲇子，那个通体黝黑、体格强壮的鲶鱼怪手捋长髯对悟净说道：“只远虑则必有近忧。通达之人不通观因果。比方说这条鱼，”说着，鲇子一把抓住面前游过的一只鲤鱼塞进嘴里，边嚼边道，“这条鱼，就是这条鱼，它为什么非得从我面前游过，又为什么非得成为我的口中食呢？深思个中因缘是仙人哲人的做派，若是在抓鲤鱼前纠结那些，注定只会让猎物溜之大吉。先下手为强，抓了这鲤鱼，吃到肚子里再思考这些也不迟。我看你啊，就是那种老纠结鲤鱼为什么是鲤鱼，鲤鱼和鲫鱼有什么不同之类的形而上学式的蠢问题，所以总抓不到鱼的家伙吧。你那忧郁的眼神，早就说明了一切。我没说错吧？”

悟净垂下了脑袋，觉得这鲇鱼怪确实没说错。这时，鲶鱼怪已吃光了鲤鱼，贪婪的视线落在悟净那低垂的脖子上，忽然目露凶光，“咕咚”地吞了吞口水。恰好悟净不经意间一抬头，顿感不妙，慌忙后退。妖怪那刀刃般锋利的爪子以骇人的速度擦着悟净的喉部划过。一击未中，妖怪恼羞成怒直扑过来，那张贪婪的大脸瞬间逼近。悟净奋力蹬水，搅起一阵泥沙，仓皇逃出了洞穴。悟净浑身战栗，心有余悸地陷入了思考：今天算是以身试险，从那凶猛的妖怪身上学到了残酷的当下主义精神。

无肠公子[①]因倡导邻人爱而远近闻名。悟净参加他的讲筵时，亲眼见到这位圣僧讲着讲着突感饥饿，抓了自己两三个孩子（他本是蟹精，可一次产卵孵化无数孩子）就大嚼特嚼起来，不禁瞠目结舌。

一个宣扬慈悲为怀、忍辱负重的圣人，竟然在众目睽睽之下将亲生孩子抓来吃了。并且吃完后竟像是忘了这事一般，又宣扬起了慈悲道义。不，并不是忘记了，而是刚才他为充饥而做出的举动无疑是一种下意识的行为。或许这其中就有值得我学习之处，悟净编造了一个奇怪的理由。

“我的生活里也会有那种本能的忘我时刻吗？”他觉得自己获得了一条宝贵的教诲，跪下去拜了一拜。可转念又想，自己总是这样，凡事都得用概念来解释才肯罢休，正是自己的弱点。

---

① 指螃蟹。东晋葛洪《抱朴子・登涉》：“称无肠公子者，蟹也。”

教诲应当保持原汁原味才好，而不是将其多加改造。对，就是这样！悟净又一次跪拜无肠公子，毕恭毕敬地离去。

蒲衣子的庵堂是个与众不同的道场。虽说只有四五名弟子，可他们全都亦步亦趋地紧跟老师的步伐，探索自然奥秘。说是探索者，倒不如称他们为陶醉者更妥帖。他们所做的只是观察自然，全身心地融于那美妙的和谐中。

“首先要感受。将心中所感凝练为大美大智。脱离了对自然美的直接感受，所谓的思考只不过是灰色的梦。”其中一名弟子说道。

“潜心静气，观察自然。云、天、风、雪，微蓝的冰、摇曳的红藻、夜水中星光般熠熠生辉的硅藻、鹦鹉贝的螺旋、紫水晶的结晶、嫣红的石榴石、碧绿的萤石。多么美丽！它们似乎在倾诉着自然的奥秘。”他的话仿佛诗人的语言。

“可是，在距离破解自然密码仅有一步之遥时，幸福的预感会突然消失，我们不得不再次直面自然那美丽却冷峻的面庞。”另一名弟子接过话道，“这也是我们对感觉的磨炼不足，心潜得不够深入的缘故。我们还须继续努力。终有一日可以达到老师所说的‘观即爱，爱即创造’的境界。”

弟子们高谈阔论期间，老师蒲衣子一言未发。他凝视着掌心里一块翠绿的孔雀石，目光娴静，满是欢愉。

悟净在这庵堂待了一个月。他和他们一起，成为自然诗人，赞颂宇宙的和谐，希望自己能与最神秘的生命同化。虽说他也觉得自己似乎来错了地方，但仍为他们宁静的幸福所吸引。

弟子中有一个少年长得异常美丽。肌肤如银鱼般通透，梦幻般的黑瞳睁得大大的，额前的卷发如鸽子胸前的细毛般柔软。当他心中稍有忧思，美丽的面庞就会掠过一抹荫翳，好似一片薄云拂过明月；当他内心满是欢喜，幽静而清澈的瞳孔便似夜空中的宝石，熠熠生辉。老师和同门都喜爱这名少年。他真诚而单纯，从不知怀疑为何物。只是他太美丽，太柔弱，仿佛由某种珍贵的气体做成的，使众人感到某种不安。一有时间，少年就会将琥珀色的蜂蜜滴在雪白的石块上，画下朵朵牵牛花。

悟净离开庵堂的四五天前，少年早晨出门后再也没有回来。与他一起出门的弟子报告了一件不可思议的情况。他说自己一不留神，少年突然溶化在了水里，这是自己亲眼所见。其他弟子都笑了：哪有如此怪事？老师蒲衣子却一本正经地接受了这种说法。他说："也许确实如此。这种事还真可能发生在那孩子身上，因为他太纯粹了。"

悟净将要吃了自己的鲇鱼怪的凶悍与溶入水中消失不见的少年的俊美做了一番比较，辞别了蒲衣子。

继蒲衣子之后，悟净又去了斑衣鳜婆处。据说这女怪年纪已经有五百多岁了，却依旧肌肤娇嫩，如窈窕少女一般明艳动人；体态婀娜多姿，能将铁石心肠化为绕指柔。这老女怪以极尽肉欲之欢为唯一的生活信条，后院建有数十间屋子，搜罗来众多容貌俊美的年轻男子住在其中。她沉迷享乐时，不见亲友，拒绝交际，夜以继日地玩乐，三个月才出来露一次面。悟净来得巧，正好是她这三个月里露面的那天，幸运地见到这老女怪。听说悟净是求道者，鳜婆便说起了自己的道，艳丽的容貌中依稀透露出一丝慵懒倦怠的阴翳：

“要我说这‘道’呀，要我说这‘道’呀，圣贤的教诲也好，仙哲的修炼也罢，目标都是持续这‘无上法悦’的瞬间。你想啊，能生于这世上，实属百千万亿恒河沙劫的无限时间中极为偶然、幸运之事。而另一方面，死亡却以惊人的速度降临到我们头上。我们以难得一遇的生，等待着轻而易举的死。除了‘无上法悦’，还能上哪儿去找‘道’呢？啊！那种销魂的欢喜！啊！那种永远新鲜的陶醉！”女妖又眯起如痴如醉的双眼喊道。

“虽然这么说有点对不起你，但因为你长得太丑了，我不想留你待在我这儿。所以我就和你说实话吧。我的后院每年都会累死上百个小伙子。不过我先声明，这些人都死得心甘情愿，为自己活过的这辈子感到心满意足。没有一个留在我这儿后，是在怨恨中死去的。倒有人因为死后就无法继续享乐而心有不甘。”

最后，鳜婆用怜悯的眼神望着悟净那丑陋的模样，补充了一句。

“所谓‘德’，就是能享乐的能力啊。”

因为自己长得丑而免于成为每年送命的百人之一，悟净心怀感激，继续踏上了旅程。

圣贤们的说法可谓是众说纷纭，悟净完全不知道该相信谁好。

悟净问：“我是什么？”

一位贤者答道：“你先大吼一声试试。如果是‘哼哼’，你就是猪；如果是‘嘎嘎’，你就是鹅。”

另一位贤者则如此教导他：“只要你不勉强自己问什么‘我是什么’，理解自己也就没那么难了。”又说：“眼睛能看见一切，却看不见自己。所谓‘我’，终究是‘我’无法理解的东西。”

又一位贤者说道：“我永远是我。在我现在的意识诞生之前，就存在一个已经穿越了无限时光的我（虽说如今任何人都已记不起这一点了）。在当前的我意识消亡之后，我也将继续存在于无限时光中吧。这一点，当前任何人都无法预知，而真到了那一刻，当前的我的意识一定已被遗忘了。”

还有贤者说：“何为一个连续的我？那只是记忆幻影的层层堆叠。”他还这样指点悟净：“所谓记忆的丧失，就是我们每日所做的事情的全部。我们遗忘了曾经遗忘的事情，才会感受到诸多事物十分新鲜，而事实上那只不过是我们已经彻底遗忘掉的一切。莫说昨天了，哪怕只是前一个瞬间，也就是当时的知觉、当时的情感、当时的一切都将在下一个瞬间被彻底遗忘。留下来的，不过是微乎其微的部分朦胧的残影。所以说，悟净啊，当下这一瞬间是多么珍贵啊！”

近五年的游历过程中，悟净就像一个游走于诸多医者之间的病患，同一种病症得到了不同的药方。他重复着如此愚蠢的行为，终于意识到自己丝毫未能因此变得睿智。非但没有变得睿智，他甚至感觉自己彻底沦为了某种轻飘飘（仿佛不再是自己）的莫名其妙的东西。曾经的自己虽然愚蠢，但至少比如今牢靠——那几乎是一种肉体上的感觉，总之，当时的自己还是有分量的。可如今，已经变成一个几乎已经没有分量，一阵风就能吹走的东西；一个外表被包装得花里胡哨，内在空空如也的东西。这样下去可不行啊，悟净心想。他也预感到，除了通过思想来探索意义，应该还有更为直接的解答方式。面对这样的问题，自己竟然试图寻求一种计算题般的解答，这是多么愚蠢。当他开始意识到这一点时，前方的河水逐渐浑浊，近乎黑红色。他抵达了目的地——女偶氏的居所。

粗看之下，女偶氏是个平平无奇的仙人，甚至还有点迂腐愚钝。见悟净来了，既不差遣他做事，也不教他东西。俗话说，“坚强者死之徒，柔弱者生之徒。”想来这位女偶氏是讨厌那种嚷嚷着“我要学、我要学”的死缠烂打态度的。只是偶尔极为罕见地，她才会嘟囔几句，却也并非刻意讲给谁听。每逢这时，悟净就赶紧凑上前去听，但她的声音太低了，几乎听不到什么。三个月过去了，可悟净并未聆听到任何教诲。“贤者知人，愚者多知己。自己的病只有自己能治啊。”这是他从女偶氏嘴里听到的唯一一句话。满三个月时，悟净终于放弃了，便向师父辞别。谁知这时，女偶氏竟然开口了，并对他进行了谆谆教诲：

“为自己未生第三只眼而悲伤之人，是愚蠢的”“为自己未能左右指甲毛发生长而心有不快者，是悲哀的”“酩酊大醉从车上坠落之人，不会受伤”“但不能一概而论地说思考不好，不思考者的幸福，就好比猪不知晕船是何滋味。万万不可为了思考而思考”……

女偶氏又说起了自己从前认识的某个拥有神智的妖魔的故事。这妖魔上至星辰运行，下至微生物的生死，无所不知，运用其微妙高深的计算，不仅能重现一切过往，亦可推演所有未来。然而，这妖魔是十分不幸的。因为这妖魔忽然想道：“自己所推演的这世上所有未来，为什么（不是发生过程，而是其根本缘由）一定会如此这般地发生呢？”他发现，即便运用自己那微妙高深的计算能力也无法找出个中的终极理由。为什么向日葵是黄色的？为什么草是绿色的？为什么万事万物会以这种方式存在？这些疑问，使这位神通广大的妖魔头痛不已，最后竟悲惨地死去了。

女偶氏还讲了另一个妖精的故事。这是个非常渺小又寒碜的魔物。那妖精常说，自己来到这个世上是为了寻找某个小而发亮之物。无人知晓那所谓的发亮之物到底是什么，可这小妖精却满腔热情地寻找着，为此而生，为此而死。女偶氏认为，虽然直到最后一刻也没能找到那小而发亮之物，可小妖精的一生过得十分幸福。女偶氏只讲故事，却不解释这些故事的意义。只是在最后，这位老师又说了几句话。

“懂得神圣的疯狂之人是幸福的。因为他杀死了自我，从而拯救了自我；不懂得神圣的疯狂之人，是不幸的。他既不杀死自我，也不拯救自我，只能慢慢地走向死亡。你要知道，爱，是一种更崇高的理解方式；行，是一种更明确的思考方式。可怜的悟净啊，你非要将一切事物都浸泡在意识的毒汁之中。你要知道，一切决定我们命运的重大变化，都与我们的意识无关。你好好想想，你出生时，你可有意识到自己的出生？”

悟净恭恭敬敬地回答道：“师父的教诲我已铭记于心。实际上，在长年累月的游历中，我也已开始意识到，沉溺于思索只会在泥沼中越陷越深，眼下苦于无法突破自我，涅槃重生。”

听了这话之后，女偶氏说道：“溪水流到断崖前，要打一个旋儿再化作瀑布飞流直下。悟净啊，你如今就是在漩涡之前踌躇不前。一旦被卷入漩涡，就会一口气飞落谷底了。在那途中，你完全无暇思考、反省和犹豫。胆小的悟净啊，你总是心怀恐惧和怜悯，观望着那些被卷入旋涡飞流直下者，自己却为跳与不跳而踌躇。你明知自己迟早也要掉落谷底，明知不被卷入漩涡也绝不意味着幸福。即便如此，你还是不愿舍弃旁观者的立场吗？愚蠢的悟净啊，你难道不知道，在可怕的生之漩涡中挣扎之人，未必有旁观者所以为的那般不幸啊（至少要比持怀疑论的旁观者幸福得多）。”

悟净觉得师父的宝贵教诲已经刻骨铭心了，却依然残留了些许无法释然之处。悟净带着这抹思绪，辞别了师父。

他下定决心，从此再也不去请教什么人了。“一个个看起来很伟大，其实什么都没搞懂。”悟净自言自语地踏上了归途。“‘彼此之间就都装作懂了吧，反正大家都心里都清楚，并没有人懂得这一切。’似乎大家都活在这个约定俗成的规则下。如果这已经是约定俗成的东西，如今我还在大惊小怪地嚷嚷着什么‘不懂、不懂’的，也真是太不懂事了，真是的。”

五

由于悟净的迟钝和愚蠢，他没法展现出“幡然大悟”或“大活现前”[1]之类让人耳目一新的行为，但他身上也渐渐出现了一些肉眼不可见的变化。

起初，那是一种类似赌一把的心态。如果一条路是无穷无尽的泥泞，另一条路虽然艰险但可能会得到救赎，在只允许一个选择的情况下，任何人无疑都会选择后者。既然如此，自己

① 大悟生活之真谛。

又为什么要踌躇呢？于是，他第一次意识到自己内心隐藏着一种卑劣的功利主义倾向——要是选择了艰险之路，历尽千辛万苦却没能得到救赎，岂不是徒劳一场吗？这种心态在不经意间导致了自己的优柔寡断。为了避免徒劳而打算让自己停留在不太艰辛却只会走向最终灭亡的路上——这就是我那懒惰、愚蠢、卑劣的心态。

待在女偶氏身边的那段日子，他的心态也渐渐被迫发生了变化。起初是被动的，后来转变成自己主动这样想的。悟净开始明白，此前一直认为自己是在寻求世界的意义，而不是追求自己的幸福，这是个天大的谬误，其实自己是以这种奇怪的形式，最执着地探寻着自己的幸福。一种源于平静的满足感而非自卑感的情绪使他意识到：自己并不是那种能对世界意义指手画脚的大人物。接着，他产生了一股勇气——在狂傲自大之前，先尝试一下无疑连自己都不了解的自己。在踌躇之前，先试一试。不考虑结果成败，只管竭尽全力去尝试。即便遭到决定性的失败也在所不惜。也就是说，曾因害怕失败而放弃努力的他，已经升华到不在乎徒劳的境界了。

六

悟净的身体已经疲惫到极点。

某天，他一头栽倒在路旁，竟然直接陷入沉睡。他陷入了一种忘却一切的昏睡。昏昏沉沉的，一连睡了好几天，既感觉不到饥饿，也没做一个梦。

当他忽然醒来时，发现四周一片青白色，亮堂堂的。这是在夜里，一个月色明亮的夜晚。大如圆盘的春日满月从水面洒下月光，让浅浅的河底充满了祥和的白光。睡饱之后，悟净神清气爽地站起身来。他突然觉得肚子饿了，随手从身边抓过五六条游得正欢的鱼塞进嘴里，狼吞虎咽地吃下肚去。又摘下腰间挂着的酒葫芦，对着葫芦嘴“咕咚咕咚”地大喝起来。好喝！他将酒葫芦喝了个底朝天，心情愉悦地迈开了脚步。

水中十分亮堂，连河底的一粒粒细沙都清晰可见。不断有水银球般闪闪发光的小水泡，顺着水草摇摇晃晃地升腾到水面上去。偶尔有些小鱼看到他的身影后，肚皮闪着白光仓皇逃到青色水藻的阴影中去。悟净的内心渐渐陶醉起来，甚至一反常态地想高歌一曲。正当他要喊出声来时，从非常遥远的地方，飘来了一阵不知什么人的歌声。他站定身躯，侧耳静听。那声音既像是从水外传来的，又像是从遥远的水底传来的。歌声低沉而清澈，幽幽传入耳中。细听之下，似乎唱的是：

江国春风吹不起，
鹧鸪啼在深花里。
三级浪高鱼化龙，
痴人犹戽夜塘水。①

悟净直接坐下来，入神地倾听着。青白色的月光晕染着透明的水底世界，这单调的歌声，就像狩猎时随风而逝的号角声

① 出自禅宗典籍《碧岩录》。预示悟净将要获得新生。

一般，悠远低回。

似睡非睡。悟净心神恍惚，茫然蹲坐了许久。不一会儿，他仿佛进入了一个非梦非幻的奇妙世界。水草和鱼突然从他的视野中消失了，远处飘来一阵难以形容的兰麝芬芳。就在此时，他看到两个陌生的身影正朝他走来。

走在前面的，是一个手持锡杖、相貌奇特的伟丈夫。后面一位更是不同寻常，只见她头上缠着宝珠瓔珞，顶上肉髻高耸，妙相庄严，背后隐隐有圆光。前面那人走近后说道：

“我乃托塔天王二太子，木叉惠岸。此乃我师父，南海观世音菩萨摩诃萨。自天龙、夜叉、干达婆，到阿修罗、迦楼罗、紧那罗、摩侯罗伽、人、非人，师父一视同仁，无不心怀怜悯。此番师父见你身陷忧思，特来点化你。你要好自珍惜。”

悟净不由得垂下了头。耳边响起美妙的女声——不知是妙音，梵音，还是海潮音？

“悟净啊，你可要细细听来，好好思量。不知天高地厚的悟净啊！未得而谓得，未证而言证，世尊责之为‘增上慢’[①]。那如你这般非要求证不可证之事，更是极度的增上慢。你所追求的，是连阿罗汉、辟支佛都尚无法追求，也不想追求的东西。可怜的悟净啊，你是如何让自己的灵魂步入如此悲惨歧途的呢？得正观而立成净业，而你因心相羸劣陷入邪观，才遭遇如今这三途无量之苦恼。想来你已无法由观想得到救赎，你要记得，此后只能摒弃一切思考，以劳神劳力谋求自救。所谓时间，即人之作为。这世道，概观时看似毫无意义，直接作用于细节才诞

① 佛教用语，指的是尚未开悟就以为已经取得精进之法，而起怠慢、骄傲之心。

生无限意义。悟净啊，先置身于适宜之所，行适宜之事吧。今后，你要抛弃不知天高地厚的‘为什么’，否则你再无获救之道。今年秋天，有三个自东往西去的僧人，将横渡流沙河。那是西方金蝉长老转世的玄奘法师带着两个徒弟奉大唐太宗皇帝之敕命，前往天竺国大雷音寺求取大乘三藏真经。悟净啊，你也随玄奘西行吧。那便是你的适宜之所，适宜之事。路途艰苦，你无需怀疑，只管努力便是。玄奘弟子中有个叫悟空的，虽无知无识，却是个坚信无疑之人。你一定能从他身上受益颇多。”

等悟净再次抬起头来时，眼前已经空无一人。他在水底的月光中茫然而立，任由一种奇妙的感觉充盈内心。思绪模糊的他漫无边际地寻思道：

“……事情还真是因人而起，应时而发啊。若是半年前的我，不可能做这种怪梦。……仔细一想，方才梦中那菩萨所说的话，与那女偶氏和虬髯鲇子完全一样，可今夜听起来却非常受用，真是奇怪。不管怎样，我是不会真去相信一个梦就能让自己获得救赎的。可也不知为什么，我总觉得梦里菩萨说的那个叫唐僧的，没准真会路过这儿。这便是事情应时而发，该发生时自然会发生吧。……”

想着想着，他露出了久违的微笑。

七

这年秋天，悟净果然有缘遇到来自大唐的玄奘法师，并借其法力，出了水底幻化成人身。于是，他便与勇敢无畏、天真烂漫的齐天大圣孙悟空，以及好吃懒做、乐观开朗的天蓬元帅猪悟能一起，踏上了新的旅程。然而，这一路上，悟净还是没能摆脱自言自语的老毛病，止不住地念念有词：

“真是奇怪。总觉得心里没谱啊。难道不再强求不懂之事的答案，就等于懂了吗？总觉得自己还是糊里糊涂的啊！这次蜕变也还不够完美呢！呵呵，真是说服不了自己啊。总的来说，不像以前那么苦恼了，倒也算是好事……”

——《我的西游记》中

夜里，只有我独自清醒着。

悟净叹异

ごじょうたんに

悟净叹异

——沙门悟净的手记

午饭过后，师父在道旁的松树下小憩，悟空将八戒带到附近空地上，叫他练习变身术。

“你试试！”悟空说道，“你要真心实意地想着将自己变作一条龙。明白吗？要发自内心地想。全力以赴，用钻牛角尖的心态去想。抛开所有杂念。明白吗？要玩真的。要全力以赴地想，彻彻底底地想。”

“好！”八戒应了一声后便闭上双眼，双手结印[①]。接着，八戒不见了，出现了一条五尺长的大青蛇。我在一旁忍不住笑出声来。

“呆子！你就只会变青蛇吗？”悟空怒骂。大青蛇消失，八戒恢复了原形。“就是不行啊。真是的，为什么会这样啊？”八戒难为情地哼哼着鼻子。

---

① 佛教密宗所用的一种修习方式，即十指弯曲缠绕为不同的形状，并兼一些想象意念辅之。

“不行，不行！你心思不够专注啊。再试一次。听好了。要认真点，打心眼里发愿：‘我想变龙，我想变龙，我想变龙’。一心只想着变成龙，让自己消失就行了。”

“好吧。”八戒再次双手结印。与上次不同，这次变出的是个怪东西。看着无疑是条锦蛇，但前部又生出两条短腿，长得像只大蜥蜴。不过，那肥嘟嘟的腹部倒跟八戒自己不相上下了。它用两条小短腿爬了两三步，那模样简直一言难尽。我又忍不住哈哈大笑。

“行了，行了，别练了！”悟空怒吼道。八戒挠着头变回原形。

悟空：“你想变龙的意念不够强烈，所以变不成。”

八戒：“不可能。我可是一个劲儿地想‘我想变龙，我想变龙，我想变龙’来着。使劲想，认真想的。”

悟空：“没变成就说明你心思还不够专一。”

八戒：“你这么说太过分了吧。你这不是结果论吗？”

悟空：“你说得没错。仅凭结果去评点原因，绝不是最好的方法。但这也是世上最管用的方法了。就像你方才的情况，明显就很适用。”

照悟空的说法，变身术应该是这样的：想要变成某物的心意无比纯粹、无比迫切，最终便能变成那物。若未变成功，说明心意尚未到达那个境界。所谓法术的修行，就是学习如何将自己的心意凝聚成纯粹且强烈的状态。这样的修行无疑是艰难的，可一旦抵达那个境界，就不需要每次都大费周章，只需将心意调整到相应状态，就能轻松变身。这一点，与其他技艺是相通的。为什么人类学不会这变身术而狐狸能做到呢？原因就在于人类心中挂念的事情太多，精神难以集中，而野兽没多少需要操心的琐事，精神容易集中，云云。

悟空的确是个天才。这一点是毋庸置疑的。在见到这猴子的第一眼，我就感觉到了。起初，觉得那张毛茸茸的红脸太丑，但下一刻就被他那由内而外散发的魅力所折服，至于容貌美丑，立刻被抛诸脑后了。到如今，有时甚至会觉得这猴子容貌俊美（即便不到俊美的程度，至少也算端正了）。无论是神情还是言谈，都生动地诠释着悟空的自信。他从不说谎。对别人如此，对自己更是如此。他心中有一团永不熄灭的火焰，熊熊燃烧着的烈火。这团烈火会迅速感染身边人。听了他说的话，会自然而然地信他所信。只要在他身边，内心就会被自信填满。他是一个火种，整个世界就是为他准备的干柴。世界就是为了被他点燃而存在的。

一些我们看来平平无奇的事情，在悟空眼中便是绝妙冒险的缘由，或是激发他做出壮举的机缘。与其说是自带意义的外部世界吸引了他的注意，倒不如说是他为外部世界一一赋予了意义。他用自己内心的烈火，逐一点燃沉睡在外部世界那些空虚而冰冷的火药。他并不是用侦探的眼睛将这些火药找出来，而是用诗人之心（只不过是个狂放到可怕的诗人）去温暖自己所接触的一切（时而也难免将其烤焦），从中催生出各种意想不到的新芽，并使其开花结果。因此，在悟空的眼中，没有任何东西是平庸陈腐的。每天早晨醒来，他一定会礼拜日出，并一如初见般沉醉于那份壮美，由衷地发出赞叹。几乎日日如此。看到松子发芽，他也会惊奇地睁大眼睛，观察这神奇的一幕。

见过悟空这纯洁无邪的一面，再看他与强敌交锋时的模样！多么精彩、多么完美的身姿！全身力量紧绷，不露一丝破绽；金箍棒舞得滴水不漏，没有任何多余招式；不知疲倦的身体欢欣雀跃，剽悍矫健，他大汗淋漓地上蹿下跳，展示出一种压倒性的力量感，洋溢着迎面直击一切困难的强韧意志。那是比耀眼的骄阳、盛开的向日葵、欢歌的夏蝉更投入、更赤诚、更雄壮、更忘我、更炽热的美。这就是那只丑陋的猴子战斗时的姿态！

大约一个月前，悟空在翠云山与牛魔王大战一场。当时的勃勃英姿至今依然历历在目。感叹之余，我甚至将那场恶斗的经过一五一十地记录了下来。

……牛魔王变成一只香獐，悠然啃着青草。悟空识破后变成一头猛虎，飞奔过来要将其一口吞下肚去。情急之下牛魔王化身大豹，扑向猛虎。悟空见状，变成狻猊迎战大豹。牛魔王再变成黄狮，发出霹雳般的怒吼，要将狻猊大卸八块。只见悟空就地一滚，变成一头巍峨的大象，鼻似长蛇，牙如利竹。牛魔王招架不住，现出原形，眨眼间成了一头大白牛。只见他头如山峰，眼放电光，双角似铁塔。头尾长千余丈，蹄至背高八百丈。他大喊道："泼猴，看你能奈我何！"悟空见状也现出原形，大喝一声之后，但见他身高一万丈，头似泰山，眼如日月，巨口像血池。悟空奋力挥起金箍棒，砸向牛魔王。牛魔王用犄角抵挡，两人在半山腰恶战一场，那场面惊天骇地，可谓是山崩地裂，翻江倒海，天翻地覆……

这是何等壮观啊！我长舒一口气，甚至兴不起上前助阵的念头。倒不是我不担心孙行者败下阵来，我当时的心态，就好似羞于在一幅完美的名画上画蛇添足。

对于悟空内心的烈火而言，灾祸就是油。一遇到困难，他浑身（精神与肉体）都熊熊燃烧起来。反倒在平安无事时，他无精打采到令人奇怪的程度。他就像一只陀螺，只有急速旋转才不会倒下。在他眼中，艰难的现实就如同一张地图——用粗线清晰地画好了前往目的地的最短路线。在认清现实事态的同时，他也十分清晰地看到了通往目的地的道路。更准确地说，他的眼睛只能看到那条路。好比黑夜中的发光文字，只会清晰地凸显必要的路径，隐去其他的一切。我们这种钝根还在茫然思索不知所措时，悟空已经开始行动，沿着通往目的地的最短路线，迈开脚步了。人们都称赞他的武勇和神力，却不知他有天才般的惊人智慧。就他本人而言，那种思考与判断已融入他的武力行为之中，浑然一体。

我知道悟空是个文盲，也知道他没有学问。在天界时，他被指派了个名叫“弼马温”的马倌差事，可他既不认得“弼马温”这三个字，也不知道这个官到底是干什么的。但我最欣赏的是他那与神力完美融合的智慧和敏锐的判断力。有时候我甚至觉得，悟空教养很好。至少在动物、植物、天文等方面，他的知识相当丰富。一般的动物，他一眼就能看穿其性情如何、强弱程度、主攻武器的特征等。看到杂草也一样，只消看上一眼就能分辨出哪个是药草，哪个是毒草。但是，要说这些动植物的名字（世间的通用名称），他是一窍不通的。他还善于通过星星来辨别方向、时间、季节，但他又不知道“角宿”“心宿”这些星宿的名称。与能背出二十八星宿之名却傻傻分不清实物的我相比，差异是何等之大啊！在这个目不识丁的猴子面前，我深切地体会到以文字为依托的学问是多么苍白无力！

悟空身体的每一个部分——眼、耳、口、脚、手——似乎永远都欢欣雀跃、生机勃勃、兴奋异常。尤其在战斗时，他身体的每一个细胞都愉悦至极，仿佛夏日里聚集在花丛里的蜜蜂，一齐高声欢呼。或许正因为如此，悟空战斗时虽然全力以赴气魄十足，却依稀流露出些许游戏的趣味。人们常说要有“必死之心”，而悟空绝不会带着什么必死之心做事。无论身陷何种险境，他只担心自己的任务（降妖除魔或是救出三藏法师）的成败，至于自己的身家性命，从未出现在他的意识关注范围之内。险些被烧死在太上老君八卦炉中之时也好，遭遇银角大王泰山压顶，差点被压死在泰山、须弥[①]、峨眉三座大山下之时也罢，他从未为了自己的性命而哭天抢地。

最艰难的一次，要数被小雷音寺黄眉老佛困在那神奇的金铙里。任他怎么推怎么撞，金铙也不破。他将自己的身体变大，想撑破金铙，可金铙也随之变大；当他将身体缩小，金铙也随之缩小；他拔下猴毛变尖锥想钻个洞出去，金铙却丝毫无损。如此这般的折腾过程中，那能将万物化为水的宝器显示了威力，悟空的屁股开始变软了。哪怕是那样的时刻，他挂念的还是被妖怪捉走的师父的安危。悟空对自己的命运有着无限自信（不过他自己似乎并未意识到）。不久，亢金龙从天界赶来助阵，使

① 抑或称妙高山，为印度神话传说中的众山之王，世界的中心。

尽全身力量，将自己坚硬如铁的龙角从外部插入金铙。龙角完美地贯穿了金铙，可那金铙却像是皮肉长成的一般，将龙角卡得严丝合缝。但凡有足以透风的间隙，悟空也能变身为尘埃借机脱身，但此时却无能为力。眼看着半个屁股都快化了，他挠头抓耳，忽然灵机一动，掏出耳朵里的金箍棒变作金刚钻，在亢金龙的角上钻了一个洞，又变作微尘藏身洞中，再让亢金龙将角拔出来，这才获救。好不容易得救，他顾不上自己那软绵绵的屁股，马上就去搭救师父了。

事后，他也从未提过当时的险境。他应该从未过什么“危险”“我不行了”之类的念头吧。这个男人肯定也从来没有考虑过自己的寿数、生命之类的问题。也许他死时也是极痛快的，在自己都没有意识到的情况下就干净利落地离开这个世界吧。在濒死的瞬间，他肯定还是精力充沛地横冲直撞的。说实话，这个男人的所行所为，叫人觉得波澜壮阔，却绝无悲壮之感。

人人都说猴子爱学人，可这是一只不学人的猴子！别说学人，外人强加给他的想法，只要他自己不充分认同，哪怕那是流传数千年，被数万人公认的道理，他也绝对不会接受。

旧俗陈规和世俗声望在他面前毫无权威可言。

悟空还有一个特点，就是他绝口不提往事。应该说，他似乎已经将前尘往事忘得一干二净。至少那些孤立的事件本身都已被他遗忘。但相应地，一次次的经验与教训则被他吸收到自己的血液中，当即成了他精神与肉体的一部分。所以他不再需要将一件件孤立的事件记在脑中。他绝不会在战略上犯同样的错误，这就是最好的证明。而且，那些教训是在什么时候、经历了何种磨难才获得的，他也全都忘得一干二净。这猴子有种神奇的力量，能在无意识中彻底吸收经验教训。

但是，只有一次恐怖经历令他永远无法忘怀。他曾经跟我细细描述过当时那种恐怖的感受。那是在他第一次遇见释迦如来的时候。

那时，悟空并不知道自己的能力边界。他足蹬藕丝步云履，身穿黄金锁子甲，手舞从东海龙王那抢来的、一万三千五百斤重的如意金箍棒，打遍天上地下无敌手。他搅乱众仙云集的蟠桃大会，为此受罚被关入八卦炉，可他又打破八卦炉逃了出来，将天宫闹得一团乱。他横扫无数天兵天将，与率领三十六员雷将前来讨伐的大将佑圣真君在凌霄宝殿前鏖战半日有余。当时，释迦牟尼恰好携迦叶、阿难二尊者路过，拦住悟空去路，喝停了打斗。

悟空大怒，扑向如来。如来笑道："你好威风啊。修的是哪道？"悟空答道："俺乃东胜神洲傲来国花果山的石蛋中生出来的。你是何人？竟然不知道俺的本事！俺已修得不老长生之法，腾云驾雾，一纵十万八千里。"如来道："休要口出狂言！别说十万八千里，你连我的手掌心都飞不出去。""胡说！"悟空大怒，飞身跳上了如来的手掌，"俺显个神通能飞出十万八千里，怎就出不了你的掌心？"话音未落便一个筋斗云翻了出去，估摸着飞了大约二三十万里，忽见前方五根巨大的肉红柱子。他走到柱边，在中间那柱子上以浓墨写下"齐天大圣到此一游"几个字。又乘筋斗云飞回如来掌内，得意扬扬道："莫说你这手掌，俺这一去已飞出三十万里，还在柱子上留了记号！"

“你这愚蠢的山猴！”如来笑道，“你那点神通又有何用？方才你不过在我手心往返了一趟。不信你看我这手指。”

悟空讶异，细细一看，如来右手中指上果真写着墨迹未干的“齐天大圣到此一游”，分明是自己的笔迹。

“这是？”

悟空大惊，抬头仰望如来，却见如来脸上没了微笑。如来的眼神突然变得严肃起来，他紧盯着悟空，身躯变得越来越大，仿佛要遮天蔽日一般，向悟空身上压来。一阵恐惧袭来，悟空觉得全身的血液都要凝固了，慌忙纵身一跃，想要逃出如来的手掌。只见如来一翻手掌，五根手指化作五行山，将悟空压在山下，又写下“唵嘛呢叭咪吽”六个金字贴在山顶。悟空只觉得天翻地覆，仿佛从前的自己并不是自己。头昏目眩间，他的身体也止不住战栗。

事实上，自那时起，这个世界在他眼中变了样。后来，他只得饿了吃铁丸，渴了喝铜汁，乖乖被封在岩窟之中，等候赎罪期满。悟空的心态从之前的极度自负堕入极度不自信的深渊。与此同时，他也变得怯懦起来，苦从中来时，也不顾外头是否有人听到，哇哇大哭起来。五百年后，前往天竺取经的三藏法师偶然路过此地，揭下了五行山山顶的符咒，将悟空解放了出来。那一刻，他再一次哇哇大哭。不过这次是喜极而泣。他愿意跟三藏去万里迢迢的天竺，也仅仅是因为这份喜悦和缘分。那是一种极为纯粹且强烈的感恩。

如今想来，被释迦牟尼制服时的恐惧，仿佛为此前悟空那个巨无霸（超越善恶伦理的）套上了一个脚踏实地的制约。并且，为了将这个长着猴子外形的庞然大物改造成能在人间生活的状态，还得让他在五行山下承受五百年重压，进行凝聚浓缩。可在我们眼中，如今凝聚浓缩后的这个悟空是多么出类拔萃，多么神通广大！

三藏法师是个不可思议的人物。他太弱了。弱得惊人。他根本不懂变身术。一路上但凡遇到妖怪袭击，他马上就会被抓走。这岂止是弱小，简直是毫无自卫能力。三藏法师如此柔弱，竟能让我们三个齐齐被他吸引，这又是为何？（这种问题只有我会去想。因为悟空和八戒只会一味地敬爱师父。）在我看来，我们都是被师父那柔弱之中隐藏着的某种悲剧性的特质所吸引。那正是我们这些修炼得道的妖怪身上绝对不可能存在的特质。

三藏法师早已参透自己（或人类，或其他生物）在大千世界中的位置，以及那位置的可悲与可贵之处。并且，他可以忍受这种悲剧性，同时还能无畏地追求正义而美好的事物。这正是我们没有，而师父拥有的特质。当然，我们比师父更有力量，也多少懂些变身术，可一旦领悟到自身处境的悲剧性，我们绝对无法继续追求正义而美好的生活。柔弱的师父内心那份可贵的坚强，让我们只有惊叹的份儿。我认为，师傅的魅力就在于他那柔弱的外表所包裹的内在的可贵。要依那不靠谱的八戒的解释，我们——至少悟空——对师父的敬爱当中，多半掺杂了些许男色幻想的成分。

与悟空的实干型天赋相比，三藏法师在处理实务方面简直愚钝至极！但两人的人生目的不一致，所以也不会有问题。遭遇外来的困难时，师父并不向外寻求解决之道，而是向内求，即让自己内心做好承受困难的思想准备。不，师父并非事到临头才仓皇应对，平日里已时刻做好了准备，不让自己因为外在事故而动摇内心。师父早已练就一颗坚强的内心，无论何时何地，哪怕穷困至死都能保持幸福。所以，他无须向外寻求解决之道。在我们眼中，师傅毫无防备的肉身危险至极；对师父的精神来说，其实并没有太大影响。悟空看上去相当威风，可这世上或许还存在他的天赋无法克服的困难。师父则没有这种担心。因为对师父来说，没有任何困难是需要克服的。

悟空会愤怒但不苦恼，有欢喜而无忧愁。他可以单纯地肯定“活着”，这并没有稀奇之处。那三藏法师呢？拖着病恹恹的肉体，柔弱得毫无自卫能力，还时常遭受妖怪们迫害，可师父依然可以欣然地活着。这不是很了不起吗！

奇怪的是，悟空并不理解师傅在这一点上比自己厉害。他只是隐隐觉得自己离不开师傅。情绪不佳时，他认为自己会追随三藏法师只是因为紧箍咒（悟空头上戴着金箍，每当他不听从三藏法师命令时，金箍会越勒越紧，嵌入皮肉，使他痛不可当）。师父被妖怪捉去后，他会一边嘀咕“真叫人不省心的师父”，一边赶去搭救。每当抱怨“太危险了，真让人看不下去。为什么师父老那样呢？”时，悟空为自己为对弱者的怜悯之心感到骄傲，但他并不知道，自己对师父的感情中还蕴含了大量众生对于强者的敬畏本能和对美丽与高贵的憧憬。

更奇怪的是，师父自己也不知道自己比悟空优秀。每次被悟空从妖怪的手中救出来，师傅总要泪流满面地表示感谢：“若非你相救，为师早已失了性命”。其实，不论什么样的妖怪想吃他，他的性命也失不了的。

两人不明白彼此的真正关系——互敬互爱（当然，偶尔也有些口角），在一旁看着都觉得有趣。但我注意到，几乎属于两个极端的两人之间，唯有一个共通之处。那就是，两人在自己的生存方式上，都认为所承受的一切是必然，从必然中感知圆满，甚至将这必然看作自由。听说金刚石与炭源自同种物质，他们二人在生存方式上的差别远甚于钻石与炭之间的差距，却又都立足于同一种对现实的接纳方式，确实有意思。而这种“必然与自由的对等”，不正是他们属于天才的象征吗？

悟空、八戒和我属于截然不同的类型，甚至可以说，我们仨之间的差异大到离谱。哪怕是日暮时分无处歇脚，大家商量后一致决定在路边的破庙里过夜的时候，每个人也是怀着各不相同的心思达成了共识。悟空是觉得这样的破庙正是打妖除魔的好战场，主动选择了此处；八戒是不想再去别处寻找了，只想着早点歇脚，吃饭，睡觉。我则是考虑到“反正到处都是妖魔鬼怪，既然到哪儿都会遇难，那么选这里又何妨呢？”莫非，只要三个生灵凑一起，都是如此心思迥异的吗？这世上最有趣的莫过于生灵的生存方式了。

相较于孙行者的光芒四射，猪悟能八戒显得黯淡无光，却无疑也是个颇具特色的男人。总之，这老猪深深地热爱生命，热爱这个世界。他调动嗅觉、味觉、触觉等一切感觉，执着于今生今世。有一次，八戒如此对我说：

“我们去天竺到底为了什么？是为了修善积德，来世投胎到极乐世界吗？可那所谓的极乐世界到底是个什么样的地方？若只是坐在莲叶上摇来晃去，又有什么意思呢？那极乐世界里，可有热气腾腾的汤羹供我快乐地边吹边喝？可有外焦里嫩的香喷喷烤肉，供我快乐地大嚼特嚼？如果没有，只能像传说中的仙人那样餐霞吸露地活着……啊，不要，我不要啊！那样的极乐，我才不稀罕呢！还是这现世最好，虽有辛苦，却也有能让我们忘记痛苦、忍耐痛苦的无上乐趣。至少对我来说，这就是最好的。”

随即，八戒又给我列数了他心目中这世上的一桩桩乐事：夏日树荫下睡个午觉、溪间流水里冲个凉、月夜里吹个笛、春晓睡个懒觉、冬夜围炉畅谈……他一口气讲了那么多、那么快乐的事情！尤其是说到年轻女子肉体的美妙和四季时令食品的鲜美时，他仿佛有说不完的话。天哪！没想到这世界上还有那么多的乐事，而且竟然还有人全都享受过了。原来如此。我这才意识到，享乐也是需要才能的。从此，我再也没有瞧不起老猪了。

然而，与八戒交流频繁起来后，最近我察觉到一些怪事——在八戒那享乐主义的内心深处，时而会闪现出某种可怕的暗影。他老把“要不是敬重师父，害怕孙行者，这么艰苦的旅行我早就不干了”这句口头禅挂在嘴边，可实际上，我发现他那好吃懒做的外表下潜藏着某种战战兢兢、如履薄冰一般的心思。也就是说，可以确定的是，对于老猪而言（对我而言也一样），此次天竺之行无疑是幻灭、绝望过后所能抓住的最后一丝希望。然而，我现在还不能沉迷于考察八戒享乐主义背后的秘密。我的当务之急是学会孙行者的一切本事，无暇他顾。

三藏法师的智慧也好，八戒的活法也罢，都待我从孙行者那里学成之后再说。事实上，我还几乎没从悟空那儿学到什么东西呢。出了流沙河之后，我到底进步了多少？不依然是“吴下旧阿蒙”吗？甚至这一路上我起到的作用也一样。平安无事时阻止悟空的过激行为，每天劝诫八戒不要偷懒。仅此而已，并没起到什么积极的作用。难道说，像我这样的人，不论生在什么世道，都只能止步于成为一个调节者、忠告者和观察者吗？是否终究成不了一个行动者？

每每目睹孙行者的行为，我都忍不住思考：“熊熊燃烧的烈火不会察觉到自己正在燃烧。觉得自己在燃烧时，往往并未真正燃烧起来。”看着悟空自由奔放的行动，我总是想：“所谓自由的行为，是内心那不得不做的念头成熟后，自然而然地外显出来的行为。”但我只是想想罢了，尚不能追随悟空走出哪怕一步。一心想着要学、要学，但面对悟空那强大的气场以及悟空式的暴脾气，总是心生畏惧，不敢接近。

说实话，不管怎么想，悟空都算不上难得一遇的好友。他从不考虑对方感受，只会劈头盖脸地一顿怒骂；他以自身能力为标准去要求别人，一旦对方做不到便火冒三丈，真让人忍无可忍。也可以说，他并未意识到自身非凡的才能。我们确实也心知肚明，他其实心眼不坏。只是，他无法理解弱者的能力水平，因此从未对弱者的狐疑、踌躇、不安产生过同情，结果便是因为过度焦躁而大发雷霆。只要我们不因为无能惹他生气，他其实就像个善良单纯的孩童。

八戒总因为贪睡，偷懒，幻化失败，被他骂个不停。相比之下，我不太惹他生气，是因为我一直和他保持距离，尽量不在他面前露出破绽。也正因为这样，我永远都不可能从他身上学到什么。我得更接近悟空，无论他的暴脾气多么刺激我的神经，无论他如何骂我打我咒我，哪怕骂回去，我也要通过切身体验将那猴头的一切本事学到手。只是远远观望着，发出些感慨，肯定成不了事。

夜里，只有我独自清醒着。

今晚没找到落脚处，便在山后溪边的大树下铺了些草，师徒四人和衣睡在上面。悟空独自睡在一边，鼾声响彻山谷。他每打一次呼噜，头顶的树叶便滴滴答答地将露水砸下来。虽说是夏天，山里的夜气还是透着寒意。这时辰，无疑已到下半夜了。我就这么一直仰卧着，透过树叶的间隙望着满天繁星。寂寞，无可名状的寂寞侵袭着我。仿佛自己孤身站在一颗寂寞的星辰之上，正在眺望着这个漆黑、冰冷、空荡荡的世界的夜空。一直以来，星辰总让我联想到永恒或无限，所以并不怎么喜欢。可眼下这么仰卧着，不想看也得看那漫天星辰。一颗青白色的大星星的旁边，有一颗红色的小星星。在其更下方，还有一颗偏黄色的星星，似乎带着暖意，在风吹叶动间时隐时现。一颗流星拖着长尾巴，划过长空消失了。

不知道为什么，我突然想起了三藏法师那清澈而忧郁的眼眸。那是一双似乎永远在凝望着远方，对某些事物心怀怜悯的眼睛。我一直百思不得其解，那怜悯的对象究竟是何物。可这一刻，我忽然觉得自己领悟了。原来师父一直在凝望着永恒，清晰地看穿了与那永恒形成鲜明对照的、世间万物的命运。师父那永远的凝望和怜悯的目光所及之处，不正是面对终将到来的毁灭，仍然试图绽放出娇艳花朵的睿智和爱情等无数的美好事物吗？仰望着星空，我竟恍然有所参悟。我坐起身，偷偷看了看正睡在我身旁的师父的脸。看着他安详的睡颜，听着他安静的呼吸声，我忽然觉得内心深处有什么东西被点燃，胸中微微发热。

——《我的西游记》中

不知人我之别，不知是非之分。自觉眼如耳，耳如鼻，鼻如口。

名人传

めいじんでん

名人传

纪昌，赵国国都邯郸人士。他立志成为天下第一的神射手，要物色一位有资格当自己师傅的高手。纵观当今天下，箭术上恐怕无人能及神射手飞卫。传闻飞卫是个可在百步之外射穿柳叶且百发百中的高手。纪昌千里迢迢寻访飞卫，拜入他门下。

飞卫吩咐这个新入门的弟子先学不眨眼之术。纪昌回家后，钻到妻子的织布机下仰面躺平。他瞪圆了双眼，目不转睛地盯着那几乎贴着自己眼皮的织布机踏板，看着它忙忙碌碌地上下摆动。妻子不知缘由，见此情形大吃一惊。妻子表示，丈夫以奇怪的姿势从奇怪的角度窥视，着实让人不悦。纪昌斥责了心不甘情不愿的妻子，硬要她继续织布。他日复一日地以这种滑稽的方式修炼不眨眼之术。两年后，他达到了连快速往复的牵挺掠过睫毛也绝不眨眼的水平，才肯从织布机下爬出来。他已练就了锋利的锥头戳到眼皮都不眨眼的功夫。哪怕火星冷不防地溅入眼睛，哪怕眼前突然飞尘四起，他的眼睛也能纹丝不动。由于眼皮已经忘记了如何控制肌肉去闭眼，所以即便在夜里沉睡时，纪昌也是双目圆睁的。直到一只小蜘蛛在他睫毛间结网时，他终于有了自信，向师父飞卫禀报此事。

飞卫闻言，说道：“光是练成不眨眼之术尚不足以学射。接下来去学‘视’吧。待你练成见小如大、见微如著之术，再来告诉我吧。”

纪昌又回到家中。他从内衣的针脚处翻出一只虱子，又拔下一根头发，用自己的头发将虱子拴了起来。随后，他将虱子悬挂在朝南的窗户上，整日里盯着看。他日复一日地凝视着悬挂在窗框上的虱子。起初，在他眼里，那虱子只是一只虱子。两三天过后，它还是一只虱子。但十余天后，也许是心理作用，他觉得虱子变大了——虽说只是大了一丁点儿。三个月过后，虱子明显变大了，已经有春蚕大小了。在这期间，窗外的风景也变了好几轮——和煦春光不知何时变成了炎炎夏日，大雁刚掠过秋高气爽的晴空南下，雨裹挟着雪就从寒冷的灰色天空里飘落下来。纪昌持之以恒，凝视着吊在头发梢上的那只拥有刺吸式口器、可使人发痒的小节肢动物。

三年时光如流水般逝去，头发上拴着的虱子也换了几十只。某天，纪昌突然发现，吊在窗框上的虱子看上去足足有一匹马大了。“太好了！”他一拍腿，出门去了。他简直不敢相信自己的眼睛。人——高如塔；马——大如山；猪——壮如丘；鸡——雄伟如城楼！纪昌按捺住内心的雀跃，回到家里，再次正对着吊在窗框上的虱子，用燕国牛角弓和蓬矢之箭射向那只虱子，一箭射穿了虱子的心，而拴虱子的那根头发却完好如初。

纪昌急匆匆地跑到师父家汇报喜讯。飞卫高兴得蹦得老高，拍着胸脯夸道：“干得好！”随即将射术的秘诀倾囊相授。

长达五年的眼力基础训练果然没有白费，纪昌的进步快得惊人。

学习射箭之秘诀的十日之后，纪昌尝试从百步开外射柳叶，已能百发百中。二十日后，他将盛满水的杯子放在右胳膊肘上，而后拉开硬弓射箭。箭不虚发自不必说，杯中之水竟也纹丝不动。一个月后，他尝试连射百箭。第一箭正中靶心，紧随其后的第二箭不偏不倚地扎入第一箭的箭尾，接踵而至的第三箭又分毫不差地卡入第二箭的箭尾。所谓“矢矢相属、发发相及”，由于后箭必定嵌入前箭的箭尾，绝无一支落地。转瞬之间，百箭相连如一箭，从箭靶笔直地连到弓弦，最后一箭的箭尾还挖在弓弦上呢。一旁的飞卫看到这一幕，不禁赞道：“妙哉！”

两个月后，难得回家的纪昌与妻子发生了口角。为了吓唬妻子，他拉开乌号之弓，搭上綦卫之箭①，朝妻子的眼睛射去。箭矢射断妻子三根睫毛后向远处飞去，她本人却丝毫没有察觉，眼睛都没眨一下，继续大骂自己的丈夫。由此可见纪昌技艺之高超，那箭速之快目标之精准竟然到了如此出神入化的境界。

纪昌已经无法从师父那里学到任何东西了，某一天，他竟心生歹念。

那时，他独自一人左思右想，觉得除了师父飞卫之外，当今世上再无人能在箭术上与自己一决高下了。要想成为天下第一神射手，就得将飞卫铲除。他一直在暗中寻找机会，直到有一天，他在郊外偶遇了孤身从对面走来的飞卫。电光石火之间，纪昌就下定决心，取箭瞄准了飞卫。察觉到杀气的飞卫也执弓

① 乌号之弓，传说为黄帝所用过的弓，指代良弓；綦卫之箭，古代綦地产的利箭。

以对。二人互射，每次射出的箭矢都在半途相撞，同时坠地。两人的技艺都已出神入化，箭矢落地却激不起半点尘埃。当飞卫射尽所带之箭时，纪昌手里还剩下一箭。“妙极了！”纪昌一鼓作气地射出那支箭。情急之下，飞卫折下路边一根带刺的枝条将箭矢击落在地。这时，意识到自己的歹念终究无法实现的纪昌内心忽然涌起一股道义上的惭愧——要是此番得手了，绝不会出现这种情绪。而飞卫则因为死里逃生的安心和对自己功夫的满意而完全忘记了对敌人的憎恨。两人奔向对方，在旷野中相拥，一时间都洒下师徒情深的泪水。（这种事情无法以当今的道义观评价。美食家齐桓公想尝尝从未尝过的美味，厨子易牙就将自己的儿子蒸熟了给他吃；十六岁的少年秦始皇，曾在父亲去世的当晚，三次侵犯了先王宠妃——这些故事都发生在那个时代。）

在相拥而泣的同时，飞卫也琢磨了起来。要是这位弟子再起什么歹念，自己的处境可就相当危险了，必须为他安排一个新目标来转移注意力。于是，他对这个危险弟子说：“我的本事已经倾囊相授，若想在箭术之道上追求更深的奥秘，就爬上西边太行天险，登上霍山之巅吧。那儿的甘蝇老师傅，是旷古绝今的箭术大师。在老师傅面前，我们这些雕虫小技形同儿戏。如今能做你师父之人，非甘蝇老师傅莫属。”

纪昌立刻踏上了西行之路。师父那句“我们这些雕虫小技形同儿戏”，严重挫伤了他的自尊心。如果此话当真，那么他离天下第一的目标还前路漫漫。不管怎么说，得尽快找到那人比试一番，才能知道自己的技艺到底是不是形同儿戏。他内心焦急，只管一个劲儿地赶路。他攀爬危岩，横渡栈道，一路上磨破了脚底又划伤了小腿，终于在一个月后，登上了霍山之巅。

纪昌锋芒毕露势在必得，迎接他的却是一位目光如绵羊般柔和、步履蹒跚的老爷子。老爷子已年逾百岁，弯腰驼背，走起路来白胡子都拖在地上。考虑到没准对方的耳朵都聋了，纪昌便扯着嗓子说明来意。“您看我箭法如何？”也不等对方回答，就一把从身后拔出杨杆麻筋弓，搭上石碣箭，瞄准了碰巧从高空飞过的一群候鸟。一箭离弦，碧空上五只大鸟应声落下。

“不错嘛。”老爷子含笑道。“不过，这终究是‘射之射’。看来好汉你还不知‘不射之射’吧。”

见纪昌心头火起，老隐者便领着他来到二百步开外的一处峭壁。脚下是名副其实的“壁立千仞”，峭壁宛如一扇屏风，正下方的溪流细若游丝，只消瞅一眼就令人头晕目眩，足见那崖顶之高。老者毫不迟疑，径自走上了有一半悬在空中的危石，转头对纪昌说：“如何？站到这石头上来，再给老夫露露刚才那手功夫吧。”

事到如今，纪昌也无退缩之理。当他与老者调换位置，踩上那块石头时，石头微微摇晃了一下。当他鼓足勇气正要张弓搭箭时，悬崖边有一块小石头滚了下去。纪昌的目光追随那石块下坠，不知不觉间身子瘫软在石头上。他双脚抖成筛子，吓出一身冷汗。老者笑着伸手将他从石头上接下来，自己站了上去。他说道：“好吧。老夫这就让你看看何为射吧。”

心中惊恐尚未平复，脸色依然苍白如纸的纪昌很快意识到了怪异之处，问道：“可是弓呢？您的弓在哪儿？”原来老者两手空无一物。“弓？”老者笑道，“有弓的话，岂不还是‘射之射’嘛。‘不射之射’既不要乌漆之弓，也无需肃慎[①]之箭。”

此时，一只老鹰正在二人头顶的高空盘旋。甘蝇仰望那小如芝麻的身影。半晌之后，他舒展双臂做出拉弓状，弓如满月时，“嗖”地射出无形之箭。眼看着那鹰连翅膀都没扑扇一下，就像石头一般直挺挺地从高空跌落。

纪昌毛骨悚然，觉得自己今天终于得窥射术之道的真谛。

纪昌在这位年迈的神射手身边待了九年。至于这期间他经历了怎样的磨炼，无一人知晓。

九年后纪昌下山，众人都震惊了，他的面容发生了翻天覆地的变化。以前那不服输的精悍面庞已荡然无存，如今的他面无表情，变成了一尊木偶般的愚者样。他去拜访阔别已久的师父飞卫，飞卫一见他的神情便大声感叹道：“这才是天下第一神射手。我辈实在望尘莫及。”

都城邯郸迎接了天下第一神射手纪昌的归来，众人翘首企盼即将目睹他神技的一刻。

然而，纪昌对此类请求一概置之不理。不，他甚至连弓都不再碰。当初上山时带去的杨杆麻筋弓似乎也不知被丢到何处去了。有人问个中缘由，纪昌懒懒地答道：“至为无为，至言无言，至射无射。”

“原来如此。”懂事明理的邯郸人马上心领神会并表示理解。

---

① 中国北方的少数民族。传说肃慎人曾将该地有名的箭进贡给周武王，并以此出名。

不执弓的神射手成为他们的骄傲。纪昌越不接触弓箭，关于他天下无敌的评价就越是传得沸沸扬扬。

关于纪昌的种种传说在人群中口口相传。有人说，每晚三更过后，纪昌家的屋顶上会响起来历不明的弓弦声。据说那是附身在纪昌身上的射术之神，趁主人熟睡时脱离肉身彻夜驱妖逐魔，守护主人。附近的某商人说，自己亲眼看到某夜纪昌在自家上空脚踩祥云，手里竟然罕见地执了弓，正和古代神射手羿、养由基[①]二人比试射术。三人所射之箭均在夜空中拖曳出银白的光轨，消失在参宿与天狼二星之间。还有盗贼坦白说，自己原打算潜入纪昌家中，结果一条腿刚翻上围墙，就被静悄悄的屋内射出的杀气击中额头，自己还来不及反应就跌落到院外了。自那以后，心术不正者都绕开纪昌家方圆十里范围走，聪明的候鸟也不往他家上方经过了。

在这犹如云遮雾绕般的盛名光环下，神射手纪昌渐渐老去。他心中早已放下射箭一事，进入了枯淡虚静的境界。木偶般的脸上越发喜怒不形于色，也鲜少开口说话，最后甚至让人怀疑他是否还有呼吸。“不知人我之别，不知是非之分。自觉眼如耳，耳如鼻，鼻如口。”正是这位老神射手晚年的写照。

离开甘蝇老师傅四十年后，纪昌如一缕轻烟般寂然离世。四十年间，他绝口不提“射”字。既然连提都不提，更不会去拉弓射箭了。当然，作为寓言的作者，我又何尝不想让老神射手在最后来一个惊世之举，证明神射手之所以是神射手的理由呢？可我无论如何也不能篡改古书所记载的事实。实际上，纪

① 春秋时期楚国有名的神射手，曾任楚国大夫。

昌的晚年只是进入了无为自化的境界，除了以下轶事之外，再也没有什么传说流传下来。

据传该轶事发生在他去世的一两年前。一日，年迈的纪昌应邀去朋友家做客。他在朋友家看到了某个物件，总觉得那物件似曾相识，却怎么也想不起名称和用途。老人便问这家主人，“这是何物？有何用处？”主人以为客人在开玩笑，只是嘿嘿地傻笑。老纪昌认真地又问了一遍。可对方似乎仍摸不透客人的心思，还是暧昧地笑了笑。直到纪昌第三次一本正经地重复同一个问题时，主人才面露惊愕，直愣愣地盯着客人的眼睛。当主人确信对方不是开玩笑，也没有发疯，而且自己也没有听错之后，突然露出近乎恐惧的狼狈神色，结结巴巴地高呼道：

“啊，夫子——古今无双的第一神射手，您竟然连弓都不认识了吗？啊！您竟然忘了弓的名称，也忘了弓的用途！”

听说，在那之后的好长一段时间，赵都邯郸的画家藏起了画笔，乐师扯断了琴弦，就连工匠都羞于使用圆规和矩尺了。

那张脸已不是人脸了，看上去更像来自漆黑的原始混沌中的怪物。

牛人

ぎゅうじん

牛　人

鲁国的叔孙豹年轻时曾逃亡齐国以避乱。途经鲁国北部边境一个名叫庚宗之地时，邂逅一位美貌妇人。两人一见倾心，共度良宵。次日与那妇人分别后，他便进入齐国。在齐国安顿下来后，叔孙豹娶了大夫国氏之女为妻，后又生下两个儿子。当年路边那一夜的露水姻缘，早已被他忘得一干二净。

某夜，叔孙豹做了个梦。沉重压抑的空气笼罩着四周，一种不祥的预感悄然充斥着整个屋子。突然，屋顶无声无息地开始下降。极为缓慢，但又真真切切地、一点一点地往下降。屋里的空气渐渐滞重起来，连呼吸也变得越来越困难。他挣扎着想要逃离，可身体只能仰卧在床，丝毫动弹不得。虽然看不见，但他能清晰地感觉到，屋顶那漆黑的天幕，正如磐石一般压顶而来。屋顶缓缓逼近，难以承受的重量压上胸口那一刻，他无意间一转头，看到身旁站着一男子。此人肤色黝黑，身材佝偻，眼窝深陷，口齿前突如野兽。全身上下好似一头漆黑的牛。

“牛！救我！”叔孙豹不假思索地开口呼救。

只见那黑色男子单手托住压顶而来的千钧之重，另一只手轻抚叔孙豹的胸口，方才那压迫感顿时化为乌有。

“啊，太好了！”叔孙豹不由得脱口而出，清醒了。

次日，叔孙豹召集随从下人逐一辨认，并无一人长得与梦中那“牛人”相似。此后，他也暗中留意出入齐国都城的路人，却从未遇见如此长相的人。

数年后，故国政变再起，叔孙豹将家眷留在齐国，匆匆赶回故国。后来，当他位居大夫，跻身鲁国朝堂之上时，才打算将妻儿接回鲁国。不料妻子早已与齐国某大夫私通，决不肯回到丈夫身边，最终只有孟丙、仲壬二子前来投奔父亲。

某日早晨，一女子手提野鸡登门拜见。起初，叔孙豹完全认不出此人，交谈之下很快便明白了。原来此女正是十多年前逃亡齐国途经庚宗之地时，与自己做了一夜夫妻的女子。叔孙豹问她是否独自前来，女子回答带有一子，系当时与叔孙豹所生。叔孙豹命人将其带上前来，一见之下不禁大惊：此子肤色黝黑，眼窝深陷，身材佝偻，竟与梦中救了自己的黑牛人一模一样。叔孙豹脱口叫了声“牛！”没想到那黑少年竟然满脸惊讶地回应了。叔孙豹越发震惊，询问小孩姓甚名谁，小孩答：“我叫牛。”

母子二人当即被收留下来，叔孙豹让那孩子当了仆竖（侍童）。因此，这个长得像牛的男子，长大后被人叫作“竖牛”。都说人不可貌相，这孩子才智过人，做事倒也靠谱，却总是阴沉着脸，从不参与其他侍童的嬉戏打闹。他只在主人面前露出笑脸，深得叔孙豹宠爱。长大后，家中的大小事务便都交到了他的手上打理。

他那张眼窝深陷、口齿外凸、肤色黝黑的脸上露出难得一见的笑容时，看上去竟也滑稽可爱，给人一种感觉——长得如此滑稽之人，绝不可能有坏心眼。事实上，这副面孔只在尊长面前表现，当他板起脸来陷入沉思时，脸上便呈现出异于常人的怪诞和残忍。同辈们无人不惧怕他这副嘴脸。他似乎能下意识地区分两副嘴脸，用在不同的场合。

虽说叔孙豹给予了竖牛绝对的信任，但并未打算改立其为后嗣。若论掌管家族秘事或当个管家，竖牛自然是最佳人选，可若要当堂堂鲁国名门的一家之主，他在品貌上还是有所欠缺的。竖牛对此自然也心知肚明。因此，他对叔孙豹的儿子们，尤其是从齐国接回来的孟丙、仲壬二人，总是殷勤有加。而他们对竖牛，除了几分害怕，还有相当大的轻蔑。父亲对竖牛宠爱有加，二位公子并不觉得嫉妒，也许是因为他们在人格方面有足够的自信吧。

自鲁襄公去世，年轻的昭公继位时起，叔孙豹的身体便每况愈下。一次，他去丘莸打猎，回家路上偶感风寒后卧床休养，竟然再也无法起身。自此，从伺候病人到传达命令，一切都由竖牛一手承揽。竖牛对孟丙等人的态度，却越发谦恭起来。

叔孙豹病倒之前，曾决定为长子孟丙铸钟，并吩咐儿子："你与本国诸大夫尚不够亲近，待大钟铸成后，可借庆贺之名，宴请诸位大夫。"这话里话外，分明是要将孟丙定为继承人。叔孙豹卧病期间，大钟终于铸成了。孟丙打算就设宴招待诸位大夫的日期征询父亲意见，便让竖牛代为通禀。当时若无特殊情况，除了竖牛外，任何人都不得出入病房。竖牛受了孟丙之托进了病房，却并未向叔孙豹禀报此事。他很快便出来，假传家主吩咐，给孟丙胡乱指了个日子。

到了指定之日，孟丙大宴宾客，并当席试敲了新钟。叔孙豹在病房里听到钟声，诧异地问竖牛："这是怎么回事？"竖牛答："孟丙在家中庆贺新钟铸成，正大宴宾客呢"。病中的叔孙豹一听脸色大变，说："未经我许可，他竟敢以继承人自居，真是岂有此理！"此时，竖牛又在一旁添油加醋，说他还远远看到了身在齐国的孟丙母亲那边的人。因为他深知，每每提及那位不贞的妻子，叔孙豹总会大发雷霆。病人怒不可遏，想要站起身来，却被竖牛紧紧抱住，劝他不可为此伤了身子。叔孙豹咬牙切齿地想道："这是料定我这病好不了了，已经开始胡作非为了呢。"他命令竖牛道："没关系。你去捉了他将他打入大牢。他要是敢抵抗，就将他杀了也无妨！"

宴会结束后，叔孙家年轻的继承人愉快地送走各位宾客。第二天一早，他就成了屋后乱草丛中的一具尸体。

孟丙的弟弟仲壬与鲁昭公的某近侍交好。一日，他进宫访友，恰巧被昭公看到。昭公垂问了几句，见他对答得体，似乎很是中意，便在他临走时，赐了一枚玉环。仲壬是个本分青年，觉得未禀报就佩戴玉环是为不敬，于是委托竖牛向父亲禀报这一荣耀之事，并要他将玉环呈给父亲过目。竖牛接了玉环进病房后，并未将玉环给叔孙豹看，甚至连仲壬来过之事也只字不提。从病房出来后，竖牛告诉仲壬："父亲很欣慰，命你立刻将玉环佩戴起来。"仲壬这才将玉环戴在身上。

几天后，竖牛向叔孙豹进言，“如今孟丙已亡，自然是要立仲壬为嗣的，何不叫他这就去拜见主君昭公？”叔孙豹说：“不，后嗣人选尚未确定就是他，无需现在就去。”“可是，”竖牛紧接着说道，“不管父亲您怎么想，做儿子的他却早已自认如此呀。事实上他已经见过主公了。”叔孙豹表示：“他不可能做出此等蠢事”见叔孙豹不信，竖牛便说：“近来仲壬佩戴着主公赏赐的玉环呢。”仲壬当即被传召到病榻前，他身上果然佩戴玉环，并承认是主公所赐。父亲艰难地支撑起不听使唤的身体，勃然大怒。他根本不听儿子的任何辩解，当场命他回去闭门思过。

当天夜里，仲壬秘密逃往齐国。

叔孙豹的病情不断加重，立嗣问题已迫在眉睫，不得不认真考虑了。此时的他还是想将仲壬叫回来，便命竖牛前去办理此事。竖牛领命出了病房，自然不会派使者去齐国找仲壬。他复命道，自己已立刻派使者去见仲壬，可对方的答复是绝不会再回残忍的父亲身边。

事到如今，叔孙豹心中终于对这位近臣冒出了一丝怀疑，故而结结巴巴地问：“你、你所言当真？”“我为什么要撒谎呢？”竖牛回答。然而病人见他说话时嘴角带着一丝嘲讽。自从此人来到这里，还是第一次出现如此情况。他怒不可遏，硬撑着想要起身，却全身乏力，马上就被打倒。一张黑牛般的脸，居高临下，带着露骨的轻蔑，冷冷地俯视着他的惨状。那表情，正是之前只在同辈与手下面前出示的残忍面孔。叔孙豹想喊家人或别的近臣，可按照长期以来的习惯，不通过竖牛，他已经连一个人都喊不来了。这天夜里，想起惨遭杀害的长子孟丙，这位重病中的大夫悔恨交加，也只能痛哭流涕。

第二天起，残酷的虐待行径开始上演。之前，由于病人不愿与外人接触，吃饭时都由膳房的人将饭菜端到外间，再由竖牛端到病人的枕边伺候他进食，已经成了惯例。可如今竖牛这侍者，竟不再让病人进食。端来的饭菜他自己吃个精光，只将空碗碟送出去。膳房的人只以为是叔孙豹吃了。病人喊饿，牛人也只是默默冷笑。甚至开始连话都不回了。即便想向人求助，叔孙豹也无计可施了。

适逢家宰杜洩前来探病。病人向杜洩控诉竖牛的所作所为，但杜洩深知叔孙豹平日里对竖牛信任有加，只当他是在开玩笑，并未当真。叔孙豹又一次郑重其事地控诉了一番，这次杜洩又怀疑病人是否得了热病烧糊涂了。此时，竖牛也在一旁对杜洩使眼色，露出伺候精神失常的病人实在令人头疼的表情来。最后，病人怒急攻心，流着眼泪，用瘦骨伶仃的手指着一旁的宝剑对杜洩说：

“快用剑杀了他。杀了他！快！”

明白自己无论如何抗争都只会被当作疯了后，叔孙豹不禁颤抖着虚弱到极点的身子，号啕大哭起来。杜洩与竖牛对视一眼，皱着眉头，悄然走出了病房。等到访客一去，牛人的脸上才浮现出一丝诡异的微笑。

病人在饥困交加中哭泣着，不知何时昏昏沉沉地进入了梦乡。不，也许他并未入睡，只是看到了幻象。在沉闷而凝滞、充斥着不祥感的屋子里，只燃着一盏灯，无声无息地散发出暗淡、惨白的光。紧盯着它看一会儿，却又发现它距离甚远——仿佛在十里、二十里开外似的。他仰面朝天地躺着，而正上方的屋顶，就像不知何时所做过的那梦里一般，正徐徐下降。极为缓慢，但又真真切切地压顶而来。他想逃走，可浑身动弹不得。侧目一瞧，只见一个黑色的牛人站在一旁。叔孙豹向他求救，可对方这次并未出手相救，只是默默地站着，冷冷地笑着。绝望的叔孙豹再次苦苦哀求，牛人似乎恼怒了，突然板起了脸，直愣愣地瞪着他，连眉毛都未动分毫。当漆黑的重物压到胸口，叔孙豹正要发出最后的悲鸣时，清醒了过来……

看来不知何时已经入夜，屋里一片昏暗，只在角落里点了一盏灯，散发着惨白的光。或许刚才梦中看到的，就是这盏灯吧。朝身侧抬眼望去，只见竖牛的脸也和梦中一模一样，泛着异于常人的冷酷，正无声地俯视着他。那张脸已不是人脸了，看上去更像来自漆黑的原始混沌中的怪物。叔孙豹感到一阵彻骨的寒意。那并不是面对一个要杀死自己之人的恐惧，而是接近面对世上最残酷的恶意时所产生的卑微的畏惧。前一刻爆发的愤怒，如今已经被宿命般的恐惧感所压制。因为他已完全丧失了与牛人抗争的力量。

三天后，鲁国著名的大夫——叔孙豹饿死了。

这世上究竟是否存在文字精灵呢？

文字祸

もじか

文字祸

这世上究竟是否存在文字精灵呢?

亚述人熟知无数的精灵。在暗夜中猖獗的精灵，雄的是里卢，雌的是莉莉茨；散布疫病的精灵是纳姆塔尔，亡灵是艾缇恩姆；拐骗者拉巴斯……亚述的上空遍布着无数的恶灵。然而，从未有人听说过文字精灵的存在。

当时——正是亚述巴尼拔①国王在位第二十年——尼尼微王宫里流传着一个奇妙的传言。每天夜里，在图书馆的黑暗之中，都会传出怪异的窃窃私语声。因为前不久国王刚攻破巴比伦城，镇压了王兄沙马什·舒姆·乌金的谋反，众人怀疑是否有不逞之徒在图谋不轨。但一番查探后并未发现蛛丝马迹。那声音怎么听都像是某种精灵发出的。有人说，那是最近刚被国王当面处决的巴比伦俘囚们的亡灵发出的声音，但大家都知道，那是不可能的。千余名巴比伦俘囚是被拔了舌头后处死的，拔下的

① 其在位期间（公元前 668 年—前 627 年）继续将亚述帝国的版图扩大，使其达到鼎盛时期。

舌头都堆成了一座小山，这是人人皆知的事实。又是占星又是羊肝占卜，徒劳地探索一番后，人们只能得出一个结论——那是书籍或文字的说话声。只是无人知晓，文字精灵（倘若真的存在）是一种什么样的东西？亚述巴尼帕国王传召巨眼卷发的老博士那布·阿赫·艾里巴，命他研究这种未知的精灵。

自那天起，那布·阿赫·艾里巴博士日日往返于那间灵异的图书馆（两百年后，这座图书馆被埋没于地下；过了两千三百年后，偶然被发掘了出来），饱览万卷书册，深稽博考。不同于埃及，两河流域并不产纸莎草[①]，人们用硬笔在黏土板上雕刻复杂的楔形符号。书籍就是泥板，图书馆就像陶瓷店的仓库。老博士的桌子（桌腿用的是真正的狮子腿，连爪子都原封不动地留在上面）上，每天都堆满了垒成小山的泥板。他试图从这些沉甸甸的古老知识中找出有关文字精灵的学说，但一无所获。除了文字由波尔西帕的纳布神[②]所掌管这一点之外，再也找不到其他任何记载。他必须靠自己的努力去解决文字精灵是否存在的问题。

博士放下了书籍资料，开始终日目不转睛地盯着单个文字看。占卜师凝视羊肝，从而直观世间万象。他也效仿此法，试图通过凝视和静观挖掘事实真相。于是，一件怪事发生了。长时间盯着一个字看时，不知不觉间，这个文字就瓦解了，他只能看到一条条没有意义的交错的线条。文字不过是线条的集合，那为什么会有发音和意义呢？他百思不得其解。有生以来第一

① 纸莎（suō）草，尼罗河流域盛产的一种草本植物，埃及人取其茎制成莎草纸。
② 智慧与写作之神。

次发现如此不可思议的事实，老博士那布·阿赫·艾里巴骇然不已。原来，在自己这七十年的人生中，那些习以为常到视而不见的事物，绝非理所当然，也非必然而然。他忽然有种醍醐灌顶之感。是什么赋予了那些散乱的线条声音和意义呢？想到这儿，老博士毫不犹豫地认定——文字精灵是存在的。手、脚、头、指、腹等各个部位若是没有灵魂的支配，就不能称之为人类。同理，若无一种精灵的统摄，单纯的线条集合，如何能拥有声音和意义呢？

从这一发现入手，那些从来不曾知晓的文字精灵的本质，也逐渐清晰了起来。文字精灵和世上的事物一样数目繁多，如野鼠一般繁衍生息。

那布·阿赫·艾里巴走遍尼尼微的大街小巷，每逮住一个最近刚认识文字的人，就不厌其烦地询问对方，认识文字前后有没有发生什么变化，试图以此查明文字精灵对人类的影响。就这样，他得到了一个奇怪的统计结果——绝大多数人在认识了文字之后，或是捕捉虱子的技能突然退化，或是眼睛变得容易进灰尘，或是开始看不清从前清晰可见的空中雄鹰，或是觉得天空的颜色不再像从前那般碧蓝。

“文字精灵蚕食人类之眼，好似蛆虫钻过核桃的硬壳，巧妙地食尽其中的果肉。”那布·阿赫·艾里巴在新的黏土备忘录上如是记载道。认识文字以来，开始咳嗽之人、为打喷嚏而发愁之人、频频打嗝之人、腹泻之人的数目都不容小觑。

“文字精灵似为侵蚀人类鼻、喉、腹部之物。”老博士又记录道。认识文字之后，有人头发突然变少，有人腿脚不再利索，有人手足开始哆嗦，有人下巴时常脱臼。而那布·阿赫·艾里巴最后不得不如此写道：“文字乃祸害，侵蚀人类头脑，乃至麻痹其精神，可谓罪大恶极。”

与认识文字之前相比，匠人的手艺退化了，战士的胆量变小了，猎人连狮子都射不中了。这都是显而易见的统计结果。还有人表示，喜欢上文字之后，就连美女在怀也毫无乐趣。不过，说这话的是一个年逾七十的老头，所以没准问题并不是出在文字上。那布·阿赫·艾里巴琢磨着——埃及人将影子视为事物灵魂的组成部分，那文字不就像影子一样吗？

“狮”这个字，不就是真狮子的影子吗？所以，是不是记住了“狮”这个字的猎人，不去猎真正的狮子，而把狮子的影子当作了目标；而记住了“女人”这个词的男人，拥抱的不是真正的女人，而是女人的影子？在没有文字的远古时期，在皮鲁·那皮西姆[①]的洪水之前，欢喜与智慧都是直接进入人脑海中的，如今我们所了解的，只是披着一层文字面纱的欢喜与智慧的影子。近来，人们的记性变差了，这也是文字精灵的恶作剧。人们已经沦落到了不书写下来就记不住的地步。开始穿衣服之后，人类的皮肤就变得脆弱而丑陋；交通工具发明出来后，人类的腿脚就变得脆弱而丑陋；文字普及后，人们的头脑已不再运转。

那布·阿赫·艾里巴认识一位热衷读书的老人。这位老人比博学的那布·阿赫·艾里巴更加博学。他不仅通晓苏美尔语和阿拉米语，还能看懂记录在莎草纸和羊皮卷上的埃及文字。

① 乌特纳皮什提姆的别名。据《吉尔伽美什史诗》中记载，大洪水时期乌特纳皮什提姆得到神的指示，造船躲入其中，成为大洪水的幸存者。

但凡用文字记录下来的各种古事物，没有他不知道的。他知道图库尔蒂·尼努尔塔一世在位第几年的哪月哪日的天气如何，却从不留意今天的天气是晴是阴；他能背出少女萨比图安慰吉尔伽美什的话语，却不知该说些什么来安慰丧子的邻居；他知道阿达德·尼拉里国王的王后萨穆·拉玛特钟爱什么类型的服饰，但完全不在意自己现在穿的是什么衣服。

他是多么热爱文字和书籍啊！他仅仅是阅读、暗诵、爱抚并不能使他满足，对文字和书籍的爱竟然使他将《吉尔伽美什传说》最古老的版本的泥板嚼碎，和着水喝了下去。文字精灵毫不留情地摧残了他的眼睛，让他患上了严重的近视。由于阅读时凑得太近，他那鹰钩鼻的鼻尖在泥板上反复剐蹭，竟然长出了坚硬的老茧。文字精灵还侵蚀了他的脊梁，他佝偻着背，下巴几乎要贴到肚脐了。不过，恐怕他从未察觉到，自己的身形是佝偻的吧。尽管“佝偻”这个词，他能用五种不同国家的文字写出来。

那布·阿赫·艾里巴博士，将此人视为文字精灵的头号牺牲者。外貌如此惨不忍睹，但这位老人看上去永远都是那么幸福，简直令人羡慕。此事要说诡谲倒也的确诡谲，那布·阿赫·艾里巴把这一切都视作是文字精灵带来的媚药般奸猾的魔力。

一次，亚述巴尼帕国王偶然染病，御医阿拉德·纳纳认为此病不轻，便借来国王的衣服穿在自己身上，扮成亚述王的样子，试图骗过死神埃列什基伽勒的眼睛，将国王的病转移到自己身上。这本是自古以来医家常用的手段，但引起了部分青年的质疑。他们表示，这显然是不合理的，埃列什基伽勒这样的神明，不可能被那种哄小孩的伎俩骗到。学识渊博的那布·阿赫·艾里巴听说后，露出了不悦的表情。他总觉得，青年们凡事都要追求合情合理的行为中存在一些怪异之处。这种怪异就如同全身污垢之人，只将一个部位（比如脚尖）打扮得无比美丽。他们未能领悟到人类在神秘的云遮雾罩中所处的地位。老博士认为浅薄的理性主义是一种病，而使这病流行起来的，无疑正是文字的精灵。

一天，一位叫伊什迪·纳布的年轻历史学家（或者说是宫廷史官）来拜访老博士。他问："历史究竟是什么？"看到老博士愕然的表情，年轻的历史学家补充了一番解释："关于前些时日巴比伦王沙马什·舒姆·乌金的下场，大家说法不一。他自己投身火海这一点是毋庸置疑的。但既有人说，绝望之余，他在最后一个月里过着不堪言状的荒淫无度的日子；也有人说，他每日一心斋戒，不断向沙玛什神[①]祈祷；既有人说，他只和第一王妃共赴火海；也有人说，他在将侍婢姬妾数百人投入薪火中后，自己也步入火海。不管怎么说，一切都已名副其实地灰飞烟灭，完全无从得知哪种说法才是正确的。前几日，大王命我从中选出一种情况记录下来。这不过是诸多类似情况中的小小一例。以这样的方式来记录历史，是否妥当呢？"

见高明的老博士保持着高明的沉默，年轻的历史学家换了一种方式问道："所谓历史，究竟是曾经存在过的事，还是泥板上的文字？"

老博士觉得，这个问题，简直像把狩猎狮子和记录着狩猎

① 太阳神和正义使者。

狮子的浮雕混为一谈。但他不好明确地表达出来，便答道：“所谓历史，是曾经发生的事情，也是泥板上留下的记录。这两者难道不是同一样东西吗？”

“那漏写的呢？”历史学家问道。

“漏写？我不是开玩笑。没有写下的事情，就是没有发生的事情。种子不会发芽，最终不就相当于一开始便没有种子吗？所谓历史，不就是这块黏土板吗？”

年轻的历史学家一脸难为情，看着老博士所指的泥板，那是一枚是由这个国家最伟大的历史学家那布・夏里姆・休努所记录的泥板，记载着萨尔贡王①征伐哈尔迪亚②之行。博士一边说话一边吐石榴籽，石榴籽黏在泥板表面，留下处处污痕。

“伊什迪・纳布啊，看来你并不知道，波尔西帕的智慧之神纳布的使者——文字精灵们的力量有多可怕。一旦文字精灵们捕捉到了某件事物，并将其化为文字形态呈现出来，该事物就已经获得不灭的生命。相反，不管是什么事物，只要未被文字精灵那强有力的手触碰过，注定是要消失的。没有写在远古时代的安奴・恩利勒之书③上的星辰，为什么不存在呢？那是因为它们没有以文字的形式存留在安奴・恩利勒之书上啊。如果大马尔杜克（木星）入侵天界牧羊人（猎户座）的领地，众神就会降怒；如果月轮上部出现月食，灾祸就会降临到阿穆鲁人身上——这些都是以文字形式记录在古书上而存在的。古代苏美尔人不知道马这种生物，也是因为他们的词汇中没有‘马’字。

---

① 指萨尔贡二世，亚述帝国的国王。

② 乌拉尔图王国的别称。

③ 传说中古老的占星术文献。

没有什么力量的恐怖程度能超过文字精灵。若认为是你我使用文字来书写，就大错特错了。我们才是被文字精灵无情使唤的仆人。而且，它们这些精灵带来的危害也十分严重。我如今正对此进行研究，眼下你对记录历史的文字心存疑惑，正是因为你与文字过于亲近，受了文字精灵的荼毒。”

年轻的历史学家若有所思地回去了。老博士为文字精灵毒害了那位有为青年而悲伤了许久。过分亲近文字，反而对文字生了疑惑，这两件事绝不矛盾。前些日子，向来胃口大的博士敞开肚皮，几乎吃光了一整只烤羊，而后好长一段时间，他连看到活羊都觉得恶心。

青年历史学家回去了，许久之后，那布·阿赫·艾里巴博士摁着自己头发日渐稀疏的脑袋，陷入了沉思。我该不会是向那个青年赞美了文字精灵的威力吧？“可恶！”他咂摸着嘴想道，“连我也受了文字精灵的诓骗啊！”

其实，很久很久以前，文字精灵就把某种可怕的疾病带到了老博士身上。从他为了确认文字精灵是否存在，一连数日目不转睛地盯着一个字看的那时起，他就得病了。正如前文所提到的，那些曾经拥有一定含义和声音的字，忽然瓦解，成了纯粹的直线的集合。自那时起，文字以外的事物上也出现了类似的现象。当他盯着一幢房屋看时，房子就在他眼中和脑海中，变幻为木材、石头、砖瓦和灰浆这些毫无意义的集合。随后他开始疑惑，为什么这个非得是人类居住的地方呢？当他看人的身体时，也是一样。他把人的身体拆分成了一个个没有意义的形状怪异的部位。他完全不能理解，为什么长成这种模样的东西就算作是人类呢？除了目之所见之外，人类的日常生活，所有的习惯，如今都因为这奇怪的“分析病”而丧失了从前的意义，人类生活的所有根基看上去都很可疑。那布·阿赫·艾里巴博士感觉自己要神志不清了。如果继续进行文字精灵的研究，自己终将因文字精灵而丢了性命。他开始感到恐惧，迅速整理了研究报告，呈献给了亚述巴尼帕国王。当然，他还在其中加入了若干政治性的意见——武力强国亚述，如今完全被无形的文字精灵侵蚀，并且几乎没有人察觉到这件事。事到如今，若不改掉对文字的盲目崇拜，未来将追悔莫及。

文字精灵不会放过这个毁谤之人。那布·阿赫·艾里巴的报告使国王大为不悦。作为纳布神热忱的崇拜者和当时一流的有识文人，那也是理所当然的。老博士被命令自即日起闭门思过。若非那布·阿赫·艾里巴是国王从幼年时期至今的师父，恐怕会被处以活剥人皮的极刑吧。国王的震怒使老博士十分惊愕，但他立刻明白过来，这是奸诈的文字精灵实施的复仇。

然而，这还不是结束。数日后，一场大地震袭击了尼尼微地区和阿尔贝拉地区，当时博士恰好在自家书房里。由于他家房子年久失修，地震使墙壁坍塌，书架倒地。数不清的书籍——那数百枚沉重的泥板，和文字们骇人的诅咒声一起，砸向这个诽谤者，他被凄惨地压死了。

南岛谭其二·幸福

なんとうたん・こうふく

据说自那以后，帕劳地区再也没有哪个男人做过如此幸福的美梦了。

南岛谭其一·幸福

很久以前，这座岛上住着一个极其可怜的男人。这一带的岛民并没有刻意计算年龄的习惯，因此也搞不懂他到底多大岁数，不过年纪不轻这一点倒是板上钉钉的。不怎么卷曲的头发和尚未完全溃烂的酒糟鼻使他成为众人嘲笑的对象。再加上单薄的嘴唇和乌木般暗沉无光的脸色，更是让他的丑陋雪上加霜。这男人大概是全岛最穷困潦倒的人了吧。

帕劳地区最有价值的货币是一种形似勾玉的东西，叫“女人钱”[①]。当然，这个男人连一枚女人钱都没有。既然他穷得连女人钱都没有，也就更不可能有花女人钱才能娶到的妻子了。他独自居住在岛上大长老家中的仓库一隅，干的是最低贱的用人活计。全家的脏活累活都压在他一个人头上。岛民大多懒散，偏偏只有他连偷懒的工夫都没有，每天芒果树荫里啼鸣的鸟儿还没醒他就出海去捕鱼了。有一次，他用短矛刺杀大章鱼时，

① 一种用特殊的贝壳（如玳瑁）、玉石加工而成的挂饰，曾作为帕劳群岛的货币。

没有刺中反而被章鱼缠住胸腹，全身肿得厉害。有一次，他被巨型龙胆石斑鱼追杀，好不容易逃到独木舟上，这才捡回了一条命。有一次，他还被大如脸盆的砗磲贝夹伤了脚。

到了中午，岛民们不是在树荫下就是在家里竹床上昏昏欲睡，只有这个男人依旧忙得不可开交——打扫家里的卫生，加固仓库，采椰子花蜜，搓椰棕绳，修葺屋顶，制作家具……他的皮肤就像经历狂风暴雨后的田鼠，浸泡在一刻也没有消停过的汗水里。除了自古以来约定俗成由女人承担的看管薯田以外，所有活计基本都被这个男人包了。当太阳西沉入海，大蝙蝠在高大的面包树树梢盘旋时，他才终于可以被施舍一些打发猫狗用的薯根或是鱼杂碎果腹。之后，他拖着疲惫不堪的身体躺倒在硬邦邦的竹床上入睡——用帕劳语来说就是“牟巴兹”，意思是变成了石头。

这个男人的主人是该岛的大长老，同时也是帕劳地区——北起主岛，南至遥远的贝里琉岛——首屈一指的富人。这座岛上一半的薯田和三分之二的椰林都归大长老所有。他家厨房里，用极品玳瑁背甲制成的盘子堆起来有天花板那么高。他日日享用海龟膏、岩烤乳猪、儒艮胎儿和干蒸蝙蝠崽等珍馐，肚子肥润得如怀孕的母猪一般。他家中珍藏着一把象征荣誉的标枪，据说他的某位祖先在讨伐卡扬埃尔岛时曾用此枪一击刺杀了敌军首领。他拥有的女人钱就像玳瑁在沙滩上一次性产下的卵那么多。其中最名贵的是巴卡尔珠，威慑力巨大，就连在环礁岛外耀武扬威的锯鲨都能吓跑。无论是如今巍然屹立在岛中央那个装饰着蝙蝠图案、设有挑檐的大集会场也好，全体岛民的骄傲——通体红色的巨型龙头战舰也罢，无不是借这位掌权者手中的权势与金钱打造的。明面上他只有一位正妻，实际上但凡与他没有血缘关系的女子，都逃不过他的魔爪。

这名位高权重者的奴仆——可怜又丑陋的单身汉身份卑贱，在主人大长老面前自不必说，就连从二长老、三长老、四长老面前经过时，他都不能站着走，而是必须匍匐膝行通过。坐独木舟出海时，如果长老的船靠近，这个卑贱的男人就必须从独木舟上跳入水中。因为在船上对长老行礼是被严令禁止的大不敬行为。有一次，恰巧撞上了这种情形，他毕恭毕敬地正要跳入海中时，视线中却出现了一条鲨鱼。长老的随从见他犹豫不决，怒气冲冲地扔出木棍将他的左眼砸伤。无奈之下，他只能跳入鲨鱼正游来游去的水中。如果那鲨鱼是条三尺长的大家伙，那他肯定不止被咬掉三根脚趾那么简单了。

文化中心科罗岛在遥远的南方，那里已经有人染上了白种人带来的两种恶病：一种是妨碍上天赐予人类男女秘事的怪症。在科罗岛，男人得了这种病叫作男人病，女人得了这种病叫作女人病；另一种病极其微妙，其症状很难识别，患者有轻微咳嗽，脸色苍白，身感倦怠，身材消瘦衰弱，不知不觉间就一命呜呼了。有的病人会咯血，也有的病人不咯血。本文的主人公——可怜男感染的恶病似乎就是后者。他干咳不止，疲惫不堪。他试过将阿米阿卡树的嫩芽捣成汁喝下去，也试过将露兜树的树根熬成汤来喝，完全不奏效。主人发现后，觉得可怜的男仆染上悲惨的恶病，还真是破盖配破锅。于是，这名男仆的工作量越来越大。

不过，可怜的男仆其实是个大智大慧之人，并不觉得自己命运有多悲惨。无论主人如何苛待他，只要不禁止他视物、听声、呼吸，就是莫大的恩赐了。哪怕压在身上的活儿再多，只要不让他去耕种薯田（那可是女人的神圣天职），就值得感恩戴德。虽说他跳进有鲨鱼的海里不幸失去三根脚趾，但没被咬掉整只脚，就该谢天谢地。即便得了干咳不已的疲劳症，只要一想到有些人不仅得了疲劳症，还患上了男人病，而自己少得了一种病，已经三生有幸了。那海藻干一般直挺挺的头发显然造成了他容貌上的致命缺陷，但他曾见过一根头发都没有的人，脑袋就像荒芜的褐色山丘；他的酒糟鼻就像香蕉地里被踩烂的青蛙，确实令他感到羞耻，但隔壁岛还有得了腐烂病的男人，整个鼻子都烂光了呢。

然而，即使可怜男是个如此知足的人，也会觉得小病比大病好，在树荫下午睡比烈日当头被人奴役要舒服。有时候，这个可怜的聪明男会向神明祷告："求神明减轻些疾病的折磨或劳动的辛苦吧。如果这个要求不过分，请神明务必满足我。"

他供奉野芋并进行祈祷之地是椰子蟹卡塔图图和蚯蚓乌拉兹的祠堂。据传，这两尊神都是强大的恶神。在帕劳的诸神中，善神几乎得不到人们的供奉。因为大家知道，即使不去刻意讨好，善神也不会作祟。反倒是恶神要时不时郑重地祭拜一番，并奉上大量食物，因为海啸、风暴和传染病均源于恶神之怒。且说，也不知强大的恶神椰子蟹与蚯蚓是否听到并采纳了可怜男的祈祷，总之在那以后不久的某个夜里，这个男人做了一个奇妙的梦。

梦里，可怜的奴仆不知何时变成了长老。他端坐在主屋正中央家主专属的主位上，众人唯唯诺诺，战战兢兢，生怕惹他不快。他不仅有妻子，还有许多女仆忙着伺候他用餐。他面前的餐桌上，烤乳猪、熟透了的红树林蟹和海龟卵堆得像小山一样。这意外的一幕使他惊愕不已。虽然是在梦中，但他仍然怀疑这一切是不是一场梦，从而无法抑制自己的不安。

第二天清早醒来，他发现自己依旧睡在屋顶破了洞、屋柱倾斜了的仓库角落里。由于他罕见地睡过了头，就连清晨的鸟叫声都没听见，还被长老家里的人狠狠揍了一顿。

当晚，他又梦见自己成了长老，这次他不再像昨晚那么吃惊了，命令仆人的口吻也比昨晚傲慢了许多。这次餐桌上依旧堆满了美味佳肴。妻子身强体壮，是个无可挑剔的美人。他坐在用露兜树叶编制的新席子上，那冰冰凉凉的触感简直太美妙了。然而，天一亮，他依旧在脏乱的小屋中醒来，一如既往地从早忙到晚，只得到些薯根和鱼杂碎果腹。

当晚、第二天晚上、后来的每一晚，可怜的男仆都会梦见自己变成了长老。他耍起长老派头来也越来越得心应手了。美味佳肴摆在眼前，他也不再像起初那样，只会贪婪地狼吞虎咽。他和妻子之间也多次发生口角。他早已得知，自己可以对妻子以外的女人下手。他还颐指气使地让岛民为他修造船库，举办祭祀活动。当他在祭司的引导下来到神前时，那庄重威严的姿态宛如远古英雄再世，岛民们不由得惊叹连连。他手下有个男仆，长相酷似他在现实中的主人——大长老。说到这名男仆对他的畏惧程度，简直令人发笑。他觉得相当有趣，便命令这名酷似大长老的男仆干最苦最累的活儿。出海打鱼，采椰子蜜之类的活儿自然不在话下。有一次他出海，这男仆的独木舟与他的船打了个照面，他便命男仆跳入鲨鱼游得正欢快的海里。看到可怜的男仆惊慌失措的恐惧表情，他心满意足。

自此以后，白天的辛苦劳作与苛刻的待遇已不再让他唉声叹气了，他也不再需要说些看似高明的安慰话来自我催眠了。因为只要一想起梦里的快活，白天的辛苦便不值一提了。即使整天忙于艰苦劳作，他脸上也总挂着极度愉悦的微笑。为了在梦中享受荣华富贵，他总是迫不及待地想躺在他那屋柱即将断裂的脏屋子里睡觉。说来也怪，也不知是否在梦里吃香喝辣的缘故，最近他明显长胖了，脸色也红润起来，连干咳也不知不觉消失了，竟有些容光焕发、返老还童的趋势。

另一方面，在丑陋的单身可怜老男仆开始做这样的美梦时，他的主人——富裕的大长老也做了个怪梦。在梦里，高贵的大长老变成了贫穷的男仆。打鱼、采集椰子花蜜、制作椰棕绳、摘面包树果实、制造独木舟……所有的活儿都摊到了他头上。这么多的活儿，就连长着无数只手脚的蜈蚣也是干不完的。而摊派任务的主人，竟然是白天自己手下那个最卑贱的男仆。加上梦中的主人心眼恶毒，对自己提出一个接一个无理的要求。自己不仅被巨型章鱼紧紧吸肿了身体，被砗磲贝夹伤了脚，还被鲨鱼咬断了脚趾。能果腹的只有薯根和鱼杂碎。他每天早上在主屋中央那奢华的凉席上醒来时都筋疲力尽，由于在梦中劳作了一整宿，全身每个关节都在痛。夜复一夜地做着同样的梦，大长老身上的脂肪一天天减少，大肚子也渐渐干瘪了下去。说实话，只吃薯根和鱼杂碎，谁还能不瘦呢？三个月过去了，大长老的身子衰弱得惨不忍睹，还染上了烦人的干咳症。

后来，长老越想越来气，便叫来可怜男，打算彻底惩治这个在梦里虐待自己的可恨男人。

然而，出现在大长老面前的男仆已经不是过去那个瘦骨嶙峋、干咳不止、畏畏缩缩的可怜胆小鬼了。也不知从何时起，他竟然变得肥嘟嘟的，面色红润，容光焕发。不仅如此，他的态度也充满自信，虽然说出的话还是毕恭毕敬的，但怎么看都不是发自内心地臣服于大长老的颐指气使。光是看那悠然自若的微笑，大长老就被对方的优越感彻底击溃了。倒是梦里对这名施虐者的恐惧感苏醒了，刺激着大长老的神经。他脑中掠过一丝疑惑，梦中的世界与白天的世界到底哪一个才是真实的？枯瘦衰弱至此的自己，如何能一边咳嗽一边斥责面前这个威风凛凛的男人呢？真是想都不敢想。

大长老用连他自己都想不到的殷勤语气，询问男仆是如何康复的。男仆便将自己的梦境一一道来——他每晚如何大饱口福，如何安逸地享受奴仆们的服侍，如何在众女人的伺候下飘飘欲仙……这一听之下，长老大惊失色，为何男仆的梦境竟与自己的梦境如此一致，梦中世界所摄取的营养是如何影响现实世界的肉体的？唯一可以确定的是，梦中世界与白天的世界一样（或者说更加）现实。他强压下心中的屈辱感，将自己每天的梦境告诉了男仆——自己每晚如何被迫做苦力，又如何不得不只靠薯根和鱼杂碎过活。

男仆听后，竟毫不吃惊。他摆出一副理所当然的表情，仿佛在听一件早已知悉的事情，带着满足的微笑，落落大方地点了点头。他脸上闪耀着无比幸福的光辉，就像退潮时在浅滩中因为吃撑了肚皮呼呼大睡的海鳗一般。也许，这是因为他已对梦境比白天的世界更加现实这件事深信不疑了吧。悲惨而富有的主人嫉妒地打量着穷困却聪明的男仆的脸，打从心底发出一声长叹。

× × ×

前文是如今已沉入海底的奥鲁翁格尔岛的传说。距今八十年前的某一天，奥鲁翁格尔岛突然沉入海中，岛上的居民们也一同沉没了。据说自那以后，帕劳地区再也没有哪个男人做过如此幸福的美梦了。

南岛谭其二·夫妇

なんとうたん・ふうふ

有人的地方就有爱情，有爱情的地方就会产生嫉妒。

南岛谭其二·夫妇

直到今天，吉拉·科西桑和他妻子艾薇尔的故事依然是帕劳主岛（特别是从宜瓦尔到雅拉尔德地区）家喻户晓的传奇。

伽库拉奥部落的吉拉·科西桑是个本分老实的男人，妻子艾薇尔却招蜂惹蝶，老和部落里的其他男人勾勾搭搭，伤透了丈夫的心。艾薇尔是个水性杨花的荡妇（按照温带地区的说话习惯，这里我想加上“但是”这个连词），同时又是爱吃醋的妒妇，她极度恐惧丈夫会理所当然地用出轨来报复自己的出轨。

如果丈夫走路时不走中间而走在路左边，路左边人家的姑娘们就会遭到艾薇尔的猜忌；相反，如果丈夫走的是路右边，她就怀疑丈夫是看上了路右边人家的姑娘，将丈夫臭骂一顿。为了保持村里的和平，也为了自己的灵魂能得到安宁，可怜的吉拉·科西桑只好目不斜视地盯着脚下耀眼的白沙，战战兢兢地走在小路的正中间。

帕劳人将女人间争风吃醋的斗殴称为“海露里斯”。被横刀夺爱（或认为被横刀夺爱）的女人会冲到情敌家，向对方发起挑战。“海露里斯”通常是在众目睽睽之下进行的堂堂正正的较量，不允许任何人居中调停。众人只能怀着愉悦与兴奋的心情袖手旁观。这场战斗绝不会止于唇枪舌剑，最后必须以武力定胜负。但唯一的原则是不能使用刀具等武器。

两个肤色黝黑的女人怒吼尖叫，你推我搡，又拧又掐，号啕大哭，瘫倒在地。结果无需多言，她们的衣服——虽然岛民们过去不怎么习惯穿戴严实，但最低限度的衣能蔽体还是要保证的——也都被扯烂了。一般说来，衣服被扒光，最后连站都站不起来的一方被视为败者。当然，在决出胜负前的打斗过程中，双方早就在你抓我挠中各自负伤三五十处了。最终，将对手扒个精光、打倒在地的女人唱响凯歌，被视为在男女关系中占理的一方，接受保持严正中立态度的观战者的祝福。在众人心目中，胜者永远是对的，所以理应得到诸神的庇佑与祝福。

说起来，吉拉·科西桑的妻子艾薇尔堪称“海露里斯”的常胜将军，无论是有夫之妇还是黄花闺女，除了男人婆外，村里但凡是个女人，都被她挑战过。而且她几乎每场决斗都是抓挠推搡齐上阵，将对手推倒在地再扒个精光。谁让艾薇尔手脚健壮，力大如牛呢。尽管艾薇尔的多情是众所周知的事实，但从结果来看，她那些数不清的风流韵事都正当得让人心服口服。因为她拿下了每场“海露里斯”的胜利，这就是不容置疑的辉煌证明。

普天之下，这种带有实证的偏见可谓是最牢不可破的了。实际上，艾薇尔坚信，自己在现实中犯下的偷情都是正义的，而自己想象中丈夫的出轨都是罪恶的。可怜的是吉拉·科西桑除了日日忍受妻子的谩骂和殴打之苦，还饱受良心的谴责，在那些难以反驳的证据面前，连他自己都忍不住怀疑，没准妻子真的是正义的，而自己是罪恶的。若不是机缘巧合下得到命运女神的眷顾，也许他早已在生活的重压下崩溃了。

当时，帕劳群岛上流行一种“莫果露”制度——让未婚女子住进男子公社的共同住宅里，负责做饭兼出卖肉体。该姑娘必须来自外头的部落。其中，有些姑娘是自愿来的，有些则是因为该部落战败而被强行送来的。

吉拉・科西桑居住在伽库拉奥的共同住宅里，一天，偶然来了一名古莱庞部落的姑娘做“莫果露”。她叫里梅伊，容貌极为娇美。

在共同住宅的厨房里见到姑娘的第一眼，吉拉・科西桑就茫然呆立了许久。不但被姑娘那黑檀雕成的古神像般的美貌打动，他还产生了某种命中注定般的预感——也许只有这个姑娘能让自己摆脱现任妻子的压迫——真是既悲哀又相当自私的预感。当姑娘回眸热情地凝视他时（里梅伊长着一对长长的睫毛和乌黑的大眼睛），他的预感得到了印证。自那一天起，吉拉・科西桑就与里梅伊双双坠入了爱河。

做莫果露的姑娘既有一人接待合居男子所有成员的，也有只接待少数几个男子甚至是某个特定男子的。这全由姑娘们自己决定，合居男子不能强迫她们。里梅伊选择只接待已婚的吉拉・科西桑一人。那些自视甚高的男青年们对她又是眉目传情又是言语挑逗，用尽各种巧妙的小伎俩撩拨她，却丝毫不能打动她的心。

对吉拉・科西桑而言，世界已焕然一新。虽说妻子仍如乌云一般沉重地压在头顶，但他这十年来第一次发现，外头的世界依然艳阳高照，蓝天白云美不胜收，林间鸟鸣婉转动听。

丈夫的神情变化岂能逃过艾薇尔的慧眼。她一眼就看穿了个中原因。狠狠地责骂了丈夫一宿后，第二天一早她便直奔男子公社的共同住宅，打算毅然向夺走自己丈夫的可恶的里梅伊发起海露里斯挑战。就像对海星展开激烈攻击的大章鱼一般，她气势汹汹地闯入了共同住宅。

然而艾薇尔失算了。里梅伊可不是什么海星，而是一条电鳗。里梅伊一把抓住猛扑过来的大章鱼艾薇尔，使其顿时手脚剧痛，不得不退却。艾薇尔将彻骨的憎恨倾注在右臂上，猛地挥向里梅伊，却被双倍的力量挡了回来。艾薇尔想在里梅伊腰上掐几下，自己的手腕却被轻轻松松地反拧到了背后。艾薇尔不甘心地号哭着，使出浑身力气想将里梅伊撞倒，却被巧妙地错开了身，自己反而向前一头栽去，脑门狠狠地撞在了柱子上。艾薇尔头晕目眩地倒在地上的那一瞬间，对手扑上去，将她的衣服一口气扒了个精光。

艾薇尔输了。

过去十年间，曾打遍全岛无敌手的女中豪杰艾薇尔，竟然在最关键的海露里斯中吃了败仗。这意外的变故让雕刻在共同住宅柱子上那些千奇百怪的神像纷纷露出瞠目结舌的表情，令倒挂在天花板暗处贪睡的蝙蝠们大吃一惊，扑棱着飞出了屋外。丈夫吉拉·科西桑透过共同住宅的缝隙从头到尾看完了这场战斗，内心喜忧参半，最终还是以恐惧不安居多。自己有望被里梅伊拯救的预感即将实现这一点值得庆幸，但面对战无不胜的艾薇尔吃了败仗这一大祸事，吉拉·科西桑不由得失魂丧胆、惊慌失措，他不知该如何看待这事，也不知这事会对自己造成什么影响。

伤痕累累的艾薇尔一丝不挂，双手捂在身前，如同被剃光头发的参孙[①]一般，悄然回了家。

由于早已习惯对妻子低三下四，吉拉・科西桑并没有留在共同住宅中陪里梅伊分享胜利的喜悦，而是窝窝囊囊地跟在打输了的妻子身后，若无其事地回了家。

初尝败果的英雄艾薇尔悔恨交加，连哭了两天两夜。到了第三天，哭声总算消停了，取而代之的是破口大骂。连着哭了整整两天，隐藏在悔恨深处的嫉妒与愤怒化为惊雷般的咆哮，在懦弱的丈夫头顶上炸裂开来。

艾薇尔穷尽一切恶毒的词汇，对着丈夫劈头盖脸地谩骂一通，那架势仿佛拍打着椰子树叶的狂风暴雨，好似面包树上响起的阵阵蝉鸣，宛如环礁外滔天的巨浪。危险的恶意微粒在家中乱窜，似火星，似闪电，又似有毒的花粉。不靠谱的丈夫背叛了忠贞的妻子，简直是一条奸恶的海蛇，是从海参肚子里爬出来的怪物，是腐木上长出来的毒蘑菇，是绿海龟排泄出来的污秽物，是最低等的霉菌，是拉稀的猴子，是掉光毛的秃翠鸟……从外头的部落来做莫果露的那个女人，简直就是淫荡的母猪，是没妈的野女人，是牙齿有剧毒的雅乌斯鱼，是凶恶的大蜥蜴，是海底的吸血妖，是残忍的龙胆石斑鱼……而自己则是可怜而温柔的母章鱼，被那凶猛的鱼咬断了触手……

如此激烈的吵闹使丈夫吉拉・科西桑茫然不知所措，他甚至怀疑自己耳朵要聋了。好一阵子，他觉得自己似乎彻底丧失

①《圣经・旧约・士师记》中的勇士，神力来源于头发。被情人大利拉剪掉头发后失去了全部力量，导致被捕且双目失明。

了知觉，根本无暇思考对策。当吼累了的妻子停下来歇口气，用椰子水润喉时，他才终于感觉到方才散播在空中的那些恶言恶语如同木棉树上的刺一般，扎得他皮肤火辣辣地痛。

习惯真是人类的主宰。即便有了如此悲惨的遭遇，习惯了妻子绝对专制的吉拉·科西桑依旧没有下定决心逃到共同住宅的里梅伊身边去。他只是不断哀求妻子，想求得她的宽恕。

一天一夜的狂风暴雨后，夫妻二人终于达成了和解。不过，是附带了条件的——吉拉·科西桑除了与做莫果露的那个女人一刀两断以外，还要独自远渡卡扬埃尔岛，用当地特有的塔马纳树搭建一座豪华舞台并运回来，向大家展示，并在舞台上举办夫妻二人的誓约仪式。按照帕劳的习俗，在交换了“女人钱”，办完飨宴后，婚礼就结束了，不过婚后几年还要举行“夫妻誓约仪式”。当然，由于仪式花销巨大，一般只有富人才会举办。手头并不宽裕的吉拉·科西桑夫妇还没举办过，何况还要搭建舞台。从经济的角度来说，这简直是非常艰难的，但为了讨妻子欢心，吉拉·科西桑只能硬着头皮去做。他将所剩无几的“女人钱”全带在身上，去了卡扬埃尔岛。

好用的塔马纳木材很快就砍好了，搭建舞台却费了相当长的时间。怎么说呢，一根柱脚做好了，得叫上大家跳个舞庆祝一番；将木材表面刨得光溜溜的，也得招呼大家跳个舞。一来二去的，工程进度就是进展不快。去时夜空悬着一弯弯钩月，后来月圆了，待到他完工时，圆月已经又弯如钩了。这期间，吉拉·科西桑住在卡扬埃尔岛海边的小屋里，惴惴不安地思念着里梅伊。自从那场海露里斯挑战发生后，他再也没能去见里梅伊，不知她能否理解自己的苦衷呢？一个月之后，吉拉·科西桑付给工匠们一大笔女人钱，将漂亮的新舞台装在小船上，回到了伽库拉奥部落。

他到达伽库拉奥的海边时，夜幕已经降临。熊熊篝火将沙滩照得亮堂堂的，耳边传来人们拍着手又唱又跳的欢歌笑语。看样子，村民们正聚在一起跳祈祷丰年的舞蹈呢。

吉拉·科西桑将小船拴在远离跳舞人群的地方，把舞台留在船上，自己则悄悄上了岸。他屏住呼吸，躲在附近椰子树后窥视着跳舞的人群，但无论是在跳舞者里还是在围观者中，都没有发现妻子艾薇尔的身影。他怀着沉重的心情向家里走去。

吉拉·科西桑蹑手蹑脚地沿着瘦高的槟榔树下的石子小路来到黑灯瞎火的自家附近。一想到要靠近妻子，一种莫名的恐惧就涌上心头。

他睁大土著人特有的可在黑暗中视物的双眼窥探家中的情形时，发现屋内有一对男女的身影。虽然看不清那男人是谁，但可以肯定，那女人绝对是艾薇尔。“天助我也！”吉拉·科西桑顿时放松了下来。在他看来，眼前的丑事远不如免受妻子突如其来的怒吼重要。紧接着，一种莫名的悲哀又涌上心头。

那情绪既不是嫉妒，也不是愤怒。对艾薇尔这个大妒妇产生嫉妒，是无论如何都难以想象的；况且在这个懦弱男人心中，愤怒这类感情早已被磨灭殆尽。他只是隐隐感到一丝寂寞袭上心头，随后他便又蹑手蹑脚地离开了。

吉拉·科西桑鬼使神差般地来到男子公社的共同住宅前。屋里透出微弱的光亮，一定有人在里面。他走进屋里，空荡荡的房间里只亮着一盏椰壳灯，一个女子背对着灯，独自躺在床上。正是里梅伊！吉拉·科西桑按捺住内心的激动，走向女子，他将手搭在朝里躺着的女子肩上，晃了晃她。女子没有转过身来，但看样子并没有睡着。吉拉·科西桑又晃了晃她的肩膀，那女子背对着他说道："我是吉拉·科西桑的恋人，谁都别碰我！"吉拉·科西桑高兴地跳起来，用颤抖的声音喊道："是我！是我！我就是吉拉·科西桑啊！"里梅伊吃惊地转过身来，大颗大颗的泪珠从眼中滑落。

过了许久，二人回过神来，里梅伊（虽然她是个打败过艾薇尔的强悍女人）潸然泪下地倾诉着，在吉拉·科西桑没有露面的这么长时间里，自己是如何苦苦坚守贞操的。她说或许只要再过个两三天，自己就守不住了。

自己的妻子那么淫荡，而一个妓女却如此贞淑，这个事实让窝囊的吉拉·科西桑也终于忍无可忍，第一次对妻子的暴虐产生了反抗之心。回想之前那场壮烈的海露里斯战况，只要有温柔而强大的里梅伊在，无论艾薇尔怎么攻击，自己都无需害怕。而自己竟然直到现在才想明白自己原来有多蠢，竟然一直拖拖拉拉地，没有逃出那龙潭虎穴。

"我们逃吧。"吉拉·科西桑说道。即便到了这个时候，他用的还是"逃"这个懦夫才用的词，"我们逃去你村里吧。"

刚好里梅伊做莫果露的合约期也满了，于是她答应带吉拉·科西桑一起回她的村子。两人避开在篝火旁疯狂起舞的村民们的视线，牵着手从小路走到海边，乘上方才拴在那里的独木舟，趁夜出了海。

第二天一早，天边刚泛起鱼肚白，小船便抵达了里梅伊的故乡——埃雷姆伦维。二人来到里梅伊父母家，在那里举办了婚礼。又过了些日子，他们向村民们展示了那座在卡扬埃尔岛上做好的舞台，举行了豪华的“夫妻誓约仪式”，这些自不待言。

却说艾薇尔还满心以为丈夫仍在卡扬埃尔岛等待舞台做好，依旧每天招来数名未婚青年男子，日夜忙着偷情。然而有一天，她从一个埃雷姆伦维附近来采椰子蜜的人口中得知了事情的真相。

艾薇尔顿时怒火攻心。她哇哇大哭着冲出家门，嘴里还喊叫着——我是这世上最可怜的人了，自欧波卡姿女神的身体变成帕劳群岛以来，再也没有比里梅伊更恶毒的女人了。她跑到海边的男子公社，抱住屋前一棵高大的椰子树就要往上爬。

很久很久以前，村里有个男人被朋友骗走了女人钱、薯田和女人，爬到这棵椰子树的母树[①]上（虽然如今早已枯死，但当时正值壮龄，是村里最高的椰子树），在树顶向村民们控诉自己被骗的经过，诅咒骗子、憎恨社会甚至埋怨生养自己的母亲，随后向着地面纵身一跃。传说中他是本岛唯一的、前无古人后无来者的自杀者，如今艾薇尔正要效法他。然而男子可以轻轻松松攀爬上去的椰子树，对于女子尤其是艾薇尔这样大腹便便的胖子来说，简直堪比登天。顺着人们为了便于攀爬而在椰子树干上挖出的小沟，艾薇尔才爬到第五道沟就气喘吁吁，再也爬不动了。于是悔恨的艾薇尔便号叫着，打算把村民们都喊过来。而后，她一边拼命地抱住树干以使自己不滑下去（倒也爬了三四米高了），一边诉说自己的悲惨遭遇。她以海蛇之名起誓，赌上椰子蟹与吸盘鱼的名义诅咒丈夫和他的情妇。她一面诅咒一面泪眼婆娑地向下望去，本以为肯定全村人都被喊来了，没

① 地上保留的采种用的树木。

想到大失所望。树下只有寥寥五六名男女，正张大了嘴巴仰望着她疯疯癫癫的模样。估计是大家已经习惯了艾薇尔的大呼小叫，刚才那番动静也已经听惯不怪，连头都懒得从午睡的枕头上抬起来吧。

总之，观众只有区区五六人，再怎么叫唤都是白费力气。更何况从刚才起，自己那庞大的身躯就止不住向下滑，她也要坚持不住了。于是，艾薇尔的叫唤声戛然而止，她一脸讪笑着慢慢爬了下来。

树下围观的几个村民中，有个中年男人在艾薇尔嫁给吉拉·科西桑前曾对她大献殷勤。他患了恶病差点烂掉了半边鼻子，但他是村里排名第二的富人，拥有大片的薯田。艾薇尔爬下树时看到他的脸，不由得莞尔一笑，连她自己也不知为什么。中年男人的视线顿时变得火热起来，两人一拍即合，手挽着手走向了郁郁葱葱的塔马纳树林深处。

剩下的几名围观者也见怪不怪，目送着二人的背影，露出了意味深长的笑容。

光天化日之下，艾薇尔与那中年男人消失在塔马纳树林里。又过了四五天，村里人发现，艾薇尔已经公然搬进中年男人家了。因为那个烂了半边鼻子的、村里排名第二的富人最近刚死了妻子。

就这样，吉拉·科西桑和前妻艾薇尔各自度过了幸福的余生。时至今日，他们的故事仍被村民们津津乐道。

× × ×

故事到这里便结束了。故事中提到的莫果露即未婚女子侍奉男子的习俗已在德国殖民时期被杜绝，在帕劳群岛上销声匿迹了。不过，若去问问各个村里的老婆婆就知道，她们每个人年轻时都曾有过这样的经历，照她们的说法，在嫁人前每个女人都要去外村做一次莫果露。

而海露里斯，即女人间争风吃醋的斗殴，至今依然盛行。有人的地方就有爱情，有爱情的地方就会产生嫉妒，或许海露里斯的存在是一种必然。我在帕劳旅居时曾亲眼见到海露里斯现场。斗殴的缘由与激烈程度诚如本文中所描述（我所见到的海露里斯也是上门找碴儿的一方反被痛打，最终哇哇大哭地回去），和以前别无二致。唯一不同的是，在对那场斗殴起哄喝彩、品头论足的围观群众中，有两个拿着口琴的时髦青年。两人穿着的应该是刚去科罗岛市内买来的同款蔚蓝色新衬衫，卷发上涂了一层厚厚的发蜡。虽说还是光着脚，但这身打扮已是相当洋气。二人或许想为这场激烈纠缠的斗殴伴奏吧，一边装腔作势地摇首顿足，一边用口琴吹奏着欢快的曲子。

南岛谭其三·鸡

なんとうたん・とり

我熟知这位老爷子的声音、相貌、动作，但最后，这一切都被三只不期而至的母鸡颠覆了。

南岛谭其三·鸡

在帕劳地区，面向南洋群岛[①]的岛民建立的小学叫公学校。有一次，我去某岛的公学校参观，刚好遇到早会，正在介绍一名新上任的老师。那名新老师看上去年纪轻轻的，据说已在公学校执教多年。校长的介绍结束后，他登上讲台发表了就职致辞：

“从今天起，老师就和你们一起学习了。老师在南洋教书多年，所以对你们岛民的情况了如指掌。谁要是在老师面前装得很听话，却在老师看不见的地方偷懒，老师马上就知道哦。”

一字一句，吐字清晰，声如洪钟，像是在怒吼。

“想糊弄老师可没门，老师很厉害的。好好听老师的话，听到了吗？明白了吗？听明白的人举手！”

讲台下面有几百名肤色黝黑的男女学生，几乎都穿着破破烂烂的衬衫或简单的连衣裙，听到老师的话齐刷刷地举起了手。

---

① 西太平洋赤道以北的群岛，主要为马里亚纳群岛、帕劳群岛、加罗林群岛和马绍尔群岛的大部分地区。

“很好！”新上任的老师扯着嗓子喊道，“明白就好。老师的话讲完了！”

数百名岛民儿童对着老师行礼，随后脸上浮现出发自内心的敬畏神色，仰望着新老师。

露出敬畏神色的不只是学生们，我也怀着敬畏与赞叹之心恭听了这场致辞。不过，也许我脸上还流露出了可疑的表情吧，早会结束回到办公室后，那位新上任的老师似乎想针对我的表情辩解几句，他说道：

“对这些岛民呀，要是不拿出这样的架势唬一唬，日后可很难镇住他们啊。”说完，这位老师大笑起来，晒得黝黑的脸上露出洁白的牙齿。

刚从内陆来到南洋的年轻人遇到这种事时，往往会愁眉不展。但在南洋待上三两年后，也就见惯不怪了。甚至可以认为，这是对待岛民最高明的成熟手段了。

就我个人而言，从人道主义角度出发，倒也不甚反感这种对待岛民的方式，但若要将它推崇为最高明的方式，我还是颇有踌躇的。坚决实施无情的高压手段要比无底线地纵容他们更有效，这一点是毋庸置疑的。但是，让我感到苦恼的是，在绝大多数情况下，比起无微不至的真心实意，还是纯粹的强制手段能取得更好的结果。当然，虽说这种做法最终能否令他们心悦诚服是有待商榷的，现实却进一步挑战了我们的常识——在某些情况下，无情的高压确实可能使他们发自内心地惊叹并屈服，而不会只流于表面功夫。在许多场合，“畏”与“敬”尚未作清晰地区分，可也未必见得在任何情况下都按同一个模式行事。简而言之，我尚未摸透岛民们的特性。因此，越和当地岛民打交道，我就越难理解他们的心理与生活感情。刚来南洋的第一年，我比第三年更理解土著人的心理，第三年又比第五年更理解土著人的心理，就这样，年复一年，我对土著人心理越来越无法理解了。

当然，我们文明人身上也有将“畏”与“敬”混为一谈的毛病，只不过程度及表现形式大有不同。因此就这一点而言，也不是完全不能理解他们的态度，硬要说的话，没准也能说出点名堂来。

岛上的一名女子正在海边为即将被驱逐到安加尔岛挖磷矿的爱人送行，她扯住船缆不肯撒手，抽抽搭搭地哭着。哪怕丈夫乘坐的小船已经消失在海平线的尽头，她仍眼泪汪汪地站在原地不肯离去，让人不禁觉得她就是现实版的松浦佐用姬[①]。不过再过两个小时，没准这位可怜的妻子就和附近的某个男青年迅速发展成肉体关系了。“这种事我们也不是不能理解”——要是这么说的话，势必会受到世间女性的齐声指责；不过要是说“我们绝对没有这种心理的原型”，那此人一定是个心理上极度缺乏自省的人。

在本地由西班牙殖民地转为由德国殖民地时，昨夜还忠心耿耿的奴仆与邻居转眼间变成穷凶极恶的暴徒，大肆屠杀西班牙人。这件事给我们带来的震惊应该不至于强烈到格列佛造访拉格多大科学院[②]时的程度吧。

若是遇到下列情形，我们又该如何处理呢？比方说，我正

① 日本传说中的人物。爱人出征新罗时，她登上高山目送战舰，悲伤地化为石像。

② 英国作家乔纳森·斯威夫特的小说《格列佛游记》中的飞岛国大学。

与一个土著老爷子攀谈。尽管我的土著话说得磕磕巴巴的，但好歹能让对方听明白，而且他们的性格本就和蔼可亲，所以老爷子看上去心情不错，即便听到不怎么好笑的话也是笑嘻嘻的。聊了一会儿后，我觉得渐入佳境时，老爷子突然——真的是非常突然——就缄口不语了。一开始，我还以为他累了想歇口气，便静静地等待他的回答。然而，老头再也不开口了。不光是不再开口，原本笑容可掬的脸上也瞬间换了一副索然无味的表情，仿佛我已经消失在他的视野中。这是怎么回事？到底是什么动机让老爷子陷入了这种状态？是我的哪句话触怒他了吗？我百思不得其解。总之，老爷子突然紧紧关上了眼睛、耳朵、嘴巴，甚至心灵的厚百叶门。此刻的他，宛如一尊石头做的古神像。是他突然失去了聊天的热情？还是我这张异国人种的脸、我的体味、我的声音突然使他感到不快？又或者是密克罗尼西亚的古神对我们温带人的入侵感到愤怒，突然挡在这位老人眼前，使他对我视而不见？不管出于哪种原因，对着这副无论是怒吼、安抚还是摇晃都脱不下来的面具，我们只能茫然无措。这种暂时性的痴呆状态纯属当事人的无意识行为吗？还是说其实是有意释放的一种极为巧妙的烟幕弹呢？就连这一点我丈二和尚摸不着头脑。

这个例子不过是沧海一粟。常年生活在岛民部落的人一定会时常遭遇这样的窘境。遇到那些在南洋待了四五年就自称已经摸透岛民的性格的人，我总是觉得很奇怪。因为在我看来，如果没在椰子叶的沙沙声和环礁外太平洋的波涛声中过上十辈子，是不可能摸透他们的性子的。

听起来我似乎净讲些无聊的大道理。我到底想表达什么来着？想起来了，我原本打算讲一个故事，是关于一位老人——一个土著老爷子的故事。前面的一大堆话不过是铺垫而已。

老爷子住在帕劳的科罗岛上。看上去老态龙钟的，但实际年龄没准还不到六十。南洋老人的年龄根本猜不到，其中一个原因是连当事人都不知道自己的年龄。还有一个更重要的原因是他们由中年步入老年时，比温带人变老的速度更快，程度更强烈。

老爷子叫马尔库普，有些伛偻，走起路来总是前倾着身子干咳。最滑稽的是，他的眼睑耷拉得厉害，因此他几乎没法保持睁眼的状态。每当他想看清别人的脸，就得扫除眼前的障碍——将脸稍稍往上扬起，用食指和拇指捏住下垂的眼皮向上提。那仿佛把窗帘或百叶窗拉上去的动作总是让我忍俊不禁。老爷子似乎不明白我为什么发笑，但总是配合我的笑露出笑嘻嘻的表情来。没想到这看上去既可怜又愚钝的老爷子竟然是个大骗子，让刚来南洋不久的我颇为意外。

为了解帕劳民俗，当时我正在搜集民间俗信的神像、神祠等模型。因此，听一个认识的岛民说马尔库普老爷子不仅通晓掌故，手工活儿也巧，便起了雇用他的念头。第一次被带到我面前时，老爷子时不时地用手提起眼皮，回答我的问题。除了科罗岛的习俗之外，他对帕劳主岛各个地区的信仰也知道得八九不离十。那天，我吩咐他做一个驱魔人梅勒库（一个络腮胡男人）的雕像。两三天后，老爷子带着雕像来了，做得相当精致。我递给他一张五十钱的纸币作为报酬，老爷子又将眼皮提了上去，看了看纸币又看了看我的脸，然后笑眯眯地轻轻鞠躬致谢。

自那时起，我每次都把驱魔与祭祀用品的制作交给他，还让他做些小神祠、船型牌位、大蝙蝠和下流的迪伦迦依像之类的模型。而他带来的不仅有模型，有时候还会从什么地方搞来一些正品。“是偷来的吗？”我问他，他也只是嘿嘿笑着不说话。“偷盗神明之物，你不害怕吗？”我要是这样问，他就会回答：“不是自己部落的东西，所以没关系。我待会就去教会接受净化仪式，不用担心。”一边说，一边伸出左手催我给钱，仿佛在说：“与其咸吃萝卜淡操心还不如快点给我钱呢。”他口中的教会就是科罗岛上的德国教会或者西班牙教会。去教会的祭坛前祷告一番，没准轻轻松松就从亵渎古神明的恐惧中解脱出来了。即便从神祠的规模大小来看，白人的神也无疑具有更大的威力。

我付给他的工钱大致按照固定的行情来决定——花两三天就能做好的小物件算五十钱，一周左右才能完成的东西算一日元。不过有一天，当我照例往他手上放一张五十钱纸币作为一个小小的鸽子型护符的工钱时，他却没有将手收回去。他提起眼皮看了看掌心里的钱，又看了看我的脸，嬉皮笑脸地放下了眼皮，而托着纸币的那只手依然没有收回去的意思。“这老滑头！”我一言不发，只是盯着他的脸看（然而，每次一发现形势对自己不利，他就会立刻将眼皮耷拉下去，因此我看不到他的眼神），于是过了片刻，他又将眼皮提了上去。他正要摆出嬉皮笑脸的表情，一对上我的眼神便慌忙将眼帘拉了下去，但他的左手依然保持伸出的姿势，一动也不动。一来二去的，我也烦了，便又往他的手上追加了一枚十钱的白铜硬币。这回他只将眼皮睁开一条缝来，看都不看我一眼，嘴里嘟囔着道谢的话，扬长而去。

在这场只是上下翻翻眼皮的无言较量中，他的工钱从六十钱涨到七十钱，又从七十钱涨到八十钱，最终被抬高到了一日元。这不光是价钱的问题，交付的成品也开始频频出现奇怪的问题。雕刻在木板上的太阳图案相当偷工减料，小神祠模型的构造似乎也与实物略有差异。这还不算完，还没等我反应过来，他又擅自画蛇添足，在已经做好的船型牌位上加了现代装饰。有些东西我已经明确指定了尺寸，可他做出来的成品却大到匪夷所思的程度。有时还会来兜售一些据他称曾在古代祭神仪式上使用过的、极为古老的正品，报出的价格相当高，其实那都是些崭新的赝品。我气愤地训斥他，一开始他也寸步不让，坚持说自己做的东西没错。当我出示种种确凿的证据，他才保持着一如既往的嬉皮笑脸，沉默不语。他曾辩解说："我是为了让老师您高兴，才在船型牌位上加了多余的装饰。"我严肃地告诫他模型的尺寸必须精准无误，不得为了钱而将古怪的赝品给我，他便老老实实地鞠了个躬回家了。之后的一阵子，他倒也用心地做好了东西送过来。然而没过两个月，他又故伎重施，开始胡乱发挥了。留意到这一点后，我重新检查了以前从他那里买来的所有制作品，竟然发现超过一半的要不就是在不起眼处偷工减料的次品，要不就是马尔库普即兴创作的虚构的东西。

当时，帕劳地区发生了"神明事件"。岛民之间兴起一种将帕劳传统俗信与基督教结合的新宗教组织，政府认为其危害治安，打着"猎神"的旗号大肆抓捕社团首脑。此组织深深地扎根在北起卡扬埃尔岛南至贝里琉岛的广大地区，但当地政府巧妙地利用了岛民间的势力斗争与个人的反感情绪，步步为营，开展了揭发逮捕行动。我偶然从警务科的熟人那儿听说了一件怪事——马尔库普老爷子竟然获得了猎神的特殊功勋。仔细一问才知道，逮捕行动大部分利用的是岛民们的告密行为，而马尔库普是告密次数最多的人，不少首领在他的告密下被捕，他应该也因此得到了大量赏金。“不过，有时他好像会将与自己有私人恩怨的人作为信徒告发给我们。”我那熟人笑着说道。新宗教是好是坏我不知道，但告密这种行为，首先就让我感到相当不快了。

又过了几天，马尔库普在一件小事上的糊弄惹得我勃然大怒，或许是出于这种反感的情绪。实际上这件事本身并不至于惹得我发那么大的火。说起来不过是他在做工细节上有些偷工减料，又太贪财了些。他的所作所为让我怒从胆边起，厉声呵斥起来，事后自己想起来都觉得可笑。这一次，老爷子温顺，不，是呆若木鸡地伫立在我跟前，不再提眼皮也不嬉皮笑脸了。其实我该说的也都说完了，可我竟然脱口而出说了这么一句话：“我再也不想找你这种为了金钱出卖好友的卑鄙小人做事了！”除此以外，我好像还大声训斥了一些有的没的。过了一会儿，当我突然回过神来时，发现老爷子不知何时已变得像个面无表情的石像，对我的声音充耳不闻，似乎已经意识不到我的存在。他陷入了前文中描述的那种不可思议的状态——切断了五感，同外界完全绝缘。

我大吃一惊，但事已至此，自然也不可能突然让步去讨好他。而且事到如今，他就像一只把自己团成一个密不透风的圆球，武装起来的穿山甲一般，不管我怎么说，怎么做，恐怕他都感觉不到了吧。

沉默了半小时后，老爷子似乎突然醒神，转身毫不犹豫地走出了我的房间。

又过了一个小时，我突然发现刚才——在老爷子来以前，我确确实实放在桌上的怀表不见了。我将屋子翻了个底朝天也没找到，衣服口袋里也没有。父亲留给我的沃尔瑟姆古董表可是个高级货，在南洋这种怀表很容易因潮气和暑气而发生故障的地方都鲜少出故障。我突然回忆起，之前马尔库普曾对这块表——尤其是它的银表链爱不释手，并拿在手中把玩来着。我立马出门，直奔他的小屋。屋里一个人都没有（因为他是个单身汉）。接下来连续两三天，我每天都去找他，但小屋一直空无一人。我向附近的岛民打听后才得知，大约两天前，老爷子说他要去主岛上的某个地方，之后便一去不复返了。

从此，马尔库普老爷子再也没有出现在我面前。

之后大约又过了两个月，我来到东部各岛——由加罗林群岛中部至马绍尔群岛——开展长期的民俗调查。这项调查大约耗费了两年时间。

两年后再回帕劳，震惊地发现科罗岛明显繁荣了不少，同时岛民们似乎也变得越来越狡猾了。

我回帕劳一个月后的一天，马尔库普老爷子突然登门，说是一听说我回来就立马来了。他看上去非常憔悴，耷拉的眼皮依旧遮在眼睛上，牙齿似乎掉光了，脸颊也凹了下去，背也比以前驼得厉害了。最令我震惊的是，他的声音变得极为嘶哑，听起来像是耳语一般，整个人看起来比两年前老了十岁。尽管我还因为之前的怀表失窃事件耿耿于怀，但看着他这副老态，我最终还是没能开口提起那件事来。

我问他："发生什么事了？你身体为什么变得这么差？"他表示自己身患重病，正是为了此事有求于我。半年前起，他身体一天比一天虚弱，喉咙里总好像被什么东西堵着，呼吸困难，一直在帕劳医院看病，但完全没有好转的迹象。他征询我的建议："要不干脆不去帕劳医院了，就去连戈先生那里碰碰运气。"他口中的连戈先生是个长居宜瓦尔村的德国传教士，学识渊博，听说还精通医术。有时他会给岛民看病开药，在帕劳土著中口碑越来越好，甚至有不少岛民发自内心地深信他治病的本领比帕劳医院还高明。马尔库普对帕劳医院失去信心了，想去连戈先生那里求诊。"不过……"老爷子说道，"帕劳医院是公立医院，要是我擅自停诊而去找连戈先生的话，院长会生气的，警察也会生气的。（我笑着说不可能发生那种事，但老爷子就是固执地相信）老师您和院长是朋友，求您替我去找院长说个情，让他允许我到连戈先生那里看病吧。"老人声音嘶哑，态度哀切，明显像个濒死老人，于是我不得不接下了他这个愚蠢的委托。

我去拜访院长，一聊之下才知道，老爷子得的不是喉癌就是喉结核（如今我已经想不起来了），反正医生也无力回天了，他想去找连戈先生也好，做其他事也好，最好都由他去吧。

第二天，我把院长同意的消息转告马尔库普老爷子，他欣喜若狂。他用含糊不清的声音反复道谢，还对我深深鞠了几躬，想当初我给他多少钱他都不曾对我这样鞠过躬。为什么这种区区举手之劳也值得如此感恩戴德？我反而觉得不知所措。

后来，马尔库普销声匿迹了好一阵子。

大约又过了三个月，一个陌生的土著青年登门，说是马尔库普让他来的。他将自己手上提着的椰叶篮子递到我跟前。椰叶篮子编得很粗糙，一只母鸡从网眼里探出脑袋，咕咕咕地叫了起来。他说这是马尔库普托他带给我的。我问：“马尔库普后来怎么样了？”他答道：“马尔库普十天前已经死了。他开开心心地去宜瓦尔找连戈先生看病，但病情毫无起色，最终还死在了那个村里的亲戚家。”我又追问：“马尔库普为什么留下遗言要送我母鸡呢？”青年语气生硬地答道：“不知道，我只是按照亡者的吩咐办事。”说完便迅速离开了。

两三天后的一个傍晚，又一个土著青年从我家后门闯了进来，神情冷漠地站在我面前。令人吃惊的是，这名青年也递给我一个装有母鸡的椰叶篮子。这位面带怒容的青年只留下一句：“这是马尔库普爷爷给你的。”便飞快地转过身，又从后门出去了。

紧接着第二天，又来了一个人。这次的来访者比之前那两个青年讨喜得多，年纪也稍微大一些，自称是马尔库普的亲戚。他塞给我一个椰叶篮子，说自己受死去的老爷子所托。这一次我已经不再吃惊，心想，这篮子里一定又是鸡吧。果然，还真是鸡。我问他：“马尔库普为什么要送我这么珍贵的礼物？”来访者回答说：“因为老爷子说他生前受了老师您不少恩惠，所以……”“那为什么要送我三只鸡，而且还是分三次由不同的人送来呢？”我疑惑地问道。岛民解释道：“要是全交给一个人办，那人很有可能会私吞掉一部分。所以老爷子才委托三个人办同一件事，以策万全。”最后，岛民又补充了一句，“都是因为很多岛民不守约呐。”

我深知鸡在岛民的生活中是多么重要的财产。因此看到面前三只活生生的母鸡，我非常感动。不过，我还是想弄明白死去的老爷子这么做究竟是因为想要报答我去向院长求情的善举（如果那算得上善举的话），还是因为他曾偷了我的怀表，想以此谢罪呢？不，他不可能还记得那么久远的事。就算记得，想要赔偿我，直接把表还我不就好了吗？也不知道他把那块沃尔瑟姆表怎么样了？不，比起那块表本身，更令我感到困惑的是，我该如何将他因怀表事件给我留下的奸恶坏印象，与眼下母鸡这礼物结合在一起看呢？像是“人之将死，其言也善”，或是人性并非一成不变，同一个人也有善恶两面之类的解释，如今已经完全无法说服我了。这种不满恐怕只有我自己才能体会到吧，我熟知这位老爷子的声音、相貌、动作，但最后，这一切都被三只不期而至的母鸡颠覆了。恐怕这也是因为我所期望的答案并不是关于“人”的，而是关于“南洋人”的。总之，这件事让我更深切地认识到，自己并不了解南洋人。

到处都是花、花、花。

光·风·梦

ひかりとかぜとゆめ

光·风·梦

一

一八八四年五月的某个深夜，法国南部城市耶尔的一家旅店，三十五岁的罗伯特·路易斯·史蒂文森[①]突然开始剧烈地咯血，妻子慌忙奔到他身边。他用铅笔在小纸条上写了一句话，给妻子看：“无需害怕。若这就是死，那么死并不痛苦。”此时的他已满口鲜血，说不出话来了。

之后，他不得不辗转各地，寻找适宜养生之地。先是在英国南部的疗养地伯恩茅斯度过了三年时光，后来医生建议他去美国科罗拉多试试，他便遵医嘱横渡大西洋。然而，美国的环境也不太理想，于是他又尝试了南太平洋之行。

重七十吨的纵帆船途经马克萨斯群岛、土阿莫土群岛、塔希提岛、夏威夷岛、吉尔伯特群岛，完成了历时一年半的巡航

① 苏格兰小说家、诗人、游记作家，代表作有《金银岛》《化身博士》等。下文中的日记均为史蒂文森日记。

之后，于一八八九年底抵达萨摩亚的阿皮亚港。海上的生活极其惬意，群岛的气候也无可挑剔。史蒂文森那自嘲“不过是只剩几声咳嗽和一副骨架”的病体也稍有起色。他萌生了定居此地的念头，便在阿皮亚市郊购置了四百英亩土地。当然，他也并不打算在此地终老。实际上，到了次年二月，他便将所购置土地的开垦和房屋修建事宜委托给了别人，自己则动身去了悉尼。他打算在悉尼等候班船，回英国一趟。

然而，他最终还是给英国一位友人写了一封信。信上写道："……说实话，我这辈子怕是只能回英国一次了，应该就是我死的时候。只有身处热带，我才能勉强维持身体健康。就连在这个亚热带地区（新喀里多尼亚），感冒都是我的常客。待在悉尼那段时间，我终究还是咯了血。至于回到浓雾弥漫的英国一事，我已经不再幻想了。……我会难过吗？一想到再也见不到英国的七八个朋友和美国的一两个朋友，确实很难过。若撇开这些，我倒更中意萨摩亚这个地方。大海、群岛、土著，岛上的生活和气候……都会给我带来幸福吧。我决不认为流落此地是不幸的。”

那年十一月，他身体终于康复，回到了萨摩亚。在他购置的土地上，土著木匠建好了一间简易小屋，而主体建筑必须留待白人木匠建造。在房子完工之前，史蒂文森和妻子芬妮便生活在简易小屋中，亲自监督土著们开荒。那是一块高地，位于阿皮亚市以南三英里处，处在休眠火山瓦埃尔火山的半山腰，拥有五条溪流、三条瀑布还有若干峡谷断崖，海拔跨度从六百英尺到一千三百英尺。土著将这片地方称作维利马，意为五条河流。对史蒂文森来说，在这片土地上，不仅能远眺郁郁葱葱的热带丛林和浩渺无边的南太平洋，还可以凭借自己的力量垒起一块又一块生活的基石，就像儿时热衷的盆景游戏[①]一般，为他带来了纯粹的喜悦。

在这片土地上，住在自己打桩建造的房屋里，坐在自己拿着锯子制作的椅子上，享用自己挥动铁锹亲手种下的蔬菜水果……这一桩桩用自己的双手支撑起生活的事件，唤醒了他儿时第一次做了手工品并摆在桌上欣赏时的那种自豪感。组成这间小屋的圆木、木板，还有日常的食物，无一不是自己知根知底的——木材都是从自家山上砍伐下来，当着自己的面刨出来的；食材的来源也都一清二楚（比如这个橙子是从哪棵树上采的，那串香蕉是从哪块农田摘的）。这一切也给那个年幼时只敢放心吃母亲做的饭菜的史蒂文森带去了一种愉快的自在感。

如今他正体验着鲁滨逊・克鲁索[②]式或者说沃尔特・惠特曼[③]式的生活。

“热爱太阳、大地与生命，
轻视财富，施舍乞讨者，
将白人文明视作一大偏见，
与那些蒙昧的，却洋溢活力的人们一同阔步前行。

① 一种儿童游戏，将沙子、石头和房屋、桥梁等模型放入箱子中，模拟山水和庭园。

② 英国作家丹尼尔・笛福的长篇小说《鲁滨逊漂流记》的主人公。小说讲述了鲁滨逊在航海途中遭遇风暴，不幸流落到荒岛上求生的故事。

③ 美国诗人、人文主义者，代表作有诗集《草叶集》等。

在明媚的风与光之间，体会辛勤劳作时汗流浃背的皮肤下热血奔涌的快感，

忘却唯恐被人嘲笑的担忧，

只说真心所想之话，

只做真心想做之事。”

这正是他的新生活。

二

一八九〇年十二月 × 日

五点起床。鸽灰色的黎明分外美丽，天空即将变成明亮的金色。在遥远的北方，森林与街市的另一头，海面如镜，闪闪发光。而环礁之外，照旧是波涛汹涌，白浪滚滚。侧耳倾听，有如大地鸣响般的声音传来。

快六点时吃早餐。一个橙子，两颗鸡蛋。漫不经心地边吃边往阳台下看去。只见正下方的地里，有两三株玉米晃动得很厉害。心下正觉得奇怪，一株玉米秆倒下了，瞬间便消失在茂密的绿叶间。我立刻下楼到地里一探究竟，发现两只小猪仔仓皇逃窜。

猪的恶作剧着实让人大伤脑筋。它们可不像欧洲的猪那样，被文明社会阉割驯化得服服帖帖的。它们充满野性和活力，甚至还称得上健壮漂亮。我曾以为猪是不会游泳的，到了这里我却惊讶地发现，南太平洋的猪游泳技术竟然不错。我亲眼见过

一头大黑母猪游了有五百码[①]之远。它们鬼灵精怪的，知道把椰子放到向阳处晒干后再敲壳吃。而一些凶猛的家伙，有时还会袭击小羊羔，将它们咬死。这阵子，芬妮好像每天都为应付这些猪忙得不可开交。

六点到九点工作。写完前天开始动笔的《南洋来信》的一章后，立刻出门去割草。一批土著青年分成四队，分别去做农活和开拓道路。斧头的声音。烟雾的味道。看来在亨利・西梅雷的监工下，工程进展相当顺利。亨利原本是萨瓦伊岛的酋长儿子，这样的优秀青年，就算放到欧洲，也是毫不逊色的。

找到篱笆中丛生的“咬咬草”（或该称之为“粘粘草”），开始动手除草。这种草是我们的头号敌人。这是一种极为敏感的植物，有着狡猾的知觉——被随风摇曳的其他草类的叶子碰触时毫无反应，而人类只要一接触，它们就会瞬间将叶片闭合并收紧。这种植物收紧叶片后就像黄鼠狼捕食一般紧咬不放，根须如同吸附在岩石上的牡蛎一般，顽固地纠缠着土地与其他植物的根。收拾完“咬咬草”，开始处理野酸橙。未做防护的手被棘刺和富有弹性的“咬咬草”吸盘弄得伤痕累累。

十点半，阳台响起了螺号声。午餐是冷肉、牛油果、饼干和红葡萄酒。

饭后本打算作诗，但怎么也写不好，于是吹了一会儿银笛。午后一点，又出门去开拓通往瓦伊特林加河岸的道路。手提斧头，独自穿行在密林中。头顶是一棵棵参差交错的参天大树。

① 1 码为三英尺，约为 91.44 厘米。

透过叶片的缝隙，偶见近乎银色斑点的亮白天空，闪闪发光。地上随处是倾倒的大树，挡住了去路。树间藤蔓泛滥，或向上攀爬，或向下低垂，或纠缠不休，或圈绕成环。兰花繁茂，一串串地开得正艳。蕨类植物舒展着妖冶的触手。白星海芋绽放着硕大的花朵。小树的枝干柔嫩多汁，一斧子下去就干净利落地一分为二，而坚韧的老枝砍起来颇费功夫。

四下里一片死寂。除了自己挥舞斧头的声音，什么都听不到。这豪华的绿色世界，多么寂寞！这白昼中的巨大沉默，多么可怕！

突然，远处传来一阵低沉的声响，接着一阵短促而尖厉的笑声传入耳中。一股寒意从我的脊背上流过。前面的那声响，是什么东西在林间弄出的回声吧？那笑声应该是鸟鸣？这一带的鸟叫起来很特别，听起来竟然像人声。每到日落时分，如同孩童呼声般尖锐的鸟鸣声就在瓦埃尔山此起彼伏。但是，方才听到的那声音，和听惯了的那些叫声又略有不同。直到最后，我都无法断定那声音的来头。

回家路上，脑海中突然冒出一个作品的构思——以这片密林为舞台的爱情故事。这个念头（以及其中的一个场景）如同子弹一般击穿了我的脑髓。虽然还不确定能否如愿写出来，我还是姑且将这构思安置于脑海的一隅，打算像母鸡孵蛋那样悉心孵化。

五点吃晚餐。牛肉炖菜、烤香蕉、加了菠萝的波尔多红葡萄酒。

饭后教亨利英语。更确切地说是我们互相教学，他教我萨摩亚语。每天傍晚坚持学习，亨利是如何忍受这种沉闷的生活的呢？我百思不得其解（今天学英语，明天学初等数学）。在奉行享乐主义的波利尼西亚人中，要数他们萨摩亚人最快活了。萨摩亚人最不喜欢的就是勉强自己。他们喜欢唱歌、跳舞、穿漂亮服（他们就是南太平洋的摩登一族）、洗冷水浴以及喝卡瓦酒，还有谈天说地、当众演讲和玛兰加（指的是年轻人成群结队地连续数日从一个村落游玩到另一个村落，而他们到访的村子必须以卡瓦酒和舞蹈盛情款待他们）。

萨摩亚人那种天生毫无底线的潇洒，体现在他们的母语中并没有“借钱”或是与“借”有关的词汇。近来使用的还是从塔希提语中借用的相应词汇。萨摩亚人从不干借东西这种麻烦事儿，想要什么直接拿走便是。因此也就没有“借”这个词。“拿”“讨”“勒索”这类词倒是数不胜数。“拿”的说法还得根据所拿走的东西的种类分好几种情况——比如鱼啊，山芋啊，乌龟啊，草席啊，各有各的说法。说到他们的悠闲，还有个颇有趣的例子——身穿奇特囚服的土著犯人们被派去修路，而囚犯们的家属会穿着礼拜日的漂亮衣服，带上吃的喝的，去囚犯干活的地方游玩。才不管工程是不是正如火如荼地进行呢，他们直接在路中间摆开宴席，和囚犯们整日里喝酒唱歌。瞧这今朝有酒今朝醉的爽朗劲儿！

不过我们的亨利·西梅雷似乎与他的族人们不太一样。这个青年从不得过且过，他倾向于追求有组织的东西。他是波利尼西亚人中的异类。反观厨师保尔，虽然是白人，但在知识储备上远不及亨利。而负责照管家畜的拉法埃勒则是典型的萨摩亚人。萨摩亚人天生体格强健，拉法埃勒估计有六英尺四英寸高吧。白白长了个大块头，骨气却没跟上，是个脑子不灵光、性格懦弱的家伙。这个形如赫拉克勒斯[①]和阿喀琉斯[②]的彪形大汉，用撒娇的口气叫我“爸爸，爸爸”，真是让人鸡皮疙瘩掉一地。他超级怕幽灵，天还没黑透就不敢一个人去香蕉地里了（一般波利尼西亚人说“他是人”时，意思是“他不是幽灵，而是活人”）。

两三天前，拉法埃勒说了件趣事。说是他的某个朋友看到了亡父的幽灵。夜幕降临时，此人伫立在二十天前去世的父亲坟前。等他回过神来，发现用珊瑚砂堆起的坟冢上不知何时站着一只雪白的仙鹤。“这就是父亲的亡魂吧”，他一边琢磨着一边观察那仙鹤。后来，仙鹤的数量越来越多，还混了些黑色的仙鹤在内。不知何时，仙鹤的身影消失了，取而代之的是一只白猫站在坟头。紧接着，白猫的周围，灰猫、花猫、黑猫……花色各异的猫，如幻影般悄无声息地靠近，随后又隐没在四周的暮色中，消失不见了。此人坚信自己亲眼见到了变成仙鹤模样的父亲……云云。

十二月 ×× 日

上午，借来棱镜罗盘就开工了。自打一八七一年以来，我就再没碰过甚至压根就没想起过这玩意儿。不管怎么说，我还是用它画了五个三角形。这让我这个爱丁堡大学的工科毕业生重温了一把自豪感。可那时我是一个多么懒惰的学生！我忽然想起了布拉奇教授和提特教授。

---

① 古希腊神话中的大力英雄，神勇无比。

② 古希腊神话和文学中的英雄人物，被称为“希腊第一勇士”。

下午，又与植物们旺盛的生命力展开了一场无声的斗争。这样抡起斧头或镰刀干活时，只要干够了六便士的活儿，我的内心就充斥着满足感；可坐在家里的办公桌前工作时，就算赚了二十镑，我那愚钝的良心还是会痛惜自己的懒惰和被虚掷的光阴。这到底是怎么回事呢？

干活的时候，我突然想到一个问题：我幸福吗？可幸福这玩意儿晦涩难解，它存在于自我意识产生之前；而若要问快乐是什么，此时此刻我就无比清楚。快乐的形态各异，种类繁多（虽然没有任何一种是完美无瑕的）。在这些快乐之中，我要摆在前头的是"在热带雨林的静寂中独自挥舞斧头"这种伐木活儿。我确实为这项"美如赞歌，激情似火"的工作深深着迷。不管用什么样的环境来交换，我都不愿意放弃现在的生活。

而另一方面，说实话，一种强烈的厌恶感也不停地侵袭着我，让我感到后背发凉。那种感觉，难道就是勉强投身于和自己本性并不相符的环境时，不由自主地感受到的那种肉体上的不快吗？那种野蛮的残酷触怒着我的神经，总是压抑着我的内心。那种蠢蠢欲动、纠缠不休的不快感；四周的空寂与神秘所带来的迷信般的恐怖感；自己身上的颓废感和杀戮不绝的残酷感。我感到植物们的生命从我的指尖穿过，它们挣扎着，似乎在苦苦哀求。我觉得自己浑身沾满了鲜血。

芬妮患了中耳炎，耳朵好像还疼着。

木匠的马踩碎了十四个鸡蛋。听说昨夜家里的马跑了，在相邻（其实隔着相当长的距离）的农田里刨出了一个大坑。

我的身体状态颇佳，但体力劳动似乎过度了。晚上躺在蚊帐下的床上，后背疼痛，就像牙疼时一般。这阵子，每晚闭上眼睛时，眼前还是会出现无穷无尽、生机勃勃的茂密野草，一株株清晰可见。也就是说，筋疲力尽地躺在床上的数小时内，我依然在精神上重复白天的劳作。即使是梦里，我也仍在撕扯植物顽固的藤蔓，为荨麻的棘刺苦恼，被枸橼树的针戳伤，还被蜜蜂蜇得火辣辣地疼。脚下黏糊糊的黏土，怎么也拔不起来的根须，可怕的暑气，突然拂过的微风，附近森林传来的鸟鸣声，不知谁开玩笑喊我名字的声音，笑声，打暗号的口哨声……白天的生活，大体要在梦里重现一遍。

十二月 ×× 日

昨晚家里三只小猪仔被盗。

今天早上，大块头拉法埃勒出现在我们面前。见他战战兢兢的，便针对失窃案套了套话，用的都是些骗小孩的花招。不过，这是芬妮干的，我不太喜欢做这种事。

芬妮先让拉法埃勒面对她坐下，自己则站在离他稍远的地方，伸出双臂，用双手食指对着拉法埃勒的双眼，慢慢逼近。见她那煞有介事的模样，拉法埃勒脸上已浮现恐惧之色，手指快碰到眼皮时，拉法埃勒索性闭上了眼睛。这时，芬妮张开左手的食指和拇指，戳着拉法埃勒双眼的眼皮，右手则绕到他身后，轻叩他的头和背。拉法埃勒以为碰触自己双眼的是芬妮左右两手的食指。芬妮收回右手，恢复了原先的姿势，并让拉法埃勒睁开眼睛。拉法埃勒表情怪异，问刚才碰到自己后脑勺的是什么。“是附在我身上的妖怪啊。”芬妮说道，“我唤醒了我体内的妖怪哦。已经没事了，妖怪会帮我抓偷小猪仔的家伙。”

三十分钟后，一脸忧心忡忡的拉法埃勒又来了，再三确认刚才说的那妖怪的事儿是不是真的。

“是真的哦。那小偷今晚睡觉时，妖怪也会到他那儿睡的。那家伙应该很快就会生病吧，这是他偷小猪仔的报应。”

这个笃信世上有幽灵的大块头神色渐渐不安起来。虽然我不觉得他就是犯人，但他肯定知道犯人是谁。而且，没准他今晚还要去真凶那儿赴宴，享用猪仔大餐。不过经过这么一通折腾，估摸着也没法愉快地享受那顿大餐了。

前阵子在森林里忽然冒出灵感的那个故事，似乎在我脑海中发酵好了。人物形象逐渐丰满起来。标题就叫《乌路法努阿的高山森林》吧。“乌路”是森林，“法努阿”是土地，都是优美的萨摩亚语。我打算给作品中的岛屿起这个名字。还没动笔，但作品中的各种场景像连环画剧的图片一般，接二连三地涌现在脑海中。没准会成为一篇极好的叙事诗，也极可能会沦为无聊的甜腻爱情故事。我觉得自己脑海中仿佛孕育着灵感的电流，连如今正在创作的《南洋来信》这种游记，都没有心思写下去了。在写随笔和诗（不过，我的诗只是为了放松而写的助兴诗，不值一提）的时候，我从未因这样的亢奋而伤脑筋过。

傍晚，在参天大树的枝杈间和群山背后，出现了蔚为壮观的红霞。不久，低地和大海的尽头，一轮满月升起，此地罕见的冷气来袭。人人都难以入眠，纷纷起来找被子盖。不知现在几点了？——外头明亮如白昼。明月高悬瓦埃尔山之巅，恰好是正西方向。连鸟儿们都悄无声息。屋后的森林好似也因寒冷而痛苦。

此刻气温肯定低于华氏六十度[①]。

三

次年（一八九一年）正月，劳埃德从伯恩茅斯的旧宅斯克里沃阿庄园出发，带着所有家财物什前来投奔史蒂文森。劳埃德是芬妮的儿子，这年已经二十五岁了。

十五年前，史蒂文森在巴黎枫丹白露的森林邂逅芬妮时，她已经是两个孩子的母亲，带着一个年近二十的女儿和一个九岁的儿子。女儿叫伊莎贝尔，儿子叫劳埃德。当时芬妮在户籍上仍是美国人奥斯本的妻子，但她早已离开丈夫远渡欧洲，当上了杂志记者，独自抚养着两个孩子。

三年后，芬妮回了加利福尼亚，史蒂文森追着她去了大西洋彼岸。为此，父亲几乎与他断绝了关系。不顾朋友们苦口婆心的劝告（他们都担心他的身体），他就在极其恶劣的健康状况和糟糕得不能再糟糕的经济条件下启程了。等他终于抵达加州时，差不多也到了濒死状态。但是，用尽一切办法好歹保住了性命的他，终于在次年——在芬妮和前夫离婚后——与她结了婚。当年，芬妮四十二岁，比史蒂文森大十一岁。由于上一年女儿伊莎贝尔

---

① 指的是华氏温度，全世界只有很少的几个国家在使用这一温度的计量单位。此处的华氏六十度约为 16 摄氏度。

成了斯特朗夫人并诞下长子，此时的芬妮已经当上了祖母。

就这样，饱尝世间辛酸的美国中年妇女与娇生惯养、我行我素的苏格兰天才青年的婚姻生活拉开了帷幕。不过，由于丈夫体弱多病而妻子年长成熟，渐渐地，两人的关系就变了样，与其说是夫妻，倒更像艺术家和经纪人了。芬妮拥有史蒂文森所欠缺的实际生活技能，作为经纪人，确实是优秀的人才。但有时优秀过头，也难免惹人不悦。特别是当她跨过了经纪人的边界，试图进入评论家领域时。

实际上，史蒂文森的所有文稿一定会过芬妮之手校阅一遍。将史蒂文森熬了三个通宵写成的《化身博士》[①]的初稿丢到火炉里付之一炬的，就是芬妮；将他们婚前的情诗扣下坚决不让出版的，也是芬妮；住在伯恩茅斯时，以丈夫身体不好为由，死活不肯放任何老朋友进病房的，还是芬妮。这件事让史蒂文森的朋友们相当不爽。直情径行的威廉・埃内斯特・亨利[②]（会将加里波第将军[③]写成诗人的男人）率先表达了愤慨。他表示："那个肤色黝黑、眼如鹰隼的美国女人为什么要多管闲事？那女人害得史蒂文森完全变了一个人。"如果在自己的作品中，这位豪爽的红胡子诗人可以足够冷静地旁观家庭或妻子是如何影响男人之间的友情的；可在现实生活中，眼睁睁地看着自己最有魅力的朋友被一个女人抢了去，令他忍无可忍。

确实，史蒂文森自己对芬妮的才能也多少有一些误判。但凡是个聪明点儿的女人，天生就具备对男性心理的敏锐洞察力，

① 一部长篇小说，是史蒂文森的代表作之一。

② 维多利亚时代的英国诗人，代表作有《不可征服》等。

③ 意大利国家独立和统一运动的杰出领袖，军事家。

更何况芬妮作为新闻工作者，自然有一些特定领域的才能。史蒂文森将这些都高估为她在艺术方面的品鉴能力了。后来，他也意识到自己的失误，有时会因妻子那令人难以接受的评论而头疼（说是评论，其实那强硬的态度简直称得上干涉了）。在一首谐趣诗中，他无奈地认输了，称芬妮是“钢铁般真实、刀刃般强硬的妻子”。

和继父共同生活期间，劳埃德也产生了有朝一日自己写小说的念头。这个青年随他母亲，似乎天生具备当记者的才华。于是，这家人的相处风格变得有些奇特：儿子写的文章由继父润色，再由母亲点评。父子俩曾经合作过一部作品，这次来维利马一起生活后，又计划共同创作一部新的作品——《退潮》。

到了四月，房子终于建好了。这栋墨绿色的木屋共两层，屋顶漆成红色，四周环绕着草坪和木槿花，令土著们大开眼界。毫无疑问，他们都觉得这位史蒂布隆先生或者史托雷文先生（他们中很少有人能正确地读出史蒂文森的姓氏），又或者图西塔拉（土语中意指故事作者）不是个富豪就是个大酋长。很快，他那栋豪华（？）宅邸的传闻，就乘着独木舟，远远地流传到了斐济、汤加诸岛。

不久，史蒂文森的老母亲也从苏格兰来到这里，和他们一同生活了。与此同时，劳埃德的姐姐伊莎贝尔·斯特朗夫人也带着大儿子奥斯汀来到维利马与他们团聚。

史蒂文森的健康状况出奇地好，伐木、骑马……仿佛不知疲倦。每天早上雷打不动地坚持写作五小时。毕竟盖栋房子花了三千英镑，他即使不想写也不能停下手中的笔。

四

一八九一年五月 × 日

在自己的领地（包括邻近地区）内探险。前几天去过瓦伊特林加河流域，今天便去探一探瓦埃尔河的上游。

在丛林中大致估摸着方向东行，最后来到了河边。最初的一段河床是干涸的。我是带着杰克（马）来的，但河床上长满了低矮茂密的灌木，马过不去。我只好暂且把杰克拴在了丛林间的树上，沿着干涸的河道往上游走。山谷逐渐变得狭窄，四处是洞窟，无需弯腰就能从倒下的树下穿过去。

河道急转向北，传来了水流声。没多久，就撞上高耸的岩壁，水似一道薄薄的帘幕，顺着石壁往下淌，旋即潜入地下，消失了踪迹。看起来岩壁是爬不上去的，于是攀着树爬上了旁边的堤岸。青草的气息扑鼻而来，闷热异常。到处是含羞草的花朵。蕨类植物的触手。脉搏突突直跳。突然，我似乎听到什么声响，便竖起耳朵仔细听。像是水车转动的声响（而且是巨大的水车在脚边发出的那种轰隆隆的鸣响），又像远处传来的雷声。声音响了两三回。每当那声音增强，整个寂静的山林似乎都随之晃动起来。原来是地震。

继续沿着河道行进。这一段河道水量丰沛，河水冰冷刺骨，清澈见底。夹竹桃、枸橼树、露兜树、橙子树，这些树的树冠交织在一起，有如圆形屋顶。在树下走了一阵子，河水又干涸了。水渗入地下溶洞的隧道里去了，而我走在隧道上方，怎么走也走不出这埋在密林中的深井。走了许久，绿荫终于稀疏起来，透过树叶的缝隙可以看到天空了。

我突然听到了牛叫。确实是我们家的牛，但对方可不认识自己的主人。这局势相当危险。我停下脚步观察了一番，巧妙地避开了冲突。前行了片刻，层层叠叠的熔岩山崖映入眼帘，一道薄薄的、美丽的瀑布顺着山崖垂下。下方水潭中，手指粗的小鱼轻快地游来游去，似乎还有小龙虾。枯朽的参天大树倾倒下来，半截浸在水中，露出了树洞。溪底有一枚红得出奇的岩石，宛如红宝石。

没走多久，河床又干涸了。终于爬上瓦埃尔山陡峭的山坡。河床地貌消失了，我来到山顶附近的高地。徘徊了片刻，在高地临近东侧大峡谷的边缘发现一棵壮观的巨树。那是一棵榕树，高约两百英尺。巨大的树干和它那不计其数的随从（气根），如同背负着地球的阿特拉斯[①]一般，支撑着那些如怪鸟展翅般的丛丛枝冠。而在枝冠组成的群山中，蕨类植物和兰科植物又纷纷自成一林，郁郁葱葱。枝冠构建了一个大得离奇的圆顶，层层叠叠，傲然高耸，直指瑰丽的西空（此时已近黄昏），在东面山谷投下数英里的阴影，蜿蜒逶迤直达旷野。那影子何其庞大！那景观何其豪迈！

天色已晚，我匆匆踏上归途。回到拴马处一看，杰克已经处于半发狂状态。想来是因为被丢在森林里孤零零地待了半日，

① 古希腊神话中的巨人神，在与奥林匹斯众神争斗中战败，被惩罚支撑天空。

受了惊吓吧。我听土著说过，瓦埃尔山有个名叫阿依托·法菲奈的女妖出没，没准杰克看到她了。我安抚着杰克，好几次差点被它的蹶子踢到，好不容易哄好了，骑着它回了家。

五月 × 日

下午，和着贝尔（伊莎贝尔）的钢琴吹奏银笛。克拉克斯通神父来访，表示想将《瓶中魔鬼》翻译成萨摩亚语，刊登在《欧·雷·萨尔·欧·萨摩亚》杂志上。我欣然应允。在短篇小说中，我这个作者最喜欢的就是很早以前写的《丑陋的珍妮特》和这篇寓言。因为故事的背景是南太平洋，说不定土著也会喜欢。而我也会因此成为他们心目中的图西塔拉（故事作者）。

晚上，入睡后听到雨声。遥远的海上隐隐有闪电划过。

五月 ×× 日

下山进城。几乎一整天都忙着兑换外汇。这里的银价涨跌问题真让人头疼。

下午，港内停泊的船只都挂上了挽旗。原来是那个娶了土著女人为妻、被岛民亲切地称为萨梅索尼的哈米尔顿船长去世了。

傍晚，向美国领事馆方向走去。这是个美丽的满月之夜。转过马塔乌托的拐角时，前方传来赞美诗的合唱声。原来是许多土著女人正在逝者家的阳台上歌唱。成了未亡人的梅艾丽（就是那个萨摩亚人）坐在家门口的椅子上。她是我的老熟人，邀请我坐她旁边。我往屋里看了看，只见故人的遗骸用床单包裹着，横放在桌上。赞美诗唱完后，土著牧师起身讲话，滔滔不绝地讲了许久。长明灯的光从门窗流泻出去。棕色皮肤的少女们坐我旁边。这里闷热极了。牧师的讲话结束后，梅艾丽领我进了屋。已故的船长面容安详，手指交叉平放在胸前，仿佛下一秒就会开口说话。我从没见过如此栩栩如生、如此精美的蜡制面具。

我施了一礼，走了出来。今夜月色皎洁，不知何处飘来柑橘的芳香，我竟然生出了一丝甜美的艳羡之情——我的故人已经终结了这一世的战斗，在如此美丽的热带之夜，在少女们歌声的包围中，静静地安眠了。

五月 ×× 日

听说编辑和读者对《南洋来信》颇有微词。他们说："南太平洋研究的资料集锦，或者学术观察，别人也能写。读者对R. L. S.[①] 先生的期待，本来就是他那华丽的文笔所描绘出的南太平洋猎奇冒险的诗篇。"开什么玩笑！我写底稿时，脑中浮现的范本可是十八世纪风格的游记文，一种摒弃作者的主观情绪、坚持所见即所写的行文方法。难道《金银岛》的作者永远只能写海盗和寻宝的故事，没有资格考察南太平洋的殖民状况、土著的人口减少现象和传教情况吗？最让我无语的是，连芬妮都赞同美国编辑的意见，说什么"比起精准的考察，你要写的是华丽有趣的故事"。

其实，我最近本就开始厌倦自己一直以来那种花里胡哨的文笔。最近打算追求如下文风目标：一、杜绝无用的形容词；

① 即史蒂文森本人。

二、挑战视觉性的描写。不过这事儿，不管是《纽约太阳报》的编辑还是芬妮或劳埃德，都还一窍不通呢。

《沉船打捞队》的创作进展顺利。除了劳埃德外，又多了伊莎贝尔这个更细心的记录者，让我如虎添翼。

向照管家畜的拉法埃勒询问现有家畜的数目。他回答说有三头奶牛，一公一母的两头小牛犊，八匹马（这些是我不问都知道的），还有三十几头猪，几乎数不清的鸡鸭满地跑，这倒也没什么。另外还有数目惊人的野猫很是嚣张跋扈。野猫也算家畜了吗？

五月 ×× 日

听说城里来了个在各岛巡回演出的马戏团，于是全家出动去看表演。在正午的天幕下，在土著男女的喧哗声中，我们沐浴着和煦的微风，观看杂技表演。对我们来说，这就是唯一的剧场。我们的普洛斯彼罗就是踩球的黑熊，米兰达则在马背上狂舞着钻火圈[①]。

傍晚时回了家。没来由地心情低落。

六月 × 日

昨晚八点半左右，我正和劳埃德待在我屋里，米塔伊埃莱（十一二岁的少年用人）来了，说和他同屋的帕塔利瑟突然胡言

① 出自莎士比亚戏剧《暴风雨》。

乱语，很吓人。帕塔利瑟是个十五六岁的少年，最近刚从户外劳作岗位晋升到室内差遣岗位。他是瓦里斯岛人，完全不懂英语，萨摩亚语也只会说五句。米塔伊埃莱说他嘴里念叨着“我现在就要去见森林里的家人”，完全不听人劝阻。

我问他：“他家在森林里吗？”

“怎么可能呢？”米塔伊埃莱答。

我立刻带上劳埃德去了他们的卧室。帕塔利瑟看起来像是睡着了，但嘴里不停地说着胡话，时不时发出尖叫，就像一只受了惊吓的老鼠。摸了摸他的身体，是冰凉的。脉搏并不快。腹部伴随着呼吸剧烈起伏。突然，他爬起来，低垂着脑袋向门口走去，仿佛随时要向前栽倒似的（不过他的动作并不快，就像是发条松了的机械玩具，慢吞吞的，显得很怪异）。劳埃德和我抓住了他，将他摁回床上。没过多久，他又试图逃出去。这次他来势汹汹，大家只好用床单和绳子将他捆在床上。帕塔利瑟就这样被束缚着，时而嘴里念念有词，时而像发脾气的孩子一样号啕大哭。他除了不断重复“法阿莫雷莫雷（求求你）”，好像又在说“家里人在叫我”。不久，少年埃里克和拉法埃勒、萨维阿也来了。萨维阿和帕塔利瑟来自同一个岛，两人语言相通。我们把善后的事情交给他们，回了自己的房间。

突然，我听到埃里克喊我。匆匆赶过去一看，帕塔利瑟已经完全挣脱了束缚，正被大块头拉法埃勒摁住，他拼命反抗着。五个人合力想要制服他，但处在癫狂状态的帕塔利瑟力大无穷。劳埃德和我各自压在他的一条腿上，结果都被他甩出两英尺高。一直折腾到凌晨一点左右，才好不容易制住了他，将他的手腕、脚腕绑在了铁制的床脚上。我对这种做法是心有抵触的，但实在是没辙了。在此之后，他发作起来也是一次比一次激烈。不过也闹不出什么名堂来。简直像是进了赖德·哈格德[1]（说到哈格德，他弟弟就在阿皮亚城里担任土地管理委员）笔下的世界。

“这疯子的状态真是太糟糕了，我回家拿些祖传的秘药来吧。”拉法埃勒说完便出去了。不一会儿，他拿来几片我从未见过的树叶，放嘴里嚼了嚼，敷在疯少年的眼睛上，又将汁液滴入少年的耳朵里（这似乎是《哈姆雷特》里的场景？），还塞了一些到少年的鼻孔里。到了两点左右，疯了的帕塔利瑟坠入了梦乡，一直到天亮都没有再发作。

今天早上，我向拉法埃勒打听了一番。他说：“那是剧毒药，要是用得不妥，轻轻松松就可以把人家灭门了。我还担心昨晚用量会不会过头了。除了我，岛上还有一个人知道这个秘方。是个女人，那女人还曾用这药干过坏事。”

今天早上，我请了停靠在港口的军舰上的医生过来给帕塔利瑟看病，但医生说他没什么异常。少年坚持今天要工作，劝也劝不住。吃早餐的时候，他来到大家跟前。也许是想为昨晚的行为道歉吧，他亲吻了家里的每一个人。那狂热的亲吻让大家不知所措。

不过，土著们都对帕塔利瑟说的那些胡话深信不疑。有人说，帕塔利瑟家死去的族人全都从森林中来到了卧室，召唤这个少年去冥界；有人说，一定是帕塔利瑟刚去世的哥哥昨天去丛林里和少年见面了，还打了他的额头；还有人说，我们昨晚和死者的亡灵战斗了一晚上，亡灵们终于败退，不得不逃入暗

---

① 英国小说家，代表作有《所罗门王的宝藏》等。

夜（他们的藏身之处）。

六月 × 日

柯文[1]寄来了照片。芬妮（平日里几乎与多愁善感无缘的）看了，不禁潸然泪下。

朋友！如今的我，是多么缺少朋友啊！（从各种意义上来说）能平等交流的伙伴——拥有共同经历的伙伴，在谈话时既不需要多余解释的伙伴，言辞粗鲁却令我发自内心肃然起敬的伙伴。如此舒适的气候，如此热火朝天的日子，美中不足的是没有朋友。

柯文、巴克斯特[2]、威廉·埃内斯特·亨利、戈斯[3]，还有后来认识的亨利·詹姆斯[4]……仔细一回想，我的青春时代浸润在丰厚的友谊中，朋友们个个都是比我出色的家伙。我如今最悔恨的是当初与亨利的绝交。从道理上讲，我丝毫不觉得自己有错。可这不是什么道理不道理的问题。那个卷发红脸、只有一条腿的彪形大汉曾经和脸色苍白、瘦骨嶙峋的我一起在秋日的苏格兰旅行。想当年，我们二十来岁，精力充沛，欢乐无比。那个男人的笑声——“不只是脸和横膈膜在笑，而是从头到脚全身都在笑”，似乎仍在我耳边回响。那人，真是个不可思议的家伙。和他聊天时，会觉得这世上凡事皆有可能。聊着聊着，我

① 即西德尼·柯文，史蒂文森的传记作者。

② 即查尔斯·巴克斯特，史蒂文森的经纪人。

③ 英国诗人、作家、文学评论家，代表作有《父与子》等。

④ 美国小说家、文学批评家、剧作家，代表作有《一位女士的画像》《黛西·米勒》等，大多生活在英国。

仿佛也成了富豪、天才、王者，或者是手持神灯的阿拉丁……

老朋友那些熟悉的面孔一一浮现在我眼前，止都止不住。为了逃离无用的感伤，我躲进工作中，着手创作前几天开始动笔的萨摩亚纷争史，或者其实应该说是白人在萨摩亚的暴行史。

光阴荏苒，我离开英国和苏格兰，已经整整四个年头了。

五

萨摩亚自古以来都是有着根深蒂固的地方自治制度。名义上是王国，但国王几乎没有政治实权。实际的政治全由各地方的“佛诺”（会议）来决定。国王既非世袭，也非常设。自古以来，这片群岛上，拥有五个荣誉称号可以被授予王位继承者。各地的大酋长中，获得全部五个称号的或是过半数者（凭借名望或是功绩），会被拥立即位。而且，通常情况下，集齐五个称号者极为罕见，大多数时候，除了国王之外，还有其他人拥有一个或两个称号。因此，国王总是受王位觊觎者的威胁。可以说，这种状况中必然包藏着内乱纷争的隐患。

——J. B. 斯特阿《萨摩亚地方志》

一八八一年，五个称号之中，拥有“马里艾特阿”“纳特爱特雷”“塔玛索阿里”这三个称号的大酋长拉乌佩帕被推举即位。按规定，拥有“茨依阿纳”称号的塔马塞塞，和拥有另一个称号“茨依亚托亚”的玛塔阿法，会轮坐副王之位。首先当上副王的是塔马塞塞。

正是从这时起，白人干涉内政的情形愈演愈烈。以前是“佛诺”（会议）以及其实际掌权者“茨拉法来”（大地主）控制国王，而现在，则由住在阿皮亚城中的极少数白人取而代之。英、美、德三国历来在阿皮亚各自设有领事，但最有权力的并不是领事，而是德国人经营的“南太平洋海拓殖商会”。在岛上的白人贸易商中，该商会简直是小人国里的格列佛。从前，掌管商会的经理人曾兼任过德国领事，后来又和德国的另一位领事（此人为年轻的人道主义者，反对商会虐待土著劳工）发生了冲突，最后竟逼迫其辞了职。阿皮亚西郊的穆里努乌海角附近一带的广袤土地是德国商会的农场，栽培着咖啡树、可可、菠萝等作物。近千名劳工主要来自比萨摩亚还偏远的未开化岛屿，甚至有德国人从遥远的非洲带来的奴隶。

黑色和棕色皮肤的劳工们被迫从事着超负荷的劳动，每天都能听到他们被白人监工笞打而发出的惨叫。不断有人出逃，但大部分被抓回来，或被杀害。另一方面，早就忘却了吃人陋习的这片群岛，开始流传一个奇怪的谣言——黑皮肤的外来者会抓岛民的孩子来吃。也许是因为萨摩亚人的肤色是浅黑甚至是棕色的，看到非洲黑人后感到害怕的原因吧。

岛民对商会的反感情绪日益高涨。在土著眼中，打理得漂漂亮亮的商会农场就像公园一样，但商会却不允许他们自由出入。对天生爱玩的土著而言，那就是一种蛮不讲理的侮辱。他们辛辛苦苦种出那么多菠萝，自己一口都吃不到，全被装到船上运去了别处。对大多数土著来说，那简直是愚不可及的荒唐事。

夜里潜入农场破坏农田的行为风行一时。这种行为被视为罗宾汉式的侠义之举，博得了岛民们的一致喝彩。商会自然不可能对此听之任之。一抓到犯人就丢进商会内私设的监狱里。而且商会还反将一军，拉上德国领事，利用该事件给拉乌佩帕王施压，不但索要赔偿，还逼迫其签署相当随意的税法（只对白人特别是德国人有利的税法）。上至国王下到岛民，都不堪忍受如此压迫，他们决定投靠英国。于是，荒唐的事件上演了。国王、副王以及各大酋长通过决议，准备提出“将萨摩亚的支配权委托给英国”的请求。这个无异于才出虎穴又入狼窝的商谈即刻被人泄密，传入了德国人耳中。德国商会和德国领事勃然大怒，他们立刻将拉乌佩帕逐出穆里努乌王宫，并打算扶持前副王塔马塞塞上位。也有传言说其实是塔马塞塞勾结德国人，背叛了国王。英美两国对德国的方针表示强烈反对。

纷争不休的结果是，德国（俾斯麦的一贯行事风格）派五艘军舰入驻阿皮亚港，在其武力威慑下断然发动了武装政变。塔马塞塞即位后，拉乌佩帕逃往南方的深山中。尽管岛民们不服新国王，在各地接二连三地发起暴动，但在德国军舰的炮火威慑下，又不得不偃旗息鼓。

前任国王拉乌佩帕摆脱了德军的追杀，在森林中辗转藏身。一天夜里，某心腹酋长派来使者，对他说：“听说如果明天早晨您不在德国军营前现身，这座岛上将会发生更大的灾祸。”拉乌佩帕虽然是个懦弱的男人，但身为岛上贵族的道义之心并未泯灭，他当即做好了自我牺牲的心理准备。

那天夜里，他来到阿皮亚城里，秘密会见了前副王候补者玛塔阿法，托付了后事。

玛塔阿法知道德国对拉乌佩帕提出的要求。他表示，拉乌佩帕会被德国军舰带走，但时间不会太久。玛塔阿法又补充了一句：德国军舰的船长保证过，会在军舰上厚待前任国王。拉乌佩帕并不相信这番话。他心中已有觉悟，自己再也无法踏上萨摩亚的土地。他给全体萨摩亚子民写了一封诀别信，交给了玛塔阿法。二人挥泪告别，拉乌佩帕前往德国领事馆。当天下午，他被带上俾斯麦号德国军舰，不知去向。只留下了一封充满悲戚之情的诀别信。

“……我深深地爱着我们的诸岛，深深地爱着所有萨摩亚人民，因此我自投于德国政府。任由他们随心所欲地处置我吧。我不愿看到高贵的萨摩亚之血因我而再度流淌。但我仍旧不知，自己究竟所犯何罪，使他们这些白皮肤之人（对我和我的国家）如此愤怒……”最后，他伤感地呼唤着萨摩亚各地的名字，“马诺诺啊，永别了。茨茨伊拉啊，永别了。阿阿纳啊，萨法拉依啊……”岛民读后，无不落泪感伤。

这些事发生在史蒂文森定居此岛的三年前。

岛民们对新王塔马塞塞的反感情绪极为强烈。玛塔阿法成为众望所归的国王人选。暴动此起彼伏。在玛塔阿法自己还没意识到的时候，他已经自然而然地被拥戴为叛军首领了。拥立了新王的德国，和与之对立的英美（他们倒也并非对玛塔阿法心怀善意，只是为了对抗德国而事事与新王做对）之间的矛盾日益激化。自一八八八年秋天起，玛塔阿法公然招兵买马，盘踞在山岳密林地带。德国军舰沿岸巡航，向叛军部落发动炮击。

英美对此表示抗议，三国关系踏入了一触即发的危险境地。玛塔阿法屡败新王军队，将其驱逐出穆里努乌，围困在阿皮亚以东的拉乌利伊。德国军舰的陆战队登陆支援塔马塞塞王，却在方加利峡谷被玛塔阿法军打得落花流水。德国兵战死了一大半，岛民们与其说是高兴，倒不如说大吃一惊。因为他们心目中相当于半人半神的白人，竟然被他们棕色皮肤的英雄打倒了。塔马塞塞王逃亡到了海上，德国拥立的政府彻底分崩离析。

德国领事大发雷霆，企图用军舰向全岛实施过激的报复手段。英美（特别是美国）再次正面与之对抗，各国紧急调派军舰驶入阿皮亚港，局势越发紧张。一八八九年三月，阿皮亚湾内，两艘美国军舰、一艘英国军舰和三艘德国军舰对峙，阿皮亚城后的森林里，玛塔阿法率领的叛军正虎视眈眈，伺机而动。正当战事一触即发之时，老天爷使出了剧作家般绝妙的手腕，将所有人吓得魂飞魄散。一场历史性的惨剧发生了——一八八九年的大飓风袭来。令人难以置信的狂风暴雨持续了一天一夜，前一天傍晚还停泊在港口的六艘军舰只剩一艘。剩下那艘也遍体鳞伤，只能勉强浮在水面上。这一刻，已无所谓敌友之分了，白人和土著齐心协力，忙着灾后重建工作。就连潜伏在阿皮亚城后密林中的叛军们也来到城里和海岸上，帮忙收容尸首，看护伤者。这时，德国人也不再打算抓捕他们了。这场惨祸意外地缓和了双方对立的感情。

这一年，在遥远的柏林，签订了关于萨摩亚的三国协定（《萨摩亚事务会议总协定》）。依照协定，名义上萨摩亚依然拥有国王，由英、美、德三国人组成政务委员会辅佐国王。凌驾于委员会之上的政务长官和掌握全萨摩亚司法权的大法官（法院院长）——这两位最高级别的官吏由欧洲派遣，并且未来萨摩亚国王的选定必须获得政务委员会的同意。

同年（一八八九年）末，两年前登上德国军舰后音信全无的前前任国王拉乌佩帕，突然面容憔悴地归来。在德军的监禁押送之下，他辗转于各地——从萨摩亚到澳大利亚，又从澳大利亚去了德国占领下的非洲西南部，再从非洲前往德国本土，而后从德国辗转至密克罗尼西亚。然而，他这次回归，却是为了被当作傀儡国王再度推上王位。

如果必须选出一位国王，那么无论是按即位顺序，还是按人品声望，玛塔阿法都是最佳人选。但在方加利峡谷一战时，他的剑上沾满了德国水兵的鲜血，德国人坚决反对玛塔阿法当选。玛塔阿法本人也不急着坐上王位。他乐观地认为，早晚会轮到自己当国王的，而且他对两年前含泪作别、如今落魄归来的老前辈深感同情。拉乌佩帕也有自己的考虑，他一开始就打算将王位让给实力最强的玛塔阿法。他本就是个意志薄弱的男人，经历了长达两年的流浪生涯，在源源不断的不安和恐惧的折磨下，早已彻底丧失了雄心壮志。

白人们的策动和岛民们强烈的党派意识硬生生地扭曲了两人之间的友情。政务委员会不由分说地指派拉乌佩帕即位，还不到一个月（让当时关系尚好的两人大为震惊的是），就有传言说国王和玛塔阿法不和。于是两人心中便有了疙瘩，后来又经历了一系列令人痛心的怪事，两人的关系真的出现了裂痕。

一来到这座岛上，史蒂文森就对白人们对待土著的方式感到愤愤不平。他们这些白人——从政务长官到走街串岛的商贩——人人只为赚钱而来，这对萨摩亚而言就是灾难。在这一点上，英、美、德三国并无区别。他们中没有一个人（除了极少数的牧师）是因为热爱这个岛和岛民而留在这里的。史蒂文森先是感到震惊，随后便觉得愤怒。从殖民地常识来考虑，他的震惊反而更显得可笑，但他气呼呼地向远在伦敦的《泰晤士报》投稿，控诉了岛上的种种现状——白人的横暴、傲慢、无耻，土著的凄惨等等。但是，这封公开信只招来了冷嘲热讽，人们纷纷讽刺“这位伟大的小说家对政治的无知简直令人惊讶”。

史蒂文森一贯瞧不起那些“唐宁街的俗人们”（英国首相格莱斯顿曾淘遍旧书店，只为求得《金银岛》的初版，史蒂文森听说后非但没有被勾起虚荣心，反而不高兴地觉得这事儿有些荒唐）。他确实对政治漠不关心，但绝不认为自己所主张的“殖民政策也要从关爱土著开始”的观点有错。他对岛上白人的生活与政策的谴责，使阿皮亚的白人们（也包括英国人）与他之间产生了鸿沟。

史蒂文森对故乡苏格兰高地人的氏族制度念念不忘。该制度和萨摩亚的族长制度相似。自打见到玛塔阿法的第一眼起，他就从其魁梧的体型和威严的仪表中看出了一个真正的族长所应具备的领袖魅力。

玛塔阿法住在阿皮亚以西七英里的马里埃。他虽然不是形式上的国王，但比官方承认的国王拉乌佩帕拥有更高的声望、更多的部下和更强悍的王者气质。他从未对白人委员会拥立的现任政府表示过丝毫反抗态度。连白人官员自己都怠于纳税时，只有他依旧规规矩矩地纳税；如果有部下犯罪，他也随时响应大法官的传唤。尽管如此，不知何时起，他还是被视为现任政府的心腹大患，他们畏惧他、忌惮他、憎恨他。甚至有人向政府告密，说他在秘密收集弹药。岛民要求改选国王的呼声已经威胁到了政府。这是事实。但玛塔阿法本人从未提过这样的要求。他是一位虔诚的基督徒，已年近六十，至今未婚。但他自称，这二十年来，他发誓在男女关系上要以“像主一样活在这个世上”的方式来生活，并且将这条原则践行至今。每天晚上，他都会邀请岛上各地的说书人围坐灯下，听他们讲述古老的传说和史诗，这已经成为他唯一的乐趣。

六

一八九一年九月 × 日

最近，岛上流传着一些稀奇古怪的传闻。“巴伊辛伽诺的河水被染红了”“阿皮亚湾捕捞的怪鱼肚子里写着不祥的文字”“召开酋长会议时，无头蜥蜴在墙上爬”“一到晚上，阿波利马海峡上空的云层中会传来令人毛骨悚然的呐喊声，那是乌波鲁岛诸神和萨瓦伊岛诸神在打仗。”……土著们郑重其事地将其当作注定到来的战争的前兆。人们期待玛塔阿法什么时候站出来，推倒拉乌佩帕和白人们的政府。这也难怪。现任政府的所作所为实在太过分了。这群公职人员贪图高薪厚禄（至少在波利尼西亚算得上巨款）却游手好闲，没有——完全没有——为民办事。大法官切达尔克兰茨本身并不算讨人厌的人，但作为官员却是个无能之辈。至于政务长官冯·皮尔扎哈，他做的每一件事都在伤害岛民的感情。只管收税，从不修路。自他上任以来，从未让哪个土著当过官。不管是对阿皮亚市，还是对国王，乃至对这个岛，他绝不肯出一分钱。这些人压根儿忘记了自己身在萨摩亚，忘记了这世上还有萨摩亚人，萨摩亚人也是有眼睛、有耳朵、有智慧的。政务长官做的唯一一件事，就是提议给自己修建富丽堂皇的官邸，并且已经开工了。但是，拉乌佩帕王的王宫就在官邸的正对面。那是一幢在岛上连中流都排不上号的寒酸建筑物（小屋？）。

看看上个月政府的人事费用明细吧。

大法官的俸禄　500 美元

政务长官的俸禄　415 美元

警察署长（瑞典人）的俸禄　140 美元

大法官秘书官的俸禄　100 美元

萨摩亚王拉乌佩帕的俸禄　95 美元

窥一斑而知全豹。这就是新政府治下的萨摩亚。

“R. L. S. 先生明明对殖民政策一无所知，却非要多管闲事，对愚昧的土著人寄予廉价的同情，简直像堂吉诃德。”——这是阿皮亚的某英国人说的。首先我得感谢他，将我和那个奇葩义士的人间大爱等量齐观，这是我的荣幸。事实上，我确实对政治一无所知，并以不知为荣。我也不知道殖民地或半殖民地的所谓常识是什么。即便我知道，但作为文学家，只要不是发自内心地认同它，我就不能将这种所谓的常识奉作行为准则。

只有真正、直接、打动我心的东西，才会让我（或是艺术家）采取行动。不过，对如今的我而言，那所谓“能直接感受到的东西”，就是“我早已不再以旅行者的好奇目光，而是开始以一介居民的拳拳之心，热爱这座岛和岛民们”。

总之，我必须设法阻止那迫在眉睫的内乱及其诱因——白人的压迫。但是，我在这些事情上是多么无能为力！我连选举权都还没到手。我约见阿皮亚的政要们，试图表达自己的观点，但并没有人把我当回事儿。勉强听我讲话，不过是看在我这个文学家还有点名气的份上。我一离开，他们肯定是少不了对我嘲笑一番的。

无能为力的感觉无情地噬咬着我的心。眼睁睁看着这些恶劣、不公、贪婪的行为一天天地变本加厉，而我却对此束手无策!

九月 ×× 日

马诺诺岛又发生了一起新事件。真是的，这世上再没有哪个地方像这座岛一样骚乱不断了。虽说只是个小岛，但全萨摩亚有七成的纷争就源自此地。这次是马诺诺岛玛塔阿法一方的青年们袭击了拉乌佩帕一方的人，还一把火将人家的房子给烧了。整座岛陷入一片混乱。

不巧大法官到斐济公费旅游去了，于是政务长官皮尔扎哈亲自赶赴马诺诺，孤身上岛劝说暴徒（可见此人勇气倒是可嘉），他还命令犯人们主动去阿皮亚自首。犯人们也颇有男子汉气概，主动来到了阿皮亚。他们被判处六个月监禁，立即执行。犯人们被押送到监狱，途中路过城里时，陪他们一起来的其他剽悍的马诺诺人大声呼喊道:

“我们一定会想办法救你们出来的！”

囚犯们在三十名荷枪实弹的士兵的包围中昂首前进，回应道：

“不必啦！不要紧的。”

按理说，事情本该到此为止了。可大家都坚信最近会发生劫狱行动。监狱采取了严密的警戒措施。守卫长（一个年轻瑞典人）不堪忍受这没日没夜的提心吊胆，竟想出一个极凶残的主意——在监狱地下埋炸药，一旦有人劫狱，暴徒和囚犯都会被炸死。他向政务长官报告了这个想法并获批。于是，他前往停泊在码头的美国军舰想要弄些炸药，但遭到了拒绝，好不容易才从沉船打捞队那里弄到了炸药（美国把前年大飓风时沉没在湾内的两艘军舰送给了萨摩亚政府，眼下打捞队正在阿皮亚打捞沉船）。这件事走漏了风声，导致这两三个礼拜流言四起。眼看骚乱越闹越大，政府开始害怕，这几天突然用小帆船将囚犯们转移到了托克劳斯岛。企图将老老实实服刑之人炸死已经荒唐透顶了，随意将处罚从监禁改为流放这种行为更是逞性妄为。这种卑劣、怯懦、无耻，正是文明面对野蛮时的典型姿态。我可不想让土著人以为所有白人都赞同这种行为。

我立刻向政务长官递交了关于此事件的质问函，但尚未得到回复。

十月 × 日

政务长官的回信总算姗姗来迟。通篇都是些幼稚、傲慢、狡猾的搪塞之词，不知所云。我随即又送了封质问函过去。我十分厌恶这样的扯皮，但又无法眼睁睁地看着土著人被炸药炸飞。

岛民们仍旧很平静。但我不知道这平静能持续多久。白人不得民心的状况似乎日渐严重。连我们那位生性温和的亨利·西梅雷今天也说："我讨厌海边（阿皮亚）的白人，他们也太嚣张了。"听说一个白人醉汉对着亨利耍威风，挥舞着砍刀恐吓他说："我要砍了你小子的脑袋！"这是文明人该有的行为吗？总体而言，萨摩亚人为人谦恭，(虽然不能说总是举止高雅）性情温和，（抛开偷盗的恶习）有自己的荣誉观，而且至少文明程度赶得上那位炸药长官。

正在《斯克里布纳》杂志连载的《沉船打捞队》第二十三章完稿。

十一月 ×× 日

我东奔西走，俨然成了一名政客。这是一出喜剧吗？秘密集会、密函、暗夜急行。在暗夜里穿行于岛上密林间，只见遍地青白色的磷光，星星点点，美不胜收。听说那是一种菌类在发光。

有一个人拒绝在给政务长官的联名质问函上署名。我亲自前往那人家里去劝说一番，最终成功了。我的神经也变得如此大条，如此顽强了！

昨天拜访了拉乌佩帕国王。他的居所低矮寒酸。这样的房子就算在穷乡僻壤，也是随处可见的。他家正对面耸立着政务长官即将竣工的官邸，身为国王每天都不得不仰视这栋建筑物。他似乎顾忌白人官员，不太愿意与我们会面。那是一场乏味且无果的会谈。不过，这位老者的萨摩亚语的发音，特别是双元音的发音很优美。非常迷人。

十一月 ×× 日

《沉船打捞队》终于完稿。《萨摩亚史脚注》也在进行中。感受到了写现代史的难度之大。特别是当登场的人物都是自己的熟人时，会倍加困难。

前几天拜访拉乌佩帕国王一事果然引起了轩然大波。新的布告张贴出来了——若无领事的批准或官方认可的翻译陪同，任何人都不得与国王见面。国王简直成了神圣的傀儡。

政务长官邀请我会谈，想来是打算采取怀柔之计吧。我拒绝了。

就这样，我几乎成了公然与德意志帝国为敌之人。常来家里玩的德国士官们也派人来传话，说是正值出航之时，不能前来问候了。

有趣的是，城里的白人们也不待见政府——因为政府一味刺激岛民们的感情，将白人的生命财产安全置于危险境地。白人其实比土著更不愿纳税。

流感肆虐。城里的舞场也关闭了。听说瓦依雷雷农场一下死了七十个劳工。

十二月 ×× 日

前天上午，一千五百粒可可种子到货，下午又到了七百粒。从前天中午到昨天傍晚，全家出动忙播种。大家都弄得满身是泥，阳台简直成了爱尔兰的泥炭沼泽[①]。可可种子要先在可可树叶编成的筐里育种。十名土著在屋后森林里的小屋中编筐，四

① 也即泥煤（煤化程度最低的煤）沉积而形成的湿地。

名少年挖土装箱并搬运到阳台，劳埃德、伊莎贝尔和我筛掉石头和黏土块后，将土装进筐里，少年奥斯汀和女仆法阿乌玛将笼子搬到芬妮那儿，芬妮往每个筐里分别埋一粒种子，将筐摆放在阳台上。所有人都精疲力竭，浑身软得像棉花一样。今早还没缓过劲儿来，但邮船出航的日子临近了，我赶出了《萨摩亚史脚注》的第五章。这不是艺术品，而是需要抓紧写出来，尽快送到读者手中的读物，否则就没有意义了。

有传闻说政务长官要辞职。我觉得这消息不可靠。没准只是他和领事们起冲突导致的流言罢了。

一八九二年一月 × 日

雨天。有暴风欲来的气息。关上窗点亮灯。感冒总是好不了，风湿病也发作了。想起某老人的名言："所有主义中，最糟糕的是风湿主义。"[①]

这阵子在休养，我开始动笔撰写自曾祖父那一代起的史蒂文森家史，写得甚是畅快。曾祖父、祖父和他的三个儿子（包括我父亲）代代相传，默默无闻地在浓雾弥漫的苏格兰北部的大海上修筑灯塔。忆及他们那可敬的身影，我至今仍然深感自豪。题目定什么好呢?《史蒂文森家的人们》?《苏格兰人之家》?《工程师一家》?《北方灯塔》?《家族史》?《灯塔工程师之家》?

祖父留下了一本翔实的记录，记载了当初他们如何克服超乎想象的困难，建造了贝尔·洛克暗礁海角灯塔。在阅读这份

① 英语的"主义"后缀是"ism"，而在英语"风湿"是"rheumatism"。

记录的过程中，总感觉自己（或者尚未出生的自己）真的亲身经历过那些事情。我不再是那个平时熟悉的自己，我真切地感觉到自己在八十五年前，在北海风波和海雾中历尽艰辛，与那个只在退潮时现身的魔鬼海角战斗。狂风呼啸，海水冰冷，舢板摇晃，海鸟嘶鸣……我甚至能感知每一处细节。突然，我感觉胸口一阵发烫。苏格兰峥嵘的群山，茂盛的石楠花，清澈的湖泊。每天早晚响彻四方的熟悉的爱丁堡号角声。彭特兰湾，伯纳雷，柯克沃尔，拉斯海角。啊啊！

我如今所在之处，位于南纬十三度，西经一百七十一度。对苏格兰来说，正好是地球的另一端。

七

整理《灯塔工程师之家》材料的过程中，史蒂文森想起了一万英里之外的美丽城市爱丁堡。在朝露暮霭中影影绰绰的一座座山丘，从山上屹立的古老城郭一路延伸到遥远的圣吉尔斯大教堂钟楼的曲折剪影，一切都历历在目。

史蒂文森自幼便呼吸道功能虚弱。每到冬天的天黎明时分，少年史蒂文森都要被剧烈发作的咳嗽折磨得难以安睡。他只得起身，在保姆卡米的搀扶下，裹着毯子坐到窗边椅子上。卡米也坐在少年身旁，两人默默地凝视着窗外，直到咳嗽平息下来。透过玻璃窗，看到赫里欧特大街仍在夜色中，一排排街灯投射出朦胧的光晕。不久，嘎吱嘎吱的车轮声响起，马儿拖着去往市集的运菜车，呵着白汽，紧贴着窗前走过。……这是史蒂文森记忆深处对这座城市的第一印象。

爱丁堡的史蒂文森家族，是世代闻名的灯塔工程师之家。小说家史蒂文森的曾祖父托马斯·史密斯·史蒂文森是北英灯塔局的首任总工程师，其子罗伯特也子承父业，建造了著名的贝尔·洛克灯塔。罗伯特的三个儿子——艾伦、戴维、托马斯，也分别先后继承了这一职业。小说家史蒂文森的父亲托马斯作为旋转灯和全反射透镜的集大成者，是当时灯塔光学界的泰斗。他们兄弟三人合作建造了斯克里沃阿灯塔、奇昆斯灯塔等多座灯塔，修缮了多处港湾。他是能干务实的科学家，是大英帝国忠心耿耿的技术官僚，是虔诚的苏格兰教会信徒，是有“基督教西塞罗”①之称的拉克坦提乌斯②的忠实读者，还是古董和向日葵爱好者。据儿子记述，托马斯·史蒂文森常对自身价值持极端否定态度，他有着凯尔特人式的忧郁，总觉得人生无常，轻生的念头从未断过。

青年时期的罗伯特·路易斯·史蒂文森极其厌恶爱丁堡这座高贵的古都和笃信宗教的居民们（包括他的家人）。这座城市是基督教长老会的中心，在他眼中完全是伪善之都。十八世纪后半叶，城里出现了一个叫迪肯·布罗蒂的男人，白天当着木匠和市议员，晚上则化身赌鬼和穷凶极恶的强盗，四处横行。许久之后才露出马脚，被处以死刑。二十岁的史蒂文森认为，

① 即马尔库斯·图利乌斯·西塞罗，古罗马政治家、演说家、修辞学家、作家。
② 古罗马基督教作家，代表作有《神圣原理》等。

那家伙就是爱丁堡上流人士的象征。他不再去常去的教会，转而流连平民区的小酒馆。本就勉强才同意儿子走文学之路的父亲（父亲起初希望将儿子也培养成工程师），决不允许儿子背弃宗教。亲子冲突在父亲的绝望、母亲的泪水和儿子的激愤中不断上演。儿子仍是个幼稚的孩童，陷入自我毁灭的深渊却不自知；但他又已经长大成人，对父亲苦口婆心的劝告置之不理——看到这样的儿子，父亲绝望了。因为他本就是个过度自省的人，这种绝望便以一种奇妙的方式外显出来。几次争执之后，他不再责怪儿子，转而一味自责。他独自跪在地上，悲泣着祈祷，痛斥自己对儿子教导无方而使其沦为神的罪人，并向神明表示深深的忏悔。而儿子无论如何都无法理解，身为科学家的父亲为什么会有如此愚蠢的举动。

而且，每次和父亲争论之后，史蒂文森总是会陷入厌恶的情绪中——为什么在父母面前就只会说些孩子气的论调呢？和朋友说话时，自己明明可以讲出一番条理清晰（至少是成熟的言论）的观点，这究竟是怎么回事呢？最原始的教义问答，幼稚的奇迹反驳论，必须用骗小孩般的拙劣事例来证明的无神论——自己的思想明明不会如此幼稚，但面对父亲时，最终总是变成这样的闹剧。

绝对不是因为父亲的辩论技巧太优秀，所以自己招架不住。要驳倒从未细致思考过教义的父亲明明是不费吹灰之力之事，可就在这不费吹灰之力的辩论过程中，自己的态度不自觉地像小孩一样歇斯底里，拧巴到了自我厌恶的地步。就连讨论的内容本身，也变得荒谬可笑。自己内心还对父亲有所依恋（意味着自己还没有真正长大成人）的想法和“父亲还把我当孩子看”

的观点相互作用，才导致了这样的结果吧？还是说，自己的思想本就是不值一提的幼稚的模仿，与父亲朴素的信仰碰撞后，被剥去了细枝末节的虚饰后现出了原形？那时，每当史蒂文森和父亲发生冲突，这些令人不快的疑问便会萦绕在他的脑海中挥之不去。

当史蒂文森表示自己想和芬妮结婚时，父子关系再度陷入紧张的局面。芬妮是美国人，还带着孩子，年纪又比自己的儿子大。但对托马斯·史蒂文森而言，最棘手的问题是无论实际情况如何，芬妮在户籍上仍然是奥斯本夫人。自家这个我行我素的独生子，三十岁才决心自食其力，就打算离开英国远走高飞，而且还要养活芬妮和她的孩子。父子之间从此断了音信。一年后，托马斯·史蒂文森听到一个传闻，说是他那个在远隔几千英里的海洋与陆地的另一端，与病魔抗争的儿子连五十美分的午餐都吃不起，他终究做不到坐视不理，还是伸出了援手。芬妮从美国给未见过面的公公寄了自己的照片，并附言说："照片拍得比本人好看多了，请一定不要以此为准。"

史蒂文森带着妻子和继子回到英国。出乎意料的是，托马斯·史蒂文森竟然对儿媳非常满意。一直以来，他都承认儿子的才华，但又觉得儿子身上总有些世俗意义上的让人放心不下之处。不管儿子年岁如何增长，这种不安从未消失。而他现在觉得，有了芬妮之后（虽然自己起先是反对这桩婚事的），儿子获得了现实生活中坚实可靠的支柱——一种生机勃勃的坚强支柱，支撑着儿子那鲜花般美好而脆弱的精神。

经历了长期的不睦之后，一家人——父母、妻子、劳埃德齐聚布雷依玛的山庄，共度了一八八一年的夏天。史蒂文森至今还能愉快地回忆起当时的一切。那是一个让人忧郁的八月，阿伯丁地区特有的东北风裹挟着大雨和冰雹连日肆虐。史蒂文森的身体状况一如既往地糟糕。一天，埃德蒙·戈斯来访。这个比史蒂文森大一岁的年轻人博学敦厚，和父亲托马斯·史蒂文森也兴趣相投。每天早上，戈斯用过早餐就去二楼的病房，而史蒂文森早已坐在床上等着他。两人开始下国际象棋。因为医生有禁令："病人上午不得说话"，他们就下无声棋。下累了，史蒂文森敲敲棋盘边缘示意，戈斯或芬妮就让他卧床休息，并巧妙地调好被子的角度，确保他有创作欲望时可以随时躺在床上写。一直到晚饭前，史蒂文森都独自躺在床上，休息一会儿写一会儿，写一会儿再休息一会儿。少年劳埃德画的一幅地图激发了他写海盗冒险传奇的灵感，他笔耕不辍。

到了晚餐时间，史蒂文森便下楼来。由于上午的禁令已经解除，他开始口若悬河。晚上，他将当天的写作成果读给大家听。屋外风雨大作，门缝里钻进来的风吹得烛光摇曳不定。大家兴致勃勃地听着，各有所思。史蒂文森读完之后，所有人畅所欲言，各自提出自己的期待和评论。大伙儿的兴致一夜比一夜浓厚，连父亲都主动请缨，表示要负责构思比尔·彭斯[①]箱子里的宝贝。而戈斯一边观望着这其乐融融的大团圆场景，一边黯然地另有所思——这位青年才俊饱受病魔摧残的身体，究竟能撑到几时？这位脸上洋溢着幸福神色的父亲，能否逃离独生

①《金银岛》中的海盗船长。

子早逝的不幸命运?

不过，托马斯·史蒂文森还是逃离了这种不幸。在儿子最后一次离开英国的三个月前，他就在爱丁堡与世长辞了。

八

一八九二年四月 × 日

出乎意料的是，今日拉乌佩帕国王携护卫来访，还留下来用了午餐。这位老人今天表现得相当平易近人，还问我为什么不去看望他。我答道:“和国王会面需要征得领事们的同意。”他表示这些事无关紧要，又说还想和我共进午餐，让我指定一个时间。后来我们约好这个星期四一起吃饭。

国王回去没多久，一个佩戴着巡警徽章的男人来访。他不是阿皮亚市的巡警，而是所谓的叛军方的人（阿皮亚政府官员称玛塔阿法一方的人为叛军）。此人表示自己是从马里埃一路步行过来的，还带来了玛塔阿法的信。我能看懂萨摩亚语了（虽然还不会说）。前几天我写信请他多保重，这是他的回信。信上还说想见我一面，约我下星期一去马里埃见面。我借助唯一的参考资料——土著语的《圣经》(这封“吾诚告汝”风格的信，估计会让他大吃一惊吧)，用磕磕巴巴的萨摩亚语回信，表示自己愿意前往。我将在一周之内分别面见国王和他的敌对者，但愿我的斡旋有所收获。

四月 × 日

身体状况不太好。

因为已经有约在先，前往穆里努乌那座寒酸的王宫赴宴。正对面的政务长官官邸一如既往地碍眼。今天拉乌佩帕说的内容很有趣，他讲述了自己五年前怀着悲壮的决心去德军阵营自首，被军舰载往陌生土地的故事。朴实的叙述方式很动人。

“……他们告诉我，白天不许到甲板上去，不过晚上可以。在海上航行了很久之后，军舰抵达一个港口。上岸后，我发现那地方热得要命，劳作的犯人们被分成两人一组，他们的脚腕被铁链拴在一起。那里的黑人多得像沙滩上的沙子。……之后又坐船航行了很久，他们说快到德国的时候，我看到了一片神奇的海岸。目之所及都是洁白的悬崖，在阳光下闪闪发光。过了足有三个小时，这片悬崖竟然消失在天边，我感到更加惊讶了。……在德国上岸后，穿过一座玻璃房顶的巨大建筑，里面停着很多叫火车的东西。之后坐进了像房子一样装着窗户和甲板的马车，住进有五百个房间的房子。……离开德国后又航行了许久，船在一片窄得像河流的海域缓慢前进。他们告诉我这就是《圣经》中提到的红海，我又欣喜又好奇地眺望着这片海域。而后，当夕阳将海面染成耀眼的鲜红色时，我被转移到了别的军舰上……”

用古老而美丽的萨摩亚语不疾不徐地讲述这段故事，实在是美妙极了。

国王似乎害怕从我口中听到玛塔阿法的名字。他是一位健谈而善良的老人，只是尚未意识到自己如今的处境。他约我后天一定要来看他。马上就要和玛塔阿法会面了，我的身体状况又不太好，但仍然答应了下来。打算以后请惠特密牧师当翻译，我们约好后天在他家和国王会面。

四月 × 日

早晨骑马进城，八点左右到惠特密家。因为和国王约好了要在那里会面。我等到十点，国王还是没来。有使者前来传话，说国王现在正和政务长官议事，无法前来，但晚上七点左右可以过来。我先回了一趟家，傍晚时分又来到惠特密家。等到八点，国王依然没来。徒劳地折腾了一天，我累得筋疲力尽。拉乌佩帕太懦弱了，连避开长官的监视偷偷过来一趟都做不到。

五月 × 日

早晨五点半出发，芬妮和贝尔同行。还带上了厨师塔洛洛，让他负责翻译和划船。七点钟时，船到了礁湖外。身体还是不太舒服。抵达马里埃后，受到玛塔阿法的热情欢迎。但他们好像误认为芬妮和贝尔都是我的妻子。塔洛洛这个翻译太不靠谱了。玛塔阿法明明说了一大段话，这个翻译只翻译了一句“我非常震惊”。接下来不管对方说什么，他都是翻来覆去的一句“我震惊”。把我的话传达给对方的时候，似乎也是这样。我们的谈话毫无进展。

我们喝卡瓦酒，吃竹芋淀粉做的料理。饭后，和玛塔阿法散步。我用自己所掌握的为数不多的萨摩亚语和他交谈。因为我带了女伴，玛塔阿法还在家门前举办了舞会。

天黑之后我们踏上返程。这一带礁湖颇浅，小船的船底时不时磕到湖底。新月如钩，发出幽淡的光芒。船划入洋面一段距离后，几艘从萨瓦伊岛回来的捕鲸船超过了我们。那些大船上亮着灯，设有十二桨，能坐四十人。每艘船上的人都在一边划桨一边合唱。

时间太晚了，回不了家。在阿皮亚的宾馆住了一晚。

五月 ×× 日

早上，在雨中骑马去了阿皮亚。和今天的翻译萨雷·泰拉碰面，下午再次前往马里埃。今天走的是陆路，在倾盆大雨中走了七英里。道路泥泞，杂草高达马脖子处。跨过了八处猪圈栅栏。抵达马里埃时，已接近黄昏。马里埃的村庄里有不少气派的民宅。这些房屋有高高的圆形茅草屋顶，地上铺着小石头，四面的墙都是敞开的。玛塔阿法的家自然也相当气派。屋子里已经暗了下来，屋子中间点着椰子壳做的灯。四名用人出来迎接，说玛塔阿法正在礼拜堂。礼拜堂方向传来了歌声。

没多久，主人进屋了。我们换下湿衣物之后，开始正式寒暄。侍从端上了卡瓦酒。玛塔阿法将我介绍给在座的各位酋长："这位先生不顾政府的反对，为了助我玛塔阿法一臂之力而冒雨赶来。诸位今后要同图西塔拉交好，无论何时都应不遗余力地帮助他。"

晚宴、政论、欢笑、卡瓦酒——持续到半夜。我的身体吃不消了，玛塔阿法命人在家中空出一块地方为我搭设了床铺。我在五十张顶级垫子临时铺成的床上独自就寝。全副武装的护卫兵和几个夜哨，通宵把守在家的周围。他们从天黑站岗到天亮，不换一次岗。

清晨四点左右，我醒了。屋外的黑暗中传来微弱柔和的笛声。那音色令人心旷神怡，那么平和、甜美、若即若离……

后来我一问才知道，这笛声必然会在每天早晨的这个时刻响起，给家中睡着的人们送去好梦。这是多么优雅的奢侈享受啊！听说玛塔阿法的父亲喜欢小鸟们的叫声，甚至享有“小鸟之王”的盛名，这天性也遗传给了玛塔阿法。

早餐后和泰拉一起骑马踏上归途。马靴还是湿的，索性光着脚骑马。清晨晴空万里，但道路依旧泥泞不堪。腰部以下都被野草打湿了。由于马赶得太急，泰拉在过猪圈栅栏时被马甩飞了两次。黑乎乎的沼泽。绿油油的红树林。红通通的螃蟹、螃蟹、螃蟹。进入城中，听到帕特（木制小鼓）的响声，身穿华服的土著少女们正在前往教堂。原来今天是礼拜日。在城里吃过午饭后回家。

越过十六道栅栏，骑行二十英里（而且前半程还冒着暴雨），持续论政六个小时。当初那个在斯克里沃阿的我，就像蜷缩在饼干里的谷象虫，如今的我今非昔比！

玛塔阿法是一位高尚而优秀的老者。昨天晚上，我们在感情上产生了完全一致的共鸣。

五月 ×× 日

雨，雨，雨。雨一直下，似乎要弥补上一个雨季的降水不足。可可的嫩芽吸饱了水分。雨滴敲打屋顶的声音刚停，就传来了湍急的水流声。

《萨摩亚史脚注》完稿。当然，这不是文学创作，但无疑是一份公正且明晰的记录。

阿皮亚的白人们拒绝纳税，理由是政府的会计报告是笔糊涂账。委员会也无法将他们传唤过来。

最近，我们家的大块头拉法埃勒的妻子法阿乌玛跟人跑了。他十分颓丧，甚至曾经怀疑自己的每个朋友都可能是姘头。不过现在死心了，开始努力找新的妻子。

《萨摩亚史》完稿，我终于可以专心写《戴维·巴尔福》了。这是《绑架》的续篇。几次动笔又中途放弃，不过这次估摸着能坚持写到最后。

《沉船打捞队》写得太平淡（没想到非常受欢迎，真是不可思议）。《戴维·巴尔福》有望成为继《巴伦特雷的少爷》之后的佳作。作者对年轻戴维所倾注的感情，是没有任何人能理解的。

五月 ×× 日

大法官切达尔克兰茨来访。也不知是什么风把他吹来的，和家人们若无其事地聊了聊家常话就回去了。他应该看了我最近发表在《泰晤士报》上的公开信（我在信上毫不留情地抨击了他）吧。他来找我，打的是什么算盘呢？

六月 × 日

今天受邀出席玛塔阿法的盛宴，一早就出发了。同行者是母亲、贝尔和塔乌伊洛（塔乌伊洛是家里厨师的母亲，也是附近部落的酋长夫人，体型庞大，比母亲、我和贝尔三人加起来还要大上一圈）。除此之外，还带上了担任翻译的混血儿萨雷·泰拉及两名少年。

一行人兵分两路，分别乘坐独木舟和汽艇。走到半路，汽艇在礁湖的浅滩中搁浅了。无奈之下，我们只好赤脚在岸上走，在浅滩中徒步大约一英里。头顶是火辣辣的日头，脚下是黏糊糊的泥沙。我那身刚从悉尼寄来的衣服和伊莎贝尔那条镶着花边的白色长裙，看起来狼狈不堪。下午，浑身是泥的我们终于抵达马里埃。乘坐独木舟的母亲一行人早就到了。战斗舞已经结束，我们只能从食物献纳仪式的中途开始欣赏（但也看了整整两个小时）。

屋前的绿地周围，用椰子叶和黑海带搭起了简易的亭子，土著们按部落围坐在巨大的矩形桌案的三个方向。他们的穿着真可谓五彩斑斓。有穿塔帕布[①]衣服的，有穿拼布衣服的，有将落了粉的白檀别在头上的，有紫花插满头的……

在中间的空地上，食物堆成的小山越来越大。都是来自大小酋长的献礼，打算送给他们真正佩服的王者（而不是白人扶植的傀儡）。负责人和劳工们排着长队，唱着歌将礼物源源不断地搬进来。他们将礼物一一举起示众，负责收礼的人以郑重而礼貌的方式，夸张地高声报出礼物的名称和献礼者的姓名。此人体格强健，全身上下油光锃亮的，似乎涂满了油。他一边将烤全猪举过头顶，一边大汗淋漓地高呼着，那场景着实壮观。当他举起我们带来的饼干罐时，我听到他介绍我们是“阿力伊·图西塔拉·欧·莱·阿力伊·欧·马洛·泰泰雷”（写故事的酋长，大政府酋长）。

在为我们特设的座席前，坐着一位头戴绿叶的老人。他长相酷似但丁，侧脸看上去有些阴郁冷峻。他叫波波，是岛上特

① 用桑树皮作的白、棕、黑三色“布”。

有的职业说书人之一，而且是最权威的一位。他旁边坐着他的儿子和同行们。玛塔阿法坐在我右边离我很远的地方，不时看到他的嘴一张一合，手腕上的串珠也随之晃动。

大家共饮卡瓦酒。让我震惊的是，王每喝一口酒，波波父子就要发出一阵奇怪的吼叫声以示祝福。我从没听过如此不可思议的声音，听起来像是狼嚎，但表达的意思是“茨依亚托亚万岁”。终于到了用餐时间。玛塔阿法吃完后，四周又响起了奇怪的吼叫声。这位非公认的王脸上，闪过一抹意气风发的骄傲和野心勃勃的神色，随即又消失了。或许是因为这是玛塔阿法与拉乌佩帕分道扬镳以来，波波父子第一次来到他身边赞美“茨依亚托亚”称号。

酋长们进献的食物已经搬运完毕。人们小心翼翼地依次清点礼物并一一记录在册。搞怪的说书人用奇怪的语调高声报出每件礼物的名称和数量，逗得听众们捧腹大笑。“芋头六千个”“烤猪三百一十九头”“大海龟三只”……

紧接着，一幅我从未见过的诡异景象出现了。波波父子突然站起来，手持长棍跳到堆满食物的空地上，跳起了怪模怪样的舞蹈。父亲伸长胳膊不断转动棍子并舞动着，儿子则蹲在地上，用一种不可名状的姿势弹跳。这场舞蹈所画出的圆形范围逐渐扩大。凡是他们跳过的东西都归他们所有。中世纪的但丁突然摇身一变，成了奇怪而贪婪的家伙。这一古老的（或者说是具有地方特色的）仪式甚至引起了萨摩亚人的阵阵欢笑。就连我送的饼干和一头活的小牛犊也被波波跳过去了。不过，他在宣布这些东西全部归自己所有之后，又将其中的大部分食物献给了玛塔阿法。

轮到“写故事的酋长”了。我没有跳舞，但获赠五只活鸡、四个装着油的葫芦、四张草席、一百个芋头、两头烤猪、一头鲨鱼以及一只大海龟。这是“王赠送大酋长的礼物”。接到示意后，几个把拉瓦拉瓦[①]穿得像兜裆布一样短的年轻人将这些东西从成堆的食物中搬了出来。之间他们刚在堆积成山的食物前弯下腰，就以无可挑剔的速度将指定的物品如数挑出，又飞快将其整整齐齐地堆放在另一个地方。如此巧妙的手法！简直像是麦田里觅食的鸟群。

突然，九十来个缠着紫色腰带的壮汉出现在我们眼前。一停下脚步，就各自将手里提着的活雏鸡用力抛向高空。近百只鸡扑棱着翅膀掉落下来，被他们接住后再次抛回空中。来来回回重复了好几遍。喧闹声，欢呼声，鸡叫声……时而挥舞时而高高扬起的强健的古铜色手臂、手臂、手臂……这表演看起来倒是非常有趣，可到底有多少鸡被整死了呢！

在屋里和玛塔阿法结束了会谈，来到岸边一看，获赠的食物已经装在船上了。正要上船，一阵暴风雨来袭，只得重返玛塔阿法家。休息了半小时之后，五点再次出发。一行人照例分乘汽艇和独木舟。夜色降临在水面上，沿岸灯火通明。大家唱起歌来。没想到体壮如山的塔乌伊洛夫人的嗓音如此美妙。途中又遭遇暴风雨，母亲、贝尔、塔乌伊洛、我、海龟、猪、芋头、鲨鱼和葫芦，都被淋了个透。一路上，我们都泡在船底温乎乎的积水中。快九点时，终于抵达阿皮亚。今晚住宾馆。

① 萨摩亚传统服饰，由一块长方形布围在下身构成的长裙。

六月 ×× 日

用人们说后山的树丛中发现了尸骨，引起了一阵骚动，于是带大家去查看一番。确实是人类骸骨，但应该颇有年头了。对这岛上的成年人来说，这骨架似乎太小了点。因为被丢弃在丛林深处阴暗潮湿的草丛中，才一直未被人发现吧。我们在附近翻找了一圈，又发现了另外的头盖骨（这次只有个脑袋）。头盖骨上有个大弹孔，能塞下我的两根食指。将两个头盖骨摆在一起时，用人们联想到了一个带有些许浪漫色彩的解释——这位可怜的勇士在战场上取了敌人的首级（这是萨摩亚战士的最高荣誉），但自己也身负重伤，无法向同伴们炫耀。他爬到了这里，可也只能遗憾地抱着敌人的首级死去（如此说来，没准是发生在十五年前的拉乌佩帕和塔拉博乌之战？）。拉法埃勒他们马上动手把将骸骨安葬了。

傍晚六点左右，我们骑着马正要从后山下去时，看到前方的森林上空出现一团巨大的彩云，清晰地呈现出一个前额似独角仙的长鼻子男人的侧脸。脸颊部分是绝妙的桃红色、帽子（卡拉马库人的大帽子）、胡须、眉毛则是青灰色。这稚气的图案、鲜明的色彩、庞大的体积（简直大到无边无际），让我看呆了。看着看着，那张脸的表情变了，闭上了一只眼，收起了下颌。突然，那铅灰色的肩膀向前耸了耸，那张脸便消失不见了。

我望向别处的云，惊讶得屏住了呼吸。天边林立着壮观、明亮的巨大云柱。下至水平线，上达距天顶三十度以内的高空。这景象何等壮丽！

云柱下方宛若冰川的阴影，随着高度的上升，那黯淡的靛蓝色越来越浅，逐渐变为朦胧的乳白，呈现出奇妙的色彩渐变层次感。因夜幕即将降临，云柱背后的天空被染成一片厚重而深沉的蓝。天的尽头，流淌着蓝紫色的、妖冶的幽深光影。山丘已在落日余晖下成了剪影，而巨大的云层顶端依然亮如白昼，如火焰，似宝石，以无比瑰丽又不失温柔的光明照亮了整个世界。那是一种超乎想象的高度。从凡间的夜色中极目远眺，那洁净无瑕又辉煌壮美的庄严景象，绝非“惊艳”二字足以道尽其妙处。

云朵附近，一弯新月升起。月牙西侧尖角的正上方有一颗闪烁的星星，几乎和月亮一样明亮。凡间的森林逐渐没入黑暗，鸟儿们在林中举行大合唱，歌声高亢而尖锐。

八点左右再看时，月亮比之前更亮，而星星亮度不减，跑到了月亮下方。

七月 ×× 日

《戴维 · 巴尔福》的写作渐入佳境。

丘拉索号舰艇入港。和船长吉普森先生会餐。

坊间传言，罗伯特 · 路易斯 · 史蒂文森或将被驱逐出岛，英国领事已经向唐宁街提交请示。难道我的存在危害岛内治安了吗？我可不是什么伟大的政治人物。

八月 ×× 日

昨天又应玛塔阿法之邀前往马里埃。翻译是亨利（西梅雷）。

会谈中，玛塔阿法称呼我为“阿菲欧加”，吓了亨利一大跳。以前他都管我叫“斯斯加”（大概相当于“阁下”？），而“阿菲欧加”是对王族的称呼。在玛塔阿法家留宿一夜。

今天早餐后，观看了大灌奠式——将卡瓦酒浇洒在象征王位的古老石块上。这是一种连岛民们几乎都已经遗忘的楔形文字典礼。战士们个个身高六英尺五英寸，古铜色的肌肉发达，头顶的战盔上那些由老人白髯制成的穗子随风飘扬，脖子上悬挂着兽牙项链——正装的姿态威风凛凛，震慑感十足。

九月 × 日

出席了阿皮亚市妇女会主办的舞会。同行的还有芬妮、贝尔、劳埃德以及哈格德（赖德·哈格德的弟弟，一个豪爽的汉子）。舞会中途，大法官切达尔克兰茨出现了。自几个月前他莫名其妙地来访之后，这还是我们第一次见面。小憩之后，和他编成一组跳四方舞[①]。这奇特又可怕的四方舞！哈格德说这舞“像极了奔马跳跃”。我们这对公敌，各自被两位人高马大的尊贵夫人搂着，牵着手踢着腿，跳跃着旋转。那一刻，无论是大法官还是大作家，都威严扫地。

一周前，大法官买通了那位混血儿翻译，急不可耐地想挖出对我不利的证据；而我，今早刚给《泰晤士报》寄去了猛烈抨击他的第七封公开信。

此时此刻，我们对彼此笑脸相迎，除了“奔马跳跃”别无他念！

---

① 流行于 18 到 19 世纪法国的一种交谊舞。每组男女 2 ~ 4 人，形成方形跳舞。

九月 ×× 日

《戴维·巴尔福》终于完稿。同时，我这个作者也筋疲力尽。如果去看医生，肯定要听一番说教——此地的热带气候特性对“温带人有害”。我才不信这种鬼话。这一年来，我置身于烦琐的政治动荡中，持续劳心劳力，这样的生活，难道在挪威就能受得了吗？不管怎么说，身体已经达到疲劳的极限。对于《戴维·巴尔福》，我还算满意。

昨天下午派少年阿里克去城里办事，结果他深夜才缠着绷带神采奕奕地回来。说是自己和玛拉伊塔部落的少年们决斗，打伤了对方三四人。今天早上，他成了家里的英雄。他做了一把单弦胡琴，自己弹奏起了胜利的曲子，还跳起了舞。他兴高采烈时，真是一位美少年。想当初，他刚从新赫布里底斯来时，觉得家里的饭好吃，就一顿狂吃，把肚子撑得圆鼓鼓的，吃了不少苦头。

十月 × 日

从早上开始，胃疼得厉害。服用了十五滴鸦片酊。这两三天不工作。我的精神处于搁浅状态。

曾几何时，我也是一个光芒万丈的年轻人。那时，比起我的作品，所有朋友都更欣赏我的性格和才华横溢的谈吐。但是，人不可能永远都扮演爱丽儿[①]和浦克[②]。《维琴伯斯·普鲁斯

---

① 莎士比亚作品《暴风雨》中的精灵。

② 莎士比亚作品《仲夏夜之梦》中的精灵。

克集》[①]的思想和文风，如今已经成了我最厌恶的东西。实际上，自从上次在耶尔咯血后，我产生了看破红尘的感觉。我早已对一切不再抱有希望，如同一只死青蛙。对于任何事物，我都怀着一种平静的、绝望的心态去面对。如同去海边时，我总是带着确信自己会淹死的觉悟前去的。但这并不是自暴自弃。非但如此，恐怕我到死都不会失去快乐吧。这种深信不疑的绝望，甚至使我感到愉悦。那是一种近乎信念的东西，那些意识、勇气和快乐，足以支撑我走完今后的人生之路。我不需要快乐，不需要灵感。我自信，仅凭义务感就能好好坚持下去。那是一种以蝼蚁的心态，如夏蝉一般高歌不止的自信。

在集市里，在大街上，
我将太鼓敲得震天响，
我身着红衣奔赴远方，
头上的丝带随风飘扬。

为寻找召唤新的战士，
我将太鼓敲得震天响，
我向我的伙伴们许诺，
生之希望，死之勇气。

① 史蒂文森的散文集。

九

满十五岁后，写作成了史蒂文森的生活重心。自己就是为写作而生的——这个信念是何时、从何处冒出来的，连他自己都不知道。但不管怎样，他在十五六岁时便已经无法想象自己将来会从事作家以外的职业。

从那时起，他出门时总要在兜里揣一个小本子，练习将自己的所见所闻所感当场转化为文字；阅读时，将自己在书中读到的所有“金句好词”摘抄在小本子上。此外，他还热衷于仿写诸位大家的文风。读完一篇文章后，他会试着用不同作家——或是黑兹利特，或是罗斯金，或是托马斯 · 布朗——的文风来仿写，一个主题写出好几篇。在少年时代，他孜孜不倦坚持练习了多年。即将告别少年时代，尚未创作出小说前，他在表达技巧上已经拥有象棋高手对自己棋艺的那种自信了。继承了工程师血脉的他在面对自己的人生道路时，早已具备了技术专家般的傲骨。

他几乎本能地知道“自己并非自己所想的自己”。并且他也知道“即使头脑会犯错，天性也不会。天性选择的道路，即便乍一看像是错的，但最终会发现其实那才是对真我最忠实也最明智的道路”。“存在于我们内心深处却超出我们认知的东西，比我们自己更聪明”。就这样，在规划自己的人生之路时，他心无旁骛，全力以赴，以最忠实的态度在那条唯一的道路上砥砺奋进——“比我们自己更聪明”的东西所指引的那条唯一的道路。他将世俗的嘲讽与父母的哀叹置之不理，将这样的生活方式从少年时代坚持到了告别人世的那一瞬间。

他这个“肤浅者”“骗子”“好色之徒”“自负者”“贪得无厌的利己主义者”“令人作呕的伪君子”，唯独在写作这条道路上始终如苦行僧一般虔敬地修行，从未懈怠。他几乎没有一天不写作。写作早已融为他身体习惯的一部分。哪怕这二十年间，肺结核、神经痛、胃痛时时刻刻折磨着他的肉体，也未能改变他这个习惯。肺炎、坐骨神经痛与超急性细菌性结膜炎同时发作时，他眼睛蒙着绷带，保持静养的仰卧姿势，用微弱的声音口述《炸药党员》，让妻子记录下来。

他总是与死神肩并肩。当他用手帕捂住嘴咳嗽时，手帕上鲜少有不见红的时刻。只有在看破生死这件事上，这位尚不成熟又矫情做作的青年，有着得道高僧般的大彻大悟。平日里，他都会悄悄在兜里藏着要作为自己墓志铭的诗句——“长空繁星璀璨，让我静眠其下。生时怡然自乐，死亦含笑而去。”

比起自己的死，朋友的离世更令他害怕。对于自己的死，他早就习以为常。进一步说，他怀着一种与死神戏耍、与死神对赌的心态。在死神冰冷的手捕捉到自己之前，自己究竟能织就多少华美的“空想与辞藻的锦缎”呢？他将此视为一场极其豪奢的赌局。如同一个启程在即的旅人，在焦虑心态的驱使下，他全心全意地扑在写作上。就这样，他的确为后人留下了不少华美的“空想与辞藻的锦缎”——比如《欧拉拉》《丑陋的珍妮特》《巴伦特雷的少爷》。

“这些作品确实辞藻优美，富有魅力，但总体而言都是些没有深度的故事。说到底，史蒂文森不过是个通俗作家罢了”——许多人如此评价他。不过，史蒂文森的忠实读者也绝不会无言以对。有人说：“史蒂文森的守护天使（引导他走上作家这一命中注定之路）十分明智，知道他或许命不久矣，才让他舍弃了（无论是谁，四十岁以前恐怕都写不出杰作来）深入挖掘人性的近代小说之路，转而练习充满无穷魅力的奇妙故事结构及巧妙的叙述手法（这样的话，即便英年早逝，至少能留下些许佳作传世）。”也有人说：“正如一年中大部分时间都处于冬季的北国的植物，也会在转瞬即逝的春夏时节匆匆开花结果，这不也是大自然的鬼斧神工之一吗？”也许还有人会说：“俄、法各国最优秀、最有思想深度的短篇小说家，不也是与史蒂文森同岁，或是比他更年轻就与世长辞了吗？但他们并不像史蒂文森一般，总是被无休无止的病痛所折磨，被时日无多的预感所威胁。”

他曾说过，所谓小说，就是 circumstance① 之诗。比起事件来，他更喜欢由其引发的若干个场景的效果。自认为是传奇小说家的他（无论是有意识地还是下意识地）试图将自己的一生塑造成自己作品中最大的传奇（实际上，他在某种程度上算是成功了）。因此，作为主人公，他要求自己的生活氛围必须时刻与小说一样，充满诗意和浪漫色彩。作为氛围描写的大师，他不能容忍现实生活中的各个活动场景配不上自己的生花妙笔。这正是旁人眼中他那绝对难以接受的矫情（或者说是虚荣心）的本质所在。为什么非要疯疯癫癫地牵着驴子，在法国南部的深山里瞎转悠？明明是个良家子弟，为什么非要系着皱皱巴巴的领带，戴一顶系着长长的红缎带的旧帽子，装出一副浪子的架势？为什么非要得意扬扬地用令人作呕的论调谈论女性，说什么“洋娃娃虽美，里面塞的却是锯屑”？二十岁的史蒂文森，

① 英语。情节、事件的意思。

是一个矫揉造作的家伙，是个惹人嫌的无赖汉，不被爱丁堡上流人士待见。

自小在严厉的宗教氛围中成长起来的白净文弱的小少爷，突然为自己的纯洁感到羞耻，他半夜里溜出父亲的宅邸，流连于花街柳巷。但这个效法维庸[①]、卡萨诺瓦[②]的轻佻少年是有自知之明的——除了赌上羸弱的身体和短暂的生命，选择那条唯一的道路之外，自己别无获救之法。即使流连于灯红酒绿和莺莺燕燕间，他也能看到这条道路，总是那么辉煌灿烂，如同雅各[③]在沙漠中梦见的天梯一般，直抵遥远的星空。

十

一八九二年十一月 ×× 日

因为邮船出航的日子到了，贝尔和劳埃德昨天就去了城里。他们走后，易欧普开始脚疼，法阿乌玛（大块头拉法埃勒的妻子，她竟然又若无其事地回到了丈夫身边）肩膀上肿了个包，芬妮皮肤上开始出现黄斑。法阿乌玛的肿块恐怕是丹毒，业余的土方法似乎不管用。晚饭后骑马去了医生那里。月色朦胧，四下无风。山边雷声隆隆。我在森林中匆匆赶路，之前见过的

① 法国中世纪的抒情诗人，性情放浪，玩世不恭，曾因命案被判处绞刑，后遇赦。

② 18 世纪欧洲极富传奇色彩的意大利冒险家，也是著名的风流才子。

③《圣经》中人物，亚伯拉罕的孙子，以撒的儿子。后改名以色列，被视为以色列人的祖先。《圣经》记载，他在逃亡的途中梦见了天梯，并得到耶和华的指引。

那些菌类植物如蓝色小灯一般，星星点点地散落地面。跟医生约好明天前来出诊后，与他一起喝啤酒，谈论德国文学，直到九点钟。

昨天开始构思新作品。年代设定在一八一二年左右，地点设在拉姆玛穆阿的赫米斯顿附近以及爱丁堡。书名未定。《黑色地带》？《赫米斯顿的韦尔》？

十二月 ×× 日

房屋的扩建完工。

本年度的 year bill[①] 寄到了。大约四千英镑。今年估计能做到收支平衡吧。

夜里听到炮声，听说是英国军舰入港了。坊间传闻，我最近将被逮捕并押送到别处去。

卡斯尔出版社表示打算把《瓶中魔鬼》和《法雷萨的海滩》并入一册，以《海岛夜话》为名出版。这两篇作品风格差异太大，放一起不觉得别扭吗？我觉得再加上《怪声岛》和《荡妇》会更好。

芬妮表示不同意加《荡妇》。

一八九三年一月 × 日

持续低烧不退。胃功能衰弱问题也很严重。

《戴维 · 巴尔福》的校样尚未寄来。怎么回事？按说至少该排好一半了。

天气十分糟糕。雨。飞沫。雾。寒冷。

---

① 英语。年度账单的意思。

原以为可以结清的扩建费，只付得出一半。为什么家里花销这么大？平时生活也没多奢侈啊。每个月都和劳埃德绞尽脑汁，可是堵了这个窟窿，别处又冒出个新的缺口。好不容易到了能维持收支平衡的月份，必定会遇上英国军舰入港，又不得不设宴款待士官们。

有人说是因为家里用人太多了。其实正式雇用的用人并不多，可他们的亲戚朋友老来串门，所以我也搞不清究竟有多少人（但总不至于超过一百人吧）。但这也是没办法的事。我是族长，是维利马部落的酋长。大酋长不该揪着这种小事说长道短。再说了，其实不管土著有多少个，他们的伙食费都是可控的。家里的女用比一般的岛民漂亮得多，就有蠢货将维利马比作苏丹的后宫，说家里花销就是用在这上面了。这话分明是为了中伤我，但就算开玩笑也得有分寸吧。我这个苏丹不过是个苟延残喘的病秧子，哪来的精力绝伦。这些家伙把我比作堂吉诃德，比作哈伦·拉希德 1，比作这个比作那个。接下来没准就是圣保罗[①]或是卡利古拉[②]了吧。还有人说，我过个生日竟然请了一百多位客人，太奢侈了。我可不记得我邀请过那么多客人，不少人是不请自来的。人家既然是怀着对我（或至少是对于我家的饭菜）的善意而来，我又岂能将人家拒之门外？甚至有人说我不该邀请土著，那就更荒唐了。我可是宁愿不请白人也要请他们的。打从一开始，我就把这些费用都考虑在预算里了，本该

① 又译使徒保罗，基督教奠基人之一，通常被认为是除耶稣以外，整个基督教历史上最重要的人。其中，保罗书信构成了《新约圣经》中一半的内容。

② 全名盖乌斯·尤里乌斯·恺撒·奥古斯都·日耳曼尼库斯，罗马帝国第三任皇帝，被认为是古罗马帝国早期的典型暴君。

绰绰有余的。更何况，在这个岛上，想奢侈也奢侈不了。

总之，我去年拼命码字，靠写作挣了四千多英镑，但还是不够花。我想到了瓦尔特·司各特爵士①。晚年的司各特突然破产，接着失去了妻子，还不断受到债主的催逼，不得不像写作机器一般，炮制出一堆烂作。对他而言，只有进了坟墓，才能获得喘息的机会。打仗的传言又闹得沸沸扬扬的。波利尼西亚式的纷争真是拖泥带水，没完没了的。总是眼看着战火即将点燃，却又烧不起来；每当有点平息的迹象，却又冒出点火苗。这次也是茨茨伊拉西部的酋长间的小摩擦，应该成不了大事吧。

一月 ×× 日

流感猖獗。家里人几乎全中招了。我还额外伴随着咯血。

亨利（西梅雷）干起活来相当卖命。本来，即使地位再卑贱的萨摩亚人也不愿搬运污物，可是身为小酋长的亨利每天晚上都毫不犹豫地钻出蚊帐去倒便桶。现在大家都快痊愈了，他却成了最后一个染病的，正发着烧呢。最近我开始戏称他为戴维（巴尔福）②。

病中又开始创作新的作品。我口述，贝尔记录。写的是一个法国贵族在英国当俘虏的经历。主人公的名字叫安诺·德·桑特·伊瓦，我打算用这个名字的英文读法“森特·艾维斯”作为题目。拜托巴克斯特和柯文给我寄罗兰德森的《文章作法》和涉及一八一〇年代法国和苏格兰风俗习惯，特别是监狱情况

① 英国诗人、小说家。代表作有《威弗利》《清教徒》《艾凡赫》等。

② 前文提到的史蒂文森写的《戴维·巴尔福》中的主人公。

的参考书籍。《赫米斯顿的韦尔》和《森特·艾维斯》都需要这些资料。没有图书馆，和书店的交涉又费劲——这两点着实让人头大。不过，好处是这里没有被记者围追堵截的烦恼。

政务长官和大法官要辞职的谣言四起，而阿皮亚政府的不合理政策依然没有改变。为了强征税款，他们打算增派军队驱逐玛塔阿法。不论他们成功与否，只会加剧白人的不被待见，人心的动荡不安，以及岛上经济的凋敝。

我已经厌倦了参与政事。我甚至觉得，除了损毁人格以外，政治方面的成功不会带来任何好结果。……倒不是我对政治（本岛）不关心了。只是由于长期卧病咯血，分配给写作的时间本就受限，要是再让政治问题占用宝贵的时间，内心不免烦躁。可一想到可怜的玛塔阿法，又觉得无法坐视不理。只能给予精神上的援助，太没用了！不过，假如你拥有政治权力，又想做什么？让玛塔阿法当国王？可以。你觉得那样就能让萨摩亚千秋万代地存续下去吗？悲哀的文人啊，你真的相信这个吗？还是预见了萨摩亚即将衰亡的命运，对玛塔阿法倾注了伤感的同情而已？——而且是那种最白人式的同情？

柯文来信说，我的书信中总是充斥着“你的黑咖啡（黑人）和巧克力（棕色人）”。他担心我对“黑咖啡和巧克力”的关心占用了我过多的写作时间，我也不是不能理解他的心情。但是他（和其他在英国的朋友）终究无法理解我对“黑咖啡和巧克力”的那种宛如骨肉亲情般的感情。不仅如此，在其他方面也一样，四年不曾见面，我们置身于完全不同的环境中，他们和我之间是否出现了一道难以逾越的鸿沟？这个念头太可怕了。关系亲密的人长久分离，绝非好事。不见时牵肠挂肚，一见面却无奈地意识到彼此间的这道鸿沟。一想就觉得可怕，但或许这就是事实。人是会变的。每时每刻。我们到底是什么怪物啊！

二月 ×× 日 于悉尼

打算给自己放个假，花五个礼拜左右从奥克兰一路游玩到悉尼。可是同行的伊莎贝尔牙疼，芬妮感冒，而我自己也从感冒也发展成了肋膜炎。真想不通我们到底干什么来了。不过我仍然在悉尼的长老会总会和艺术俱乐部做了两场演讲。他们给我照相，为我做雕像。我走在街上，人们还会回头指指点点，窃窃私语我的名字。名声？真是奇怪的东西。我什么时候也成了自己曾经不屑一顾的所谓名士了？滑天下之大稽。在萨摩亚的土著眼中，我是住在豪华庄园里的白人酋长。对阿皮亚的白人们而言，我要么是政敌，要么是伙伴。那种状态要比现在健全得多。和这种温带地区幽灵般的褪色风景相比，我的维利马森林多么美丽！我那清风吹拂的家园多么辉煌！

拜访隐居在此地的新西兰之父——乔治·格雷先生。一向讨厌政治家的我想和他见面，是因为相信他是一个真正的人——对毛利族人倾注了最广博的仁爱之人。见面之后，发现他果真是名伟大的老者。他确实对土著了如指掌——甚至熟知他们微妙的生活情感。他设身处地地为毛利人着想。对于历任殖民地总督来说，他完全是个另类。他赋予毛利人与英国人同等的政治权力，允许他们选举土著议员，也因此得罪了白人移民，并不得不辞职。但是，他的这些努力没有白费，新西兰成了眼下最理想的殖民地。我和他谈了自己在萨摩亚做过的、想做的事情，表达了自己对政治自由的决心——虽然心有余而力不足，但今后也会为了土著的未来生活和幸福而竭尽全力。我的倾诉一一得到了老者的共鸣和鼓励。他说："千万不要绝望。在任何情况下，绝望都是无用功。我就是为数不多的活到足以参透这个真理的人之一。"我的精神状态好多了。看遍世间恶俗却不失高尚之心的人，值得尊敬。

即便是摘下一片树叶观察，也会发现这里的树叶和萨摩亚大不相同，少了油光发亮的艳绿，看起来色泽黯淡毫无生气。我想等肋膜炎一好，就回到那个空中永远闪耀着金绿色微粒光芒的海岛上去。文明世界的大都市让我感到窒息。噪音让人烦躁！金属碰撞发出的尖锐机械音，让人抓狂！

四月 × 日

自澳洲之行回来后，我和芬妮的病终于痊愈了。

今天早上神清气爽。天色如此美丽、深邃、生机勃勃。唯有远方太平洋的呢喃，打破了此刻的万籁俱寂。

就在我短途旅行和随之而来生病的这段时间，岛上政治局势骤然紧张起来。政府一方对玛塔阿法（或者说叛乱者）一方的挑衅态度越发明目张胆。听说他们要将土著持有的武器全部没收。如今政府一方的军备无疑是充实的。同一年前相比，形势明显对玛塔阿法不利。令人震惊的是，我拜访官员和酋长们后发现，竟然没有任何人认真地思考过其实应该避免战争的发生。白人官吏一心想利用战争扩大自己的支配权，而土著尤其是年轻人，一听“战争”二字就跃跃欲试。玛塔阿法出乎意料地平静，因为他并未意识到形势对自己不利。他和他的部下，似乎都将战争视为不受自己意志左右的一种自然现象。

拉乌佩帕国王拒绝我在他和玛塔阿法之间调停。当面交流时，他是个极为和蔼可亲的人，一不见面，马上就冷若冰霜了。显然，这不是他自己的意志。

除了袖手旁观，把战火不会轻易点燃的唯一希望寄托在波利尼西亚式的优柔寡断上，是否就别无他法了？拥有权力是好事——前提是一切都处于不滥用权力的理性支配之下。

在劳埃德的帮助下，《退潮》的创作缓慢进行中。

五月 × 日

苦心推敲《退潮》。花了三周，好不容易才写了二十四页。并且还要全部重写一遍（一想起司各特那可怕的写作速度，就没来由地烦躁起来）。首先，从作品的角度来看，这是一部无聊之作。以前的我明明很乐于阅读自己前一天所写的内容。

听说玛塔阿法一方的代表因为要和政府交涉，每天都来往于马里埃和阿皮亚之间，我就收留他们住到家里来，从这里出发，毕竟每天往返十四英里太辛苦了。但是，我也因此被公认为叛乱方的一员。寄给我的每一封信，都必须经过大法官的检查。

晚上，阅读勒南的《基督教起源史》。妙趣横生。

五月 ×× 日

邮船出航日到了，只勉强寄走了十五页《退潮》的手稿。我已经厌倦了这部作品。要不继续写史蒂文森家的历史吧？或者写《赫米斯顿的韦尔》？我对《退潮》完全不满意。就文章来说，文字的面纱过于厚重，我想要的是更直截了当的笔法。

收税官催缴新房的税金。去邮局，收到了六册《海岛夜话》，看到插图大吃一惊。原来插画师从没见识过南洋的风物。

六月 ×× 日

消化不良和吸烟过度，再加上赚不到钱的过度劳累，简直要把我折腾死了。《退潮》总算写了一百零一页。某个人物的性格把握不好，而且最近连遣词造句都变得吃力起来，真是不像话。写个句子要磨上半小时。哪怕把各种类似的句式罗列出来，也选不出一个满意的。傻乎乎地白费力气，什么都写不出来。简直是毫无价值的“蒸馏”。

今天一早开始就西风凛冽，雨夹着飞沫齐飞，寒气逼人。忽然，一种异常的（似乎又毫无根据的）感觉流遍了全身。我实实在在地打了个踉跄。于是，我终于找到了合理的解释。我明白了，自己又回到了苏格兰式的氛围、苏格兰式的精神和肉体状态之中。正是这种与平时的萨摩亚截然不同的冷冰冰、湿乎乎、灰蒙蒙的景色，不知不觉间将我变回了那种状态。

高地上的小屋，泥炭燃烧产生的浓烟，湿漉漉的衣服，威士忌酒，鳟鱼乱跳的湍急小河，就连瓦伊特林加的河水声，听起来也像是高原上的急流。自己为什么要背井离乡，漂泊到这个地方来？难道说带着满腔的热切向往来到这遥远的地方，就是为了思考这个问题吗？蓦地，一个毫不相干的奇妙的疑问涌上心头——至今为止，我在这片土地上留下了什么有意义的事吗？这很奇怪。我为什么想知道这个呢？过不了多久，我、英国、英语，还有我们子孙的尸骨，都将从人类的记忆中消失吧。然而，即便如此，人类还是会想将自己的模样印刻在别人心中，哪怕只是片刻也好。真是无聊的自我安慰。……

陷入如此晦暗的纷乱情绪中，也是过度劳累和《退潮》创作不顺的结果。

六月 ×× 日

《退潮》搁浅了，暂且丢在那儿，转而写完了《工程师一家》关于祖父的章节。

《退潮》莫非是我最糟糕的作品？

开始厌倦小说这种文学形式——至少是自己采用的这种方式。

医生来出诊，要求我休养一阵子。还要求我停笔，只进行一些轻松的户外运动。

十一

史蒂文森并不信任医生。医生只能帮他短期止痛。医生能诊断出患者肉体上的毛病（相较于一般人正常生理状态的异常之处），至于肉体上的毛病和患者精神生活的联系，以及如何评估肉体上的毛病在患者人生之路中的重要程度，他们是一窍不通的。只听医生一句话就改变一辈子的计划，那是多么令人唾弃的物质主义和肉体万能主义！

“不管怎么说，开始你的创作吧！即使医生无法保证你的余生是一年还是一个月，也要无畏地投身工作中去，然后，看看一周内取得的成果。值得我们赞美的有意义的劳作，并不仅限于已经完成的工作。”

然而，只要稍一过度操劳，病倒或是咯血就立刻找上门来，他对此也无计可施。不管他多想将医嘱当成耳边风，这都是绕不开的现实。不过奇怪的是，这个问题除了妨碍他创作这一实际上的不便之处外，他并未觉得自己的病弱有多不幸。甚至连咯血，他都能从中挖掘出 R. L. S. 式的特色，产生一丝满足感（？）。如果患上的是会导致脸又肿又丑的肾炎，或许他就会感到无比厌恶了吧。

就这样，如果年纪轻轻就不得不意识到自己也许阳寿不多时，脑海中自然会冒出一条轻松的人生之路，那就是当一名文艺爱好者。放弃呕心沥血的创作，找一份轻松的工作（因为他的父亲相当富有），把自己的知识才能和教养全用在鉴赏和精神享受上。那该是多么美妙、多么愉快的生活方式啊！事实上，就算是当个鉴赏家，他也自信不会堕入二流之列。但最终，某种命中注定的东西还是将他从这条快乐的人生之路上掳走了。准确来说，那是一种并非他自己的东西。那东西附身时，他就像坐在秋千上被高高荡起的孩子一样，只能恍恍惚惚地委身于这股势头。他就像浑身充满了电一般笔耕不辍。至于对这种行为是否会损耗生命的担忧，早已被遗忘到犄角旮旯里去了。就算养生，又能多活多久？就算多活几年，如果不走这条路，又有什么意思呢?

就这样，他在这条路上已经行走了二十年了。医生曾预言他活不过四十岁，而如今他已经多活了三年。

史蒂文森总会想起堂兄鲍勃。对二十来岁的史蒂文森而言，这位大三岁的堂兄是在思想和趣味上对自己产生了直接影响的老师。堂兄是个才华横溢、趣味高雅、学识渊博、深不可测的才子。但是他做了什么？他什么也没做。他如今定居巴黎，和二十年前一样，依然是一介文艺爱好者，什么都懂但什么都不去做。倒不是说他籍籍无名，而是他的精神还在原地踏步，从来不曾成长。

二十年前把史蒂文森从兴趣主义中拯救出来的恶魔是值得赞颂的。

儿童时代，史蒂文森最喜欢玩的是“一片（便士）无颜色，两片（便士）有颜色”的连环画剧。从玩具店买回来自己组装，自导自演《阿拉丁》《罗宾汉》《三根手指的杰克》。也许是受此影响，史蒂文森的创作总是始于一个个场景的构想。先是浮现出一个场景，接着浮现出符合该场景氛围的事件、人物性格。数十个连环画剧的舞台场景，伴随能将它们串起来的故事接二连三地出现在脑海中，将这些历历在目的场景依次描写出来，就愉快地完成了故事（即评论家口中“浅薄且无特色的 R. L. S. 氏的通俗小说”）的创作。别的创作方法——比如为了例证一个哲学观念而进行全文的谋篇布局，或是为了说明一种人物性格而虚构故事情节——是他完全想象不出来的。

对史蒂文森而言，在路旁偶遇的一个情景，仿佛在对他诉说一个尚未被人记录的故事。一张面孔，一个举止神态，同样是某个未知故事的开端。《仲夏夜之梦》中说，将那些无名无姓、无踪无迹之物明确表现出来的，就是诗人——如果把主角换成作家，那史蒂文森无疑是天生的故事作家。看到一个场景，就能在脑海中构建与其相符的情节。对他来说，这是与生俱来的和食欲一样强烈的本能。每次去科林顿的外祖父家时，他总是会构思适合那片森林、河流和水车的故事，让《威弗利》中的各个角色在那里大显身手——比如盖·玛纳林、罗布·罗伊、安德鲁·菲尔萨维斯。那个苍白羸弱的少年的癖好，至今依然没有消失。或者说，可怜的大小说家 R. L. S. 氏，除了这种幼稚的幻想之外，并不知道这世上还存在其他的创作冲动。如云层翻涌般的虚幻情景，如万花筒般的叠影乱舞——他将目之所见如实描绘出来（因此，剩下的只是技巧问题。而对技巧，他有足够的自信）。这就是他独一无二、快乐至极的创作方法。这方法并没有好坏之说。因为他并不知道别的方法。

“我可不管别人怎么说，我只会执着于自己的道路，专心创作自己的故事。人生苦短。人嘛，说白了，就是 Pulvis et Umbra[①]。何苦为了入那些牡蛎和蝙蝠的眼，辛辛苦苦写一些枯燥无趣、故作深刻、拾人牙慧的作品呢？我为自己而写。哪怕没有一个读者，只要自己这个最大的忠实读者还健在，我就会写下去。让你们看看可爱的 R. L. S. 氏的独断吧！”

其实，作品写完的那一瞬间，他就不再是作者，转而成了作品的热心读者，比任何人都更加热心的忠实读者。他全身心

① 拉丁语。意为“尘埃与影子”。

地沉浸在作品的阅读中，简直像一个普通读者在读某位（最喜欢的）作家的作品，并且对作品的情节和结局一无所知。然而，唯独这次写的《退潮》是个例外，耐着性子也读不下去。是自己文思枯竭了吗？还是身体的衰弱导致自信也减退了？他挣扎着，几乎是仅凭惯性，艰难地写着稿子。

十二

一八九三年六月二十四日

战争即将打响。

昨晚，拉乌佩帕国王蒙面骑马，慌慌张张从我家门前的路上经过，像是有什么要事。厨师说他看得真真切切的。

而玛塔阿法这边，据说每天早上一醒来，就会看到周围堆满了前一天晚上还没有的白人的新箱子（弹药箱）。至于箱子是哪儿来的，他也不知道。

武装士兵的行军和各酋长间的来往日渐频繁。

六月二十七日

去城里打听消息。众说纷纭。据说昨天深夜鼓声震天，人们抄起武器赶往穆里努乌，结果什么事都没有。眼下，阿皮亚市暂时太平。询问市参事官，对方表示无可奉告。

骑马从城里去西边的渡口，想看看玛塔阿法那一方各村落的情况。到瓦依姆斯一看，路旁家家户户都乱作一团，但还没有武装起来。过河，走了三百码，又是一条河。对岸树荫下有七名步哨，都扛着温彻斯特步枪。走近之后，他们既不动也不和我说话，只是用视线追着我。我饮了马，打了声招呼："塔洛法！"从他们身边走了过去。步哨队长也回了一声"塔洛法！"再往前的村子里挤满了武装士兵。有一栋住着中国商人的公馆。门口飘扬着中立旗。阳台上站着许多人朝外张望，其中有不少是女眷，还有人拿着枪。不仅是这些中国人，住在岛上的所有外国人都提心吊胆地护着自己的财产（据说大法官和政务长官从穆里努乌跑去蒂宝利宾馆避难了）。途中遇到一队荷枪实弹的土著民兵，精神抖擞地迎面走来。

到了瓦依姆斯，村子的广场上挤满了全副武装的汉子。会议室中也挤满了人，一个演说者站在门口，脸朝外，正大声演讲。每个人的脸上都洋溢着欢欣和兴奋。走到熟识的老酋长身边，发现他精神奕奕，生气勃勃，与上次见面时相比简直判若两人。我休息了一会儿，和他一起抽了会儿斯路易香烟。正打算出门回去时，进来一个男人。他脸上画着黑色脸谱，腰巾后方往上卷起，露出臀部的刺青，跳了一段奇妙的舞蹈，将小刀高高抛起，又稳稳接住。这是一场狂野的、梦幻的、活力四射的表演。以前也见过少年做这样的举动，也许这是某种战争的仪式？

回到家之后，那些紧张而幸福的面孔，依然盘旋在我脑海中。体内古老的野蛮人血脉觉醒了，如同种马一般亢奋不已。但是，我必须将这些骚乱置之度外，处变不惊。事到如今，我已无力回天了。也许对他们这些可怜的人来说，我不插手反而更有益。因为在战争的脓包破裂后，我们尚且能为善后工作尽绵薄之力。

百无一用是文人啊！我强行按捺住纷飞的思绪，怀着纳税般的心情继续写稿。脑海中闪过手持温彻斯特步枪的战士身影。战争确实是一种巨大的诱惑。

六月三十日

带芬妮和贝尔进城。在国际俱乐部吃午餐。饭后前往马里埃方向看看情况。不同于前几日，今天四处静悄悄的。空无一人的街道。空无一人的房间。也看不到枪支。回到阿皮亚，去公安委员会露个脸。晚餐后，顺道去舞会上玩了会儿，筋疲力尽地回家。在舞会上听人说，雷特努的酋长声称“是图西塔拉造成了这次纷争，他和他的家人必须受到惩罚”。

必须战胜那种跑出去参战的幼稚的诱惑。首先要保护的是自己的家。

阿皮亚的白人之间，恐慌情绪也在持续发酵。说是一旦出事就上军舰避难。眼下，港口停着两艘德国军舰。奥兰多号也会在近期入港。

七月四日

这两三天，政府一方的军队（土著民兵）陆续在阿皮亚集结。成群的小船满载古铜色皮肤的战士，乘风驶入港口。船头有人翻着跟头助威。战士们在船上发出奇特的呐喊，威慑感十足。鼓声纷乱。喇叭走调。

阿皮亚全市上下的红手绢已经售罄。红手绢缠头的是马里艾托亚（拉乌佩帕）军的统一服饰。满城尽是脸上勾着黑色脸谱，头缠红手绢的青年们。撑着欧式阳伞的少女和装束奇特的战士们结伴前行，那场景相当有趣。

七月八日

战争终于拉开帷幕。

晚餐后，有使者前来，说负伤者正被运往教会。和芬妮、劳埃德一起提着灯笼骑马赶过去。今夜寒意逼人，但星辰漫天。将灯笼放在塔依伽马诺诺，在星光下走完剩下的路。

无论是阿皮亚的街市还是我自己，都处于一种奇妙的亢奋状态中。我的亢奋是忧郁而残忍的，其他人的亢奋则是茫然或激愤的。

临时充当医院的是一座空荡荡的长方形建筑物，中间是手术台，十名伤员躺在各个角落，身边都围着陪护人员。身材娇小、戴着眼镜的护士拉珠小姐今天看上去很让人安心。德国军舰上的卫生兵也来了。

医生还没到。其中一个病人身体开始变凉了。那是一位相当出色的萨摩亚人，肤色黝黑，有种阿拉伯人式的雄鹰般的气质。七名亲人围着他，搓着他的手脚。他似乎被人射穿了肺部。已经有人火速去请德国军舰的军医了。

我也有我的任务。克拉克牧师表示，接下来一定会有负伤者源源不断地被送过来，他们想借公会堂收容伤员，我就在城里四处奔走（因为我最近刚加入公安委员会），把委员们叫起来召开紧急委员会。我们通过了提供公会堂的决议（有一人反对，但最后也被说服了）。同时也表决通过了本案的相关费用支付问题。

半夜，回到医院。医生已经来了。两名伤员生命垂危。其中一人腹部受了伤。他面部扭曲，一声不吭，早已不省人事，惨不忍睹。

刚才那位被射穿了肺部的酋长，躺在一面墙旁边，仿佛在等待最后的天使降临。亲人们支撑着他的手脚。大家都沉默着。突然，一个女人抱住濒死者的膝盖失声恸哭。哭声持续了五秒钟吧，随后再次陷入令人痛心的沉默。

两点多回家。综合街头巷尾的传言来看，战争似乎对玛塔阿法不利。

七月九日

战争的结局终于明朗了。

昨天，从阿皮亚向西进攻的拉乌佩帕军，正午时分遭遇了玛塔阿法的军队。不过滑稽的是，一开始非但没有打仗，两军将士甚至勾肩搭背，喝起了卡瓦酒，举行了盛大的联欢会。突然，无意间走火的一声枪响，让联欢变成了混战，一场真枪实弹的战争开始了。傍晚时分，玛塔阿法军队撤退到马里埃郊外的石壁处，防守了一整晚，到了今天早上，终于被击溃了。据说玛塔阿法烧了村子，走海路逃往了萨瓦伊岛。

长期以来，玛塔阿法就是岛上的精神领袖，对于他的没落，我竟不知道该说什么。如果这事发生在一年前，他肯定能轻松扫平拉乌佩帕和白人政府。如今，我许多棕色皮肤的朋友一定和玛塔阿法一起遭罪了。我为他们做了什么？今后又能做些什么？我真是个值得鄙视的气象观测者！

午饭后到城里去。到医院一看，乌尔（那位被射穿肺部的酋长）仍然不可思议地活着。那个腹部受伤的男人已经死了。

斩获的十一具首级被送到穆里努乌。令土著们大为惊恐的是，其中有一颗少女的头颅，而且是萨瓦伊某个村落的塔乌珀乌（代表全村的美少女）的头颅。对以南海骑士自居的萨摩亚人来说，这是不可原谅的暴行。听说唯独这具头颅被包裹在最上等的丝绸里，和一封恭恭敬敬的道歉信一起被火速送回了马里埃。少女无疑是在帮助父亲运送弹药时中弹的。有人说，她为了制作父亲头盔上的穗子，剪掉了自己的长发，剃了个男式发型，所以被错砍了脑袋。不过，以这种方式终结生命，完全配得上她的美貌！

只有玛塔阿法的外甥雷奥佩佩，是留着全尸被运回来的。拉乌佩帕在穆里努乌的大街上检阅，并发表了慰问演说，感谢部下们的英勇奋战。

第二次经过医院时，护士和看护兵都不见了，只剩下伤员的家属。伤员和陪护者都枕着木枕正在午睡。有个受了轻伤的英俊小伙子，两个陪护的年轻女子一左一右枕在他的枕头上。另一个角落里，躺着一名神情坚毅的伤员，孤零零地没人照顾。他的姿态远比前面那位英俊小伙子高尚，只是容貌并不养眼。长相上的细微差别竟然带来了如此悬殊的待遇差别！

七月十日

今天疲惫极了，动弹不得。

听说又有更多的首级被送往穆里努乌。要杜绝猎首风俗并非易事。他们会说："除此之外，还有什么方法可以证明人的勇武？"还有人会说："难道大卫打败歌利亚[①]时没有带回巨人的首

①《圣经》记载，巨人歌利亚带兵攻打以色列时，被大卫（日后的以色列王）用投石弹弓打到，并被割下了头颅。

级吗？”但是，唯独这次误砍少女头颅一事，他们似乎极为愧疚。

有传言说玛塔阿法被顺利迎上了萨瓦伊岛，还有传闻说他被拒绝登岛。不知道哪种说法是真的。如果萨瓦伊岛接纳了他，恐怕大规模战争还会继续下去吧。

七月十二日

没有确切的消息。只有流言四起。听说拉乌佩帕军向马诺诺进发了。

七月十三日

有确切消息说，玛塔阿法被逐出萨瓦伊，回到了马诺诺。

七月十七日

拜访了最近入港的卡托巴号军舰的比克福德船长。他说接到镇压玛塔阿法的命令，明早拂晓时分出航，直奔马诺诺。我请求船长在力所能及的范围内善待玛塔阿法。

但玛塔阿法会老老实实地投降吗？他和他的部下，会甘心解除武装吗？

我甚至没法向马诺诺寄一封鼓励的信。

十三

与德、英、美三国对战的玛塔阿法，已是残兵败将，战局大势已定。急赴马诺诺岛的比克福德船长下了最后通牒，敦促玛塔阿法在三小时内投降。玛塔阿法投降了。与此同时，马诺诺岛遭追击而至的拉乌佩帕军烧杀劫掠。玛塔阿法不仅被褫夺了称号，还被流放到遥远的亚鲁特岛，他手下的十三名酋长也分别被流放到不同的岛屿。支持叛乱者的村落被罚款六千六百英镑。被投入穆里努乌监狱的大小酋长多达二十七人。这就是这场战乱的最终结局。

史蒂文森为此积极奔走，但无济于事。流放者不得携带家眷，并且禁止与任何人通信。能前去探望的只有牧师。史蒂文森试图请天主教徒为玛塔阿法送信件和礼物，但遭到拒绝。玛塔阿法被隔绝在所有熟悉的人及熟悉的土地之外，在北方的低洼珊瑚岛上喝着咸水度日（萨摩亚拥有众多高山和溪流，萨摩亚人最讨厌的就是咸水）。

玛塔阿法到底何罪之有？按照萨摩亚自古以来的习俗，他有权理所当然地要求登上王位，他只是犯了谦虚礼让、耐心等候太久的罪。结果让敌人有机可乘，自己受到挑衅后被扣上叛乱分子的帽子。直到最后一刻仍然老老实实地向阿皮亚政府缴税的是他；采纳少数白人所主张的杜绝猎首论，率先让部下执行的也是他。包括白人在内，所有萨摩亚居民中（史蒂文森认为），他是最诚实之人。然而，要如何救助这个不幸的男人？史蒂文森觉得一筹莫展。玛塔阿法曾经如此信赖他。被切断了通信手段的玛塔阿法恐怕会大失所望，觉得史蒂文森不过是个嘴上说得好听，实际上什么都不做的家伙（和其他白人一样）吧？

阵亡者家中的女眷来到亲人战死的地方铺花席。蝴蝶等昆虫飞来，停落在花席上。驱赶一次，它们飞走了；又赶一次，再飞走。就这样，当它们第三次停落花席上时，就会被当作死者的亡魂。女人们小心翼翼地捉起虫子，带回家里供奉。这见者伤心的一幕在各处上演。另一方面，有传言说被投入监狱的酋长们每天都遭鞭打。每当耳闻目睹这些事，史蒂文森就会为自己是个一无用处的文人而倍感自责。于是，停了许久后，他又开始动笔给《泰晤士报》写公开信。除了身体的日渐虚弱和创作的不顺，如今又添了一份对自己，对世界的难以名状的愤怒，这愤怒一天天支配着他。

十四

一八九三年十一月 × 日

烦闷的早晨。风雨欲来，天上飘着巨大的云团，在海上投下巨大的蓝灰色影子。明明已是早上七点，仍然要亮着灯。

贝尔需要服用奎宁，劳埃德在闹肚子，我则姿态优雅地微微咯着血。

真是个令人不快的早晨。错综复杂的悲情哀思笼罩着我。事物本身所蕴藏的悲剧开始发作，将我封闭在无可救药的黑暗中。

生活并不总是啤酒和九柱游戏[①]。但我终究还是相信万物存在皆有其合理性。哪怕某天早上醒来发现自己即将堕入地狱，这个信念也不会改变。尽管如此，人生之路依旧艰辛难行。我

① 即保龄球。

不得不承认自己生活方式的失误，在结果面前悲哀而肃穆地叩首。……姑且如此吧，Il faut cultiver son jardin.[1] 这便是可怜的人类智慧的底牌。我重新回到自己那提不起兴致的创作上。又一次提笔开始写《赫米斯顿的韦尔》，又一次写不下去。《森特·艾维斯》也进展缓慢。

我知道自己正处于每个以脑力劳动为生的人不可避免的瓶颈期，所以并不感到绝望。但我的文学创作工作陷入了僵局，这是事实。对《森特·艾维斯》，我也毫无信心。那只是一篇没什么价值的小说。

一个念头忽然闪过。为什么年轻时没有选择一个更脚踏实地、平平凡凡的职业呢？若是进了那样的行业，遇到如今这样的低潮期，应该就能完美地渡过难关了吧。

我觉得，写作技巧抛弃了我，灵感也抛弃了我，甚至多年来通过英雄般的努力所形成的文风也丧失了。丧失了文风的作家是悲哀的。那些曾经下意识工作的不随意肌，如今却不得不动用意志才能调动起来。

另一方面，听说《沉船打捞队》销量不错，《卡特丽娜》（从《戴维·巴尔福》改名而来）销量平平。《沉船打捞队》那样的作品竟然能热销，真是讽刺。但总而言之，还是不要失望，耐心等它第二次萌芽吧。将来我的身体不太可能恢复健康，思维也不太可能活跃如初了。不过，换个角度思考，文学这玩意儿多少属于一种病态的分泌。照爱默生的说法，人的智慧，是通过希望的有无及多少来衡量的。因此，我决定不放

---

① 法语。意为“每人都该耕好自己的田地”。

弃希望。

但是，我无论如何都不觉得，作为艺术家的自己是个了不起的人物。我的能力边界太明显。一直以来，我只把自己当成老派的手艺人。那么眼下手艺怎么不行了呢？如今的我，已经沦为一无是处的累赘。原因只有两个——二十年间的辛苦劳作和顽固的疾病。这两者已经将牛奶中的奶油榨干了。……

下雨了。喧嚣的雨声从森林的另一侧快速逼近。突然，屋顶响起雨水敲打的巨响。潮湿的土地气息扑鼻而来。我感到神清气爽，仿佛此刻正置身高地。从窗户向外望去，骤雨化作水晶棒，击打着万物，激荡起磅礴的飞沫。风来了，送来一阵舒爽的凉意。骤雨转瞬即走，只留下在附近肆虐的声音，浩浩荡荡不绝于耳。一滴雨珠穿过日本式竹帘，溅到脸上。雨水如河流般顺着屋檐滑落，从我的窗前倾泻而下。爽快！这一切仿佛在回应着我内心的某些东西。究竟是什么呢？我也说不上来。是关于苏格兰沼泽地暴雨的古老记忆吗？

我走到阳台，听着雨水落下的声音。倾诉的欲望袭来。说些什么？一些暴雨般激烈的话，与我身份不符的话。比如，世界就是一个错误。为什么是一个错误？没什么特别的理由。因为我写不好作品。还因为听到了太多无聊又烦琐的事情。不过，在这些烦琐的重负中，最可怕的就是必须不停地挣钱这个永恒的重负。如果有一个地方能让我舒舒服服地躺着，两年不用写作那该多好！哪怕是个疯人院，我也不会不去的。

十一月 ×× 日

我的生日会因腹泻的缘故推迟了一周，于今天举行。十五头焖烤乳猪。一百磅牛肉。同等分量的猪肉。水果。柠檬汁的味道。咖啡的香气。波尔多红酒、果仁糖。楼上楼下到处都是鲜花、鲜花、鲜花。临时设了能拴六十四马的拴马场。来宾大约有一百五十人吧。如同海啸来袭一般，三点左右蜂拥而至，七点就一哄而散了。大酋长赛乌玛努将自己的一个称号送给我。

十一月 ×× 日

下山进阿皮亚，在城里雇了马车，和芬妮、贝尔、劳埃德一起堂而皇之地直奔监狱，给正在坐牢的玛塔阿法部下送去卡瓦酒和香烟。

在镀锌铁栅栏的包围下，我们与政治犯们以及监狱长乌尔姆布朗特共饮卡瓦酒。一名酋长喝卡瓦酒时，先伸长手臂将杯中的酒缓缓洒在地上，祈祷道：

“愿神明莅临这酒宴！这宴会多么美好！”只不过，我们送去的是一种叫斯比特·阿瓦的卡瓦酒，下等货而已。

最近用人们有些懒散（话虽如此，但比起一般的萨摩亚人，绝对算不上懒惰。“萨摩亚人一般只走不跑，只有维利马的用人是例外。”某白人说的这话让我倍感自豪）。我让塔洛洛当翻译，训斥了用人们，并宣布最偷懒的那人扣一半工资。那人老老实实地点头，难为情地笑了。我刚来时，要是给哪个用人降薪六先令，那人立马就辞职不干了。但如今他们似乎已经把我视为正儿八经的酋长了。被扣工资的是个叫提亚的老人，他是给用人们做萨摩亚料理的厨师。此人其实拥有堪称完美的堂堂仪表。那体格和容貌，一看就是典型的名震南太平洋的萨摩亚老战士。

可没想到，此人竟然是一个软硬不吃的老油条！

十二月 × 日

晴空万里，酷热难当。应狱中酋长们的邀请，下午在炎炎烈日下骑马赶了四英里半的路，去狱中赴宴。这应该是对前几天我探监的回礼吧？他们摘下自己的乌拉（将许多深红色种子串成的项链）挂在我脖子上，称我为“我们唯一的朋友”。作为一场狱中的宴会，算是相当自由和丰盛了。他们送了我十三张花席、三十把团扇、五头猪，一大堆鱼和更大的一堆芋头作为礼物。我推辞说实在拿不了这么多东西，他们表示：“不，你一定要载着这些东西回去，还要从拉乌佩帕国王的家门前经过。他肯定会嫉妒的。”据说挂在我脖子上的乌拉，也是拉乌佩帕垂涎已久之物。被囚禁的酋长们就是想恶心一下国王。我将堆成小山的礼物装上车，戴着红色项链，骑着马，就像马戏团的队伍一样，在阿皮亚城人群的惊叹中，不紧不慢地回去了。倒也路过了国王的家门前，不过他是否嫉妒就不得而知了。

十二月 × 日

难产的《退潮》终于完稿了。这是一部拙劣之作吗？

最近重读蒙田著作，读到《随笔集》的第二卷。在二十岁之前，我曾经为了学习文风而读过此书，正因为如此，如今重读时大为诧异。当年的我，到底从这本书中读懂了什么呢？

读过如此伟大的著作后，其他任何作家的作品看起来都如同孩子般幼稚，让人起不了阅读的欲望。这是事实。但即便如此，我仍然坚信小说是书籍中最好（或者说是最强有力）的类型。能依附在读者身上，夺其灵魂，化为其血肉，并被其完全吸收的，除了小说别无他物。其他的书，总会留下些未充分燃烧的残渣。眼下我在低潮中挣扎是一回事，我对这条道路感到无比自豪，又是另外一回事。

在土著和白人两边都不受待见，再加上得对持续不断的纷争负责，政务长官冯·皮尔扎哈终于引咎辞职了。大法官近期也会辞职，如今他的法庭已经关闭，只有口袋依旧敞开着，用来接收俸禄。听说他的后任已经内定为伊伊达。总之，在新政务长官上任前，这里照例实施英、美、德领事的三头政治。

阿阿纳有暴动的苗头。

十五

玛塔阿法被流放到亚鲁特后，土著的起义依然此起彼伏。

一八九三年末，前萨摩亚国王塔马塞塞的遗孤率托普阿族举兵造反。小塔马塞塞起义时声称要将国王和全体白人放逐到岛外（或歼灭），结果遭到拉乌佩帕国王麾下的萨瓦伊部进攻，在阿阿纳一败涂地。对叛军的惩罚是没收五十杆枪，征收拖欠的税款，命令其修筑二十英里道路，仅此而已。和此前对玛塔阿法的严惩相比，显得太不公平了。其实是由于其父塔马塞塞曾是德国人拥立的傀儡，而小塔马塞塞也得到了部分德国人的支持。史蒂文森再一次试图向各方发出徒劳的抗议。当然，他并非要求给小塔马塞塞施加重刑，而是要求给玛塔阿法减刑。后来，人们一听史蒂文森提起玛塔阿法的名字就开始冷嘲热讽。可即便如此，他还是认真严肃、不厌其烦地向本国的报纸和杂志揭露萨摩亚的现状。

在这次动乱中，猎首行为果然再次盛行。作为反对派的史蒂文森立刻提出了惩处猎首者的要求。在这场动乱爆发前，新任大法官伊伊达刚通过议会发布了猎首禁令，所以史蒂文森的要求是合理的。然而，处罚并未落到实处。对此，史蒂文森感到恼火。出乎意料的是，岛上的宗教人士竟然对猎首现象漠不关心，这更是让他怒火中烧。眼下，萨瓦伊族依然顽固地坚持猎首的陋习，而茨阿玛桑加族倒有所收敛，以割耳朵取代了砍头。以前，玛塔阿法几乎杜绝了手下将士的猎首行为。所以史蒂文森认为，只要努力，就一定能根除这一恶习。

现任大法官吸取了切达尔克兰茨下台的教训，正逐渐修复政府在白人和土著中的信誉。但小规模的暴动、土著之间的纷争和对白人的恐吓行为，在整个一八九四年从未中断过。

十六

一八九四年二月 × 日

昨晚，我照例独自一人在别院里工作。拉法埃勒提着灯笼和芬妮写的纸条过来了。纸条上写着：“屋外的树林中似有大量暴民聚集，速来。”我光着脚，带上手枪，和拉法埃勒一起下山去。途中遇到了上山来的芬妮，我们一起回到家中，在惊恐中彻夜未眠。

从塔依伽马诺诺方向传来的鼓声和呐喊声彻夜未停。遥远的山下街市沐浴在月光（月亮升得晚）下，似乎正在上演一出狂乱的闹剧。屋后的树林中确实埋伏着不少土著，不可思议的是，他们竟然毫无动静。然而，这种悄无声息反而更令人恐惧。月亮升起之前，停泊在港口的德国军舰上的探照灯在漆黑的夜空中来回扫射，发出苍白而粗壮的光柱，美不胜收。

我躺在床上，但颈部风湿病发作，翻来覆去睡不着。在我第九次试图入睡的时候，男仆的房间传来怪异的呻吟声。我捂着脖子，拿上手枪，去了男仆的房间。大家都还没睡，正在玩斯威匹（纸牌赌博）。原来是密西佛罗那个蠢蛋输了，故意发出夸张的呻吟声。

今早八点，伴随着阵阵鼓声，左边森林里冒出一队巡逻兵装扮的土著。右边那片通往瓦埃尔山的树林里也出现了一些士兵。他们汇合后向我们家走来。最多也就五十人吧。我拿出饼干和卡瓦酒招待了他们，这些人就安分地朝阿皮亚街道的方向去了。

真是荒唐的恐吓。即便是这样，领事们估计昨晚也彻夜难眠吧。

前几天进城时，一个眼生的土著交给我一个蓝信封，里面是一封正式信函。其实是恐吓信——白人不该和国王方的人扯上关系，也不应接收他们的礼物……他们大概也以为我背叛玛塔阿法了吧？

三月 × 日

《森特·艾维斯》的写作正在进行中，六个月前订购的参考书也终于寄到了。没想到一八一四年的犯人竟穿着如此奇特的制服，还每礼拜刮两次胡子！唉，又得重写了。

收到了梅瑞狄斯[1]郑重其事的来信。我感到十分荣幸。他的大作《比彻姆的一生》，至今仍是我在南太平洋最喜欢阅读的作品之一。

除了每天给少年奥斯汀讲述历史之外，最近还去当星期日学校的老师。虽说是受人之邀，一半是出于好玩才答应的，可现在就已经在用点心和奖赏吸引孩子们了，也不知道能持续多久。

查图温都斯书局来信说，根据巴克斯特和柯文的策划，准备出版我的全集。说是和司各特的四十八卷《威弗利小说集》一样，采用红色装帧，全二十卷，限量一千部，使用印有我名字首字母水印的特殊纸张。难道我已经成为生前就能出版如此豪华全集的作家了吗？内心多少有些疑虑，但朋友们的一番好意还是却之不恭。不过，浏览了一遍日录后发现，年轻时写的那些令人汗颜的随笔，是必须删掉的。

我不知道现在的人气（？）能持续到什么时候。我仍然不能相信大众。他们的判断是英明的还是愚蠢的？我不知道。不得不说，从混沌中甄别出《伊利亚特》和《埃涅阿斯纪》并流传至今的他们是明智的。但是哪怕说好听点，现实中的他们算得

① 英国维多利亚时代的小说家、诗人，代表作有《现代爱情》《利己主义者》《比彻姆的一生》等。

上明智吗？说实话，我并不信任他们。可照这么说，我究竟是为谁而写作呢？说到底，还是为了他们，为了让他们阅读我的作品。要说是仅仅为了他们中少数出类拔萃的人而写作，那分明是撒谎。如果只被少数评论家褒扬，而入不了大众的眼，那我显然是不幸的。我看不起他们，但又全身心地依附于他们。这种感觉像不像任性的儿子和他无知却宽容的父亲？

罗伯特·弗格森。罗伯特·彭斯[①]。罗伯特·路易斯·史蒂文森。弗格森预言了即将到来的伟大，彭斯成就了那份伟大，而我不过是拾人牙慧。苏格兰的三位罗伯特中，撇开伟大的彭斯不提，弗格森和我简直太像了。在青年时代的某段时间，我曾经沉迷于弗格森的诗（同时也深爱维庸[②]的诗）。他和我出生在同一个城市，同样体弱多病、自甘堕落，人见人厌、愁肠百结，最后（唯有这点与我不同）死在了疯人院。如今，他那些美丽的诗作几乎被人们遗忘殆尽，而才华远不及他的路易斯·史蒂文森好歹苟活人间，甚至要出版豪华的全集了。对比之下，真让人唏嘘。

五月 × 日

早上胃疼难当，服用了鸦片酊。因此频频感到喉咙干渴，手脚麻痹。身体部分功能紊乱，整个人陷入痴呆状态。

最近，阿皮亚的御用新闻周刊开始猛烈地抨击我，且措辞相当污秽。实际上，我已不再是政府的敌人了。我与新任政务

① 罗伯特·弗格森和罗伯特·彭斯都是苏格兰著名诗人。

② 法国中世纪诗人，代表作有《大遗言集》等。

长官舒米特以及现任大法官相处融洽，所以唆使报纸攻击我的一定是那群领事，因为我屡屡抨击他们的越权行为。今天的报道实在卑鄙无耻。一开始，我看到这些报道会火冒三丈，如今甚至引以为荣了。

“看吧！这就是我的地位。我不过是住在森林里的一介平民，他们竟然将我视为眼中钉肉中刺！看来我的权势够大了，大到他们必须每礼拜都宣扬我无权无势的地步！”

对我的攻击可不只来自城里，甚至有从大洋彼岸漂洋过海来的。身处如此偏僻的海岛，竟然还能听到评论家们的声音。说长论短者何其多！更何况，无论是赞扬者还是诋毁者，竟都是基于对作品的错误理解做出的评价，这使我非常郁闷。褒贬姑且不论，总之能够真正理解我作品的只有亨利·詹姆斯了（不过他是小说家，并不是评论家）。哪怕再优秀的个体，一旦身处某种氛围，会产生作为个体时无法想象的集体偏见——像我这样处于远离疯狂群体的地位时，就能充分理解这一点。岛上生活带来的收获之，是可以站在外围用不受拘束的眼光去看待欧洲文明。戈斯好像说过：“文学只存在于查令十字街周围三英里之内。萨摩亚或许是养生胜地，但似乎不适合创作。”就某种文学类型而言，可能确实如此。但这是一种多么狭隘的文学观啊！

粗略浏览了今天的邮船送来的杂志评论，对作品的指责大体基于两个立场：奉行人物性格或心理描写至上之人和喜欢极端写实之人。

有些作品号称是性格小说或心理小说。在我看来，那些作品太啰唆了！为什么非要絮絮叨叨地展示人物的性格，剖析人物的心理活动呢？难道性格和心理，不该只通过外在行为来呈现吗？至少有品位的作家都会这么做的吧。吃水浅的船会摇晃。就连冰山，也是隐没在水下的部分比露出水面部分庞大得多。那种宛若一眼能看到后台的舞台，连脚手架都没有拆除的建筑物一般的作品，恕我写不出来。越精巧的仪器，一眼看去就越简单，不是吗？

话说，我还听说左拉先生那种烦琐的写实主义正风靡西欧文坛。说是要将目之所见耳之所闻事无巨细地一一记录下来，以此描绘自然世界的真相。如此浅陋，引人发笑。文学即选择。作家之眼即甄选之眼。绝对地描写现实？谁能捕捉到全部的现实？现实是皮革，作品是靴子。靴子由皮革制成，但并非单纯的皮革。

我曾思考过“无情节小说”这种不可思议的玩意儿，但怎么也理解不了。难道是我脱离文坛太久，无法理解年轻人的语言了吗？在我个人来看，作品的“情节”乃至“故事”，重要程度堪比脊椎动物的脊椎。蔑视“小说中的事件”，不就是小孩子装大人时，故意摆出的姿态吗？我们来比较一下《克拉丽莎》[①]和《鲁滨逊漂流记》吧。大家肯定会说：“那还用问？前者是艺术品，后者则是通俗得不能再通俗的，幼稚的童话故事罢了。”好吧，事实也确实如此。我也绝对支持这个观点。只是，说这话的人真的有读过一遍《克拉丽莎》吗？《鲁滨逊漂流记》有

① 十八世纪英国小说家塞缪尔·理查森的长篇书信体小说。

读过五遍以上吗？我对此表示怀疑。

这是个非常复杂的问题。但是可以说，只有兼具真实性和趣味性的作品，才称得上真正的叙事诗。去听听莫扎特的音乐吧！

既然说到《鲁滨逊漂流记》，自然不得不提及我的《金银岛》。作品的价值姑且不论，我觉得不可思议的是，人们几乎都不相信我也是倾注全力才写出来的。我写那本书时，和写之后的《绑架》与《巴伦特雷的少爷》时一样认真。奇怪的是，在写那部小说的过程中，我竟然完全忘记了那是写给少年的读物。即便是现在，我也不讨厌那本少年读物——我的第一部长篇小说。世人并不理解，我就是个孩子。可认同我身上孩子般心性的人，又无法理解我同时还是个大人。

说到大人和孩子，还可以举一个例子——关于英国的拙劣小说和法国的精妙小说（法国人的小说怎么写得那么精妙呢？）。《包法利夫人》无疑是一部杰作，而《雾都孤儿》是多么孩子气的家庭小说！不过我又想：比起写出了面向大人的小说的福楼拜，还是留下了儿童故事的狄更斯更成熟吧。但这种想法也存在危险。这种意义上的大人，会不会最后什么都不写了？莎士比亚成长为查塔姆伯爵[①]，而查塔姆伯爵成长为籍籍无名的一介平民（？）。

人们用相同的语句来随心所欲地指称不同的事情，而同一件事情也会用各不相同的煞有介事的语句来表达，并乐此不疲地反复争论。脱离了文明社会之后，我对这种愚蠢的行径也看得越发透彻了。对于心理学、认知论尚未侵袭的这个偏远小岛

① 即威廉·皮特，十八世纪英国辉格党政治家。

上的图西塔拉而言，什么现实主义、浪漫主义，归根到底都是技巧问题，是吸引读者的不同方法而已。让读者理解并接受的是现实主义，让读者沉迷的则是浪漫主义。

七月 × 日

上个月染上的恶性感冒终于痊愈了。最近连着两三天去停泊在港口的丘拉索号舰艇上玩。今天一大早便进城，和劳埃德应邀去政务长官埃米尔 · 舒米特家用早餐。然后三人一起去丘拉索号舰艇，午餐也是在舰上解决的。晚上去冯克博士家参加啤酒晚会。劳埃德早早就回家了，我打算一个人住酒店，就聊到很迟。在我回酒店的路上，发生了一段奇妙的经历。很是有趣，就记录下来吧。

喝完啤酒后又喝了勃艮第葡萄酒，离开冯克博士家时酒劲也上来了，我已经酩酊大醉。我朝宾馆走去。走了四五十步时，尚有几分清醒，会提醒自己“醉了哦，小心点”。不知何时起就放松了，再往后就什么都不知道了。等我回过神来，发现自己倒在霉味扑鼻的地上，四周一片昏暗。带着泥土气息的暖风拂过我的脸颊。这时，我意识开始清醒，一个念头如同由远及近、越来越大的火球一般，击中了我——“这里是阿皮亚，不是爱丁堡。”事后回想起来也太不可思议了。当我躺在地上时，感觉自己似乎正置身于爱丁堡的街头。当那火球般的念头闪过，我内心一惊，似乎瞬间清醒过来了。但没过多久，意识再次朦胧起来。迷迷糊糊间，一幅奇妙的光景浮现在脑海中。

我走在街上，突然觉得肚子疼，急忙钻进路边一座高大建筑物的大门，想借用厕所。这时，正在打扫庭院的看门老人严厉地质问我："你想干什么？""没什么，只是想借用一下厕所。""啊，那请您自便。"说着，他狐疑地又瞟了我一眼，再次挥起了扫帚。真是个讨厌的家伙。什么叫"那请您自便"？……我记得很久很久以前，在什么地方——不是在爱丁堡，大概是在加利福尼亚的某个镇上——有过这样的实际经历，可是……

我猛地清醒过来。自己仍躺在地上，鼻子前立着一道黑黝黝的高墙。深夜的阿皮亚伸手不见五指，但这道高墙只往前延伸了二十码，前方似乎流泻出昏黄的灯光。我晃晃悠悠地站起身来，拾起掉在一旁的遮阳帽，扶着散发着难闻霉味儿的墙壁——或许就是这股霉味儿唤醒了我过去那怪异的记忆吧——朝着光亮走去。

不一会儿便走到墙的尽头。往对面一看，远处亮着一盏街灯，非常小，就像是用望远镜看到的一般，非常清晰。那条街道较宽，街道的一侧是刚才那堵墙壁的延伸，茂密的树枝从墙头探出身子，迎着下方照来的微光，在风中簌簌作响。不知为什么，我觉得只要沿着这条道往前走一段，左拐就能回到位于赫里欧特大街（位于爱丁堡的，我度过了少年时代的）的家。我似乎又一次忘记了这是阿皮亚，以为身处故乡街头呢。朝着光亮处走了一会儿，我突然清醒了，这次是真的清醒了。对，这里是阿皮亚啊。——于是，在昏暗的灯光下，我清晰地看到路上的白色尘埃和自己鞋子上的污垢。这里是阿皮亚市，我正走在从冯克博士家到宾馆的途中……这一刻，我总算完全恢复了意识。

感觉大脑组织似乎出现了裂缝。自己并不是只是因为醉酒而倒下的。

或许，将如此怪事细致地记录下来，这行为本身就带着几分病态了。

八月 × 日

医生禁止我动笔。完全停笔是做不到的，但最近每天早上都下地干活两三个小时。这样一来身体状态感觉更佳。如果栽培可可一天能赚十英镑，那文学创作这玩意儿交给别人做也未尝不可。

地里的收成有卷心菜、西红柿、芦笋、豌豆、橙子、菠萝、醋栗、球茎甘蓝、西番莲，等等。

《森特·艾维斯》虽然写得也不差，但终归是停滞不前了。最近在阅读欧姆的《印度斯坦史》，甚是有趣。书里用的是十八世纪风格的、忠实的非抒情式记述方式。

两三天前，停泊在港口的军舰突然奉命出动，沿海岸巡航，炮击亚托亚的叛军。前天上午，洛图阿努方向传来的炮声使人们大吃一惊。今天也能隐隐听到远处的炮声。

八月 × 日

瓦伊雷雷农场举办了野外赛马活动。因为身体状况良好，我也参加了比赛。骑马驰骋了十四英里有余，酣畅淋漓。这场赛马是对野蛮本能的宣泄，也是昔日欢欣的再现。我仿佛回到了十七岁。“所谓活着，就是感受欲望。”纵马疾驰在草原上时，我在马背上意气风发地想，“就是在一切事物上感受青春时期在女性身体上感受到的那种健康的诱惑。”

然而，白天的愉快在夜里让我付出了代价——极度的疲劳和肉体的痛苦。久违地度过了快乐的一天，之后遭受的“反作用力”让我的心情彻底黯淡下来。

曾经的我从不后悔自己做过的事情，倒是常常为没有做的事情后悔。自己没有选择的职业，自己不敢进行的（但确实有机会的）冒险，自己没有体验过的种种经历——一想到这些，贪心的我就会焦虑不安。但最近的我对于这种行为的纯粹欲望，正在逐渐消失。我甚至觉得，像今天白天这种简单的欢乐，恐怕不会再有第二次了。晚上回到卧室之后，因为太过疲劳，顽固的咳嗽便如同哮喘发作一般，剧烈地折磨着我，全身关节也阵阵作痛。因此，哪怕我不甘心，也不得不这么想。

是我活得太久了吗？我也曾一度想到过死亡。那是我为了追芬妮漂洋过海到加利福尼亚，在极度贫困与极度衰弱中，断绝了和朋友、亲人的一切联系，寄宿于旧金山的贫民窟，苦苦创作的时期。那时的我屡屡想到死亡。可是当时我尚未写出可作为自己人生纪念碑的作品。在写出那样的作品之前，我说什么也不能死。如果死了，就是对一直以来鼓励、支持自己的挚友们的忘恩负义（比起父母，我先想到的是朋友）。因此，我在食不果腹的日子里，咬紧牙关写出了《海岸孤亭》。

但是现在又如何呢？我不是已经完成了力所能及的事情了吗？姑且不论那些作品是否优秀到足以作为纪念碑，总之自己能写的东西不都已经写完了吗？还有什么理由在这顽固的咳嗽、哮喘、关节痛、咯血和疲劳中苟延残喘呢？自从疾病断绝了我对行动的渴望，我的人生就只剩下文学了。文学创作。既不是快乐也不是痛苦，只能是文学。因此，我的生活既无幸福，也无不幸。我就是一只蚕。我就像一只无论自己幸福与否都必须结茧的蚕，不同之处只是我用语言的丝织出了故事的茧。这只可怜的病蚕终于结完了一个茧。他的生存目的是否已经不复存在了？“不，有的。”一个朋友说，“就是蜕变。变成蛾，咬破茧，飞出来。”真精辟的比喻。可问题是，我的精神和肉体是否还留有破茧而出的力量？

十七

一八九四年九月 × 日

昨天，厨师塔洛洛说：“我岳父说明天要和其他几位酋长一起来拜访，有事要和您商议。”

他的岳父——老波埃，是玛塔阿法一方的政治犯，也是在狱中设卡瓦酒宴招待我们的酋长之一。他们终于在上个月底被释放了。波埃服刑期间，我也多方面给予关照：安排医生去狱中出诊，帮他办理保外就医的手续，回监狱后又为他支付了保释金。

今天早上，波埃和其他八位酋长一起来了。他们进了吸烟室，按照萨摩亚风俗围成一圈蹲下。他们中的代表开口道：

“我们在狱中时，承蒙图西塔拉的莫大帮助。现在我们终于获得了无条件释放。所以一出狱大家就商量着，想做些什么来表达对图西塔拉深情厚谊的谢意。不少酋长比我们早出狱，至今仍在为政府修路，因为那是他们得以释放的条件。鉴于此，我们一致决定，为图西塔拉家修一条路，作为我们真心实意的赠礼。请您一定要收下这份心意。”原来，他们打算修一条连接我家和公路的道路。

熟悉土著的人都不太会把这样的话当真，但我还是非常感激他们的提议。不过说实话，要是修路，我自己也不得不为支付工具费、伙食费、工钱（估计对方是不会收工钱的，但最后还是得以慰问老弱的方式给他们）掏一大笔钱。

但紧接着，他们又详细解释了这个计划：他们这些酋长，马上回到自己的部落召集本族的劳动力。一部分青年将自带小船来阿皮亚市住下，负责沿着海岸为干活的伙伴提供食物；只有工具希望能由维利马筹措，但他们绝不收受任何赠礼……这种非萨摩亚式的勤劳着实令人震惊。如果这个计划付诸行动，恐怕会成为岛上前所未闻的壮举吧。

我对他们表达了深深的谢意。我和他们的代表（我与此人并不太熟悉）面对面坐下。一开始寒暄时，他的表情是一本正经的，但说到图西塔拉是他们在狱中唯一的朋友时，他突然流露出烈焰般纯粹的热情。这并非我的自作多情。波利尼西亚人的面具——完全是白人无法破解的太平洋之谜——竟然会被摘得如此彻底，我还是第一次见到。

九月 × 日

天气晴好。他们一早就来了。个个都是体格强健、容貌淳朴的年轻人。他们马不停蹄地投入到新路的施工中去。老波埃兴致勃勃，仿佛因为这个计划而返老还童了。他在四处走来走去，不断说着玩笑话，似乎在向年轻人们炫耀自己是维利马家族的朋友。

对我来说，他们的冲动能否持续到道路竣工，完全不需要在意。他们制订了这个计划，并且已经着手这件萨摩亚史无前例的事——这就足够了。不妨思考一下，这可是道路施工——

萨摩亚人最厌恶的事情，也是这片土地上仅次于征税的叛乱原因——无论是金钱的利诱还是刑罚的威逼，都无法轻易促使他们去做的道路施工。

通过这件事，我觉得自己在萨摩亚至少做成了一件事，这是值得自我陶醉的。我很高兴，真的，像孩子一样高兴。

十八

到了十月，道路基本竣工了。就萨摩亚人来说，如此勤劳和神速简直令人震撼。期间也几乎没有发生在这种情况下常见的部落间的纷争。

史蒂文森打算举办一场纪念工程竣工的盛宴。他给岛上所有主人一一送了请柬，不管对方是白人还是土著。然而，令人惊讶的是，随着宴会日期的临近，白人以及部分与白人交好的土著的回信无一例外，都是谢绝函。他们将孩子般天真无邪的史蒂文森满心欢喜举办的宴会视为一种政治手段。换句话说，他们以为史蒂文森打算纠集叛徒，向政府表达新的敌意。几个平日子最亲近的朋友也纷纷表示不出席，且不说任何理由。来参加宴会的几乎只有土著。即使这样，宾客人数依然众多。

当天，史蒂文森用萨摩亚语发表了感谢演说。几天前他就写好了英文草稿，并请一位牧师翻译成了土著语。

他首先向八位酋长致以深厚的谢意，接着对公众说明了这个美好提议产生的背景和经过。他说，一开始，自己本想拒绝这个提议的。因为他深知，这个国家正在遭受贫困和饥饿的威胁，而且酋长们的家和部落由于主人长期不在，肯定有诸多事项需要整顿。但最后还是决定接受大家的美意，因为他觉得这项工程带来的影响比一千棵面包树还要有效。而且，接受如此美好的善意，使他感到了无与伦比的喜悦。

“各位酋长，看到你们为我付出的辛勤劳动，我的心中充满温暖。这不仅是因为感激，更因为看到了一种希望。我从中看到了一种为萨摩亚带来美好未来的承诺。我想说的是，你们作为勇敢的战士抵御外敌的时代已经结束，如今，能守护萨摩亚的方式只有一个——修筑道路、开垦果园、种植林木，再亲手将这些成果推销出去。总而言之，就是用自己的双手，开发利用祖国的丰富资源。如果你们不亲自做这些，那其他不同肤色的人就会来做了。

“诸位用自己所有拥有的东西做了什么？在萨瓦伊，在乌波鲁，在茨茨伊拉，你们任由猪猡们蹂躏，不是吗？猪猡们正为所欲为，烧毁你们的房屋、砍掉你们的果树，不是吗？他们不播种，却收割；不播种，却收获。可神是为了你们而在萨摩亚的土地上播撒了种子，赐予你们富饶的土地、美丽的太阳和充沛的雨水。请原谅我啰唆，你们如果不保护、不开发这一切，它们就会在不久的将来被人夺走。你们和你们的子孙后代，都会被驱逐到外面的黑暗之中，只能无助地哭泣。我不是危言耸听，我亲眼见到过这样的实例。”

接着，史蒂文森讲述了自己在爱尔兰、苏格兰高地以及夏威夷见过的土著如今的悲惨生活，并表示为了不重蹈他们的覆辙，如今正是发奋图强之时。

“我热爱萨摩亚，热爱萨摩亚人民。我发自内心地爱着这个岛，我已下定决心，这里是我有生之年的家园，死后安葬的墓地。所以，不要觉得我所说的只是信口开河的警告。

“眼下，一个巨大的危机正在逼近大家。是选择我前面所说的各民族那种命运，还是挣脱这种命运，让子孙后代在这片世代相传的土地上歌颂你们？最后的危机正在步步逼近。按照条约，土地委员会和大法官的任期即将结束。届时，土地会归还给你们，要如何利用这些土地，你们可以自由做主。到了那时，奸恶的白人就会伸出魔爪。手持土地测量器的家伙们，一定会来到你们的村落。考验各位的烈火已经点燃。就看你们到底是真金还是铅屑？

“真正的萨摩亚人必须闯过这个难关。该怎么做呢？不是涂个黑脸去战斗；不是放把火去烧房子；不是杀死猪猡割下敌人的头颅。这些行为只会使各位陷入更悲惨的境地。萨摩亚的真正救星，必须是开辟道路、种植果树、增加收成，也就是开发神所赐予的丰富资源之人。这样的人才是真正的勇者、真正的战士。各位酋长！你们为图西塔拉付出了辛勤的劳动，图西塔拉在此向你们表示由衷的感谢。可我希望你们能成为全体萨摩亚人的榜样。也就是说，如果我们岛上所有的酋长，所有的岛民都能竭尽全力，致力于道路的开拓、农场的经营、子弟的教育、资源的开发——这并不是出于对图西塔拉的热爱，而是为了自己的同胞、子弟，以及子孙后代——那该多好啊！

这场与其说是答谢，倒更像警告乃至说教的演说，取得了巨大的成功。事实上，演说并没有史蒂文森所担忧的那么难懂，大部分岛民似乎完全理解他的意思，这使他内心十分愉悦。

他高兴得像个少年，在褐色皮肤的朋友们中手舞足蹈。

新道路的旁边，立着一块刻有如下土语的标识牌：

感谢之路

为答谢在狱中呻吟的日子里
图西塔拉给予我们温暖的关心，
现特赠送此路。
我们所修之路，
永不泥泞，永不坍塌。

十九

一八九四年十月 × 日

听到我还在提起玛塔阿法的名字，人们（白人）就会露出怪异的表情，就好像听人谈起去年的戏剧似的。还有人会咧嘴坏笑，那是一种卑鄙的笑。不管怎么说，玛塔阿法事件也不该成为他们的笑柄吧。仅凭一介作家的四处奔走，并不能改变什么（一个小说家哪怕在讲述事实真相，人们也会以为他在编故事），必须要有某个有权有势之人施以援手才能成功。

J. F. 霍根先生在英国下议院会议上就萨摩亚问题提出了质问。因此我虽与他素未谋面，还是写了封信给他。报纸上说，他再三对萨摩亚的内乱提出质问，看来他十分关心这个问题。而从质问的内容来看，他对内情也相当清楚。在给这位议员的书信中，我反复阐述了对玛塔阿法的处刑失之过严的理由。尤其是与最近发动叛乱的小塔马塞塞的处罚相比，量刑标准太过偏颇。找不出任何罪状的玛塔阿法（他不过是受了挑衅而已）被流放到千里之外的孤岛上；而扬言要杀光岛内白人的小塔马塞塞只被没收了五十杆枪就完事了。怎么会有如此荒唐的事？如今除了天主教会的牧师以外，任何人都不得去探望身在亚鲁特的玛塔阿法，甚至连封信都寄不过去。最近，他的独生女儿贸然触犯禁令去了亚鲁特。一旦被发现，会被遣送回来的吧。

为了救助千里之外的玛塔阿法，我不得不调动数万里之外的国家舆论，真是荒谬。

如果玛塔阿法能重回萨摩亚，一定会成为神职人员吧。他受过这方面的教育，也拥有符合要求的人品。哪怕回萨摩亚无望，至少去斐济岛也行。这样的话，饮食和故乡无异，甚至可以奢望偶尔见个面，该有多好啊。

十月 × 日

《森特·艾维斯》即将完稿，突然起了继续写《赫米斯顿的韦尔》的兴致，于是又把它捡了起来。从前年开始动笔之后，数次提笔，又数次搁笔，这一次应该能大功告成吧。与其说这是自信，不如说这是一种预感。

十月 ×× 日

在这世上活得越久，我就越觉得自己像个走投无路的孩子。我无法习惯这个世界。这世上的一切——目之所见，耳之所闻，这样的繁衍方式，那样的成长过程，故作高雅的生活表面和卑劣疯狂的内在所形成鲜明的对比——无论年岁如何增长，我都无法对这些见怪不怪。我觉得，随着年龄的增长，自己变得越来越一无所有，越来越愚昧无知。小时候，人们总和我说："等你长大就懂了。"——但那无疑是一句谎言。我越来越不能理解这一切了。……这着实让我感到不安。但另一方面，正因为如此，我才没有失去对生活的好奇心，这也是事实。

这世上确实有不少老人，老是摆出一副"对我来说，已活过好几辈子了。我已经从人生中学不到任何东西了"的嘴脸。但到底哪位老人正在这世上活第二遍呢？不管他现在多么高龄，未来的生活肯定也是第一次经历吧？我（我虽然不是所谓的老人，但若以与死亡的距离长短来计算，我也绝不年轻了）蔑视并厌恶那些摆出一副大彻大悟模样的老人们。厌恶他们那毫无好奇心的眼神，尤其倚老卖老地言必称"现在的年轻人啊"——只不过在这颗行星上早出生了二三十年而已，就强迫人家尊重自己的意见。Quod curiositate cognoveruntsuperbia amiserunt.[①]——"他们因好奇而获得的东西，因傲慢而失去了。"我很欣慰，病痛并未怎么磨灭我的好奇心。

十一月 × 日

午后烈日下，我独自漫步在阿皮亚街道。白色的热浪自路面袅袅升起，晃得我睁不开眼。望向道路尽头，不见一个人影。道路右侧是绿油油的甘蔗田，高高低低地向北延伸。田野尽头

① 作者此处引用的为法文。

是深蓝色的太平洋，一边堆叠着云母粉般的细碎波纹，一边扬起圆形巨浪。摇曳着蓝色光焰的海面与琉璃色的天空相接之处，水蒸气夹着阳光洒下的金粉，熏染出一片朦胧的白色。道路左侧，巨型蕨类植物峡谷对面那耸立于耀眼而丰盈的绿意上方的，是塔法山的山顶吗？炫目的雾霭中露出一道高耸的紫罗兰色山脊。周围一片寂静。除了甘蔗叶沙沙的摩擦声，什么都听不到。我看着自己短小的影子，往前走去。走了很久。突然，奇妙的事情发生了。我问自己：你是谁？名字不过是个符号。你到底是什么人？在这热带的白色道路上投下瘦弱的影子，步履蹒跚独自前行的你，是什么人？如流水一般来到人间，终将如风一般离去的你，没有名字的你，是什么人？

此情此景，如同一个演员的灵魂出了窍，坐在观众席上，眺望着舞台上的自己。灵魂正在质问那个躯壳：“你是谁？”还直勾勾地打量着他。我不禁打了个冷战，感到头晕目眩，几乎要倒下去，强撑着到了附近土著的家中，休息了片刻。

我从未经历过这种虚脱的瞬间。对“自我意识”的疑问——在儿时曾一度困扰我的这个永恒的谜团，竟然在经过漫长的潜伏期后，突然以这种发作的形式卷土重来。

这意味着我的生命力已经衰退了吗？可我最近的身体情况比两三个月前好多了。虽然情绪有波动，可精神活力早已大有好转。眺望风景时，也能从强烈的色彩中再次感受到初见南洋时的魅力（不管是谁，只要在热带住上三四年，都会失去兴趣的）了。所以，不可能是生命力衰退的缘故。不过，自己近来变得容易亢奋，这倒是事实。每到这个时候，早已遗忘多年的某个身姿、情景，会像烤墨纸上的图画一般突然在脑海里复苏，就连色彩、气味、影子也都栩栩如生，简直令人毛骨悚然。

十一月 × 日

精神的异常亢奋和异常抑郁交替出现。严重的时候，一天反复多次。

昨天，骤雨过后的黄昏，我在山坡上骑马。突然心头一阵恍惚。眼底那一望无际的森林、山谷、岩石、随着陡峭的山坡延伸到海边的整片风景，在雨后初晴的落日余晖中鲜明地浮现出来。就连极远处的屋顶、窗子、树木，都像铜版画一样，轮廓清晰可见。不只是视觉。我觉得自己的所有感官都在瞬间活跃起来，某种超常的东西占据了我的灵魂。无论多么错综复杂的逻辑结构，多么微妙的心理变化，我都不会错过。我甚至感觉到了幸福。

昨晚，我的《赫米斯顿的韦尔》进展顺利。

但是，今天早上就遭到了严重的“报复”。隐约觉得胃部沉重，提不起精神。接着昨晚的内容写了四五页，我的笔就停了下来。行文不畅，我正托着腮帮子冥思苦想时，脑海中突然闪过一个悲惨男人的人生幻影。那人患上了严重的肺病，却自视甚高，顾影自怜，矫揉造作，爱慕虚荣，才疏学浅却装出艺术家派头，毫无节制地驱使着虚弱的身体，净写些只注重形式却无实际内容的拙作。在现实生活中，他因为幼稚的矫情每每招人嘲笑，在家里又遭受年长的妻子无休无止的压迫；最终的下场就是在遥远的南太平洋，泫然欲泣地思念着北方的故乡，凄惨地死去。

电光石火的瞬间，这个男人的一生如同一道光闪过，历历在目。胸口仿佛猛然遭到一记重击，我瘫倒在椅子上，直冒冷汗。

片刻之后，我缓过神来。应该是身体不适的缘故吧，我怎么会冒出如此愚蠢的想法？

但是，在评价自己这一生时，这抹阴翳竟无论如何都挥之不去。

Ne suis-je pas un faux accord
Dans la divine symphonie？
在神指挥的交响乐中
我不就是那根跑调的弦吗？

到了晚上八点，我完全振作了起来。重读《赫米斯顿的韦尔》已经写好的部分。不错。何止是不错！

今天早上一定是见鬼了！竟然说自己是个蹩脚作家？思想浅薄？毫无哲理？他们想说就随便说去吧。总之，文学是一种技术。懂几个概念就瞧不起我的家伙，只要真的读了我的作品，一定会二话不说就被它的魅力所吸引。我就是自己作品的忠实读者。哪怕在写作的过程中厌烦到了极点，觉得这些玩意儿毫无价值可言，但在第二天重新阅读的时候，一定会被自己的作品所迷倒。就像裁缝相信自己裁剪衣服的技术一样，我也该相信自己描写的技巧。放心吧！ R. L. S.！你怎么可能写出无趣的作品呢？

十一月 ×× 日

我在杂志上看到一个观点——真正的艺术（即便不是卢梭那种，也必须以某种形式）必是自我告白。真是说什么的人都有。炫耀自己的恋人，吹嘘自己的孩子（还有一种就是讲述昨晚做的梦）——这种事对当事人来说或许有趣，但对他人而言，还有比这更无聊、更愚蠢的吗?

追记——躺到床上，左思右想后觉得必须稍微修正前面的想法。因为我忽然想到，写不出自我告白，也许是一个人的致命缺陷。（同时对于作家而言，是否也是个致命的缺陷呢？也许对某些人来说这是极为简单，不言自明的问题，但对我来说，这个问题太难了）总而言之，我试着想象了一番，自己能不能写出《大卫・科波菲尔》呢？写不出来。为什么？因为我不像那个伟大而平庸的大作家那样，对自己的过去充满自信。比起那位单纯又简单的大作家，我所经历的苦恼要深刻得多，可我对自己的过去毫无自信（说起来，对现在也一样。振作起来，R. L. S.！）

幼年和少年时代的成长环境充满宗教气氛。这一点倒是值得大写特写，也确实写过了。青年时代的狂欢、与父亲的冲突，这些事情想写也可以写，甚至能深刻到足以博得各位评论家的欢心。婚姻状况，也不是不能写（虽然面对年老色衰的妻子，动起笔来无疑是一件苦差事）。不过，是否要写我一边下定决心和芬妮结婚，一边和其他女人说了什么、做了什么呢？当然，如果写了，或许能讨部分评论家的欢心，说什么“深刻无比的杰作问世了”。但是我不能写。很遗憾，我无法认同自己当时的生活方式和行为。我知道，肯定会有人说“无法认同是因为你的伦理观太浅薄，根本不像个艺术家”。他们想要洞察人性的复杂性，我也不是不理解这种想法（至少，如果这是他人之事）。但归根结底，我还是无法完全接受（我喜欢单纯、豁达。比起哈姆雷特，更喜欢堂吉诃德；比起堂吉诃德，更喜欢达达尼昂）。说我浅薄也好，怎么都行，我的伦理观（对我而言，伦理观即审美观）是无法认同这一点的。那么，当时为什么会做出那样的行径呢？我不知道。完全不知道。从前，我总是用“只有神才知道如何辩解”来糊弄过去。如今，我只能赤身裸体、匍匐在地、满身大汗地自白：“我不知道。”

那么，我真的爱过芬妮吗？这是个可怕的问题，太可怕了。我也不知道。我只知道自己和她结了婚，并搭伙过到了现在（说起来，爱到底是什么？由此开始的一切，我真的知道吗？我并不想追求定义，只是想知道，有没有能从自己的生活经验中直接得出的答案。啊，天下所有的读者！你们知道吗？在多部小说中描写过无数恋人的小说家罗伯特·路易斯·史蒂文森，活到四十岁了，居然连爱是什么都没弄清楚。但这也没什么好惊讶的。试把古往今来的所有大作家全都拉来，当面问问这个单纯至极的问题吧——爱，到底是什么？请他们从自己的感情经历收纳箱中直接找出答案。弥尔顿、司各特、斯威夫特、莫里哀、拉伯雷，甚至莎士比亚，一定都会暴露出不符合常识甚至不成熟的惊人一面）。

不过，关键的问题是作品和作者的生活之间存在差异。可悲的是，与作品相比，现实生活（人类）太低微了，就像熬汤后剩下的残渣一样。我就是自己作品的残渣吗？如今回想起来，迄今为止我脑子里只有写故事这个念头，甚至觉得为了这个目的而整合起来的生活很美好。当然，也不能说写作无法成就个人修行。确实，写作就是个人修行。但是比起写作，不是还有更加有益于个人修行的途径吗？（因为其他世界——行动的世界对病弱的我关上了大门。这种说法就是卑劣的遁词吧。哪怕终生卧病在床，我也依然有修炼的途径。当然，这样的病人所修得的成果，往往容易失之偏颇）

我是否在过于注重技巧的写作之路上陷得太深？我是在充分考虑了只顾着稀里糊涂地自我实现而不聚焦现实生活者（看看梭罗吧）的危险之后，才说这番话的。我忽然想起了以前非常讨厌、以后大概也不会喜欢（如今在身居南太平洋的我那贫乏的书库里，没有一本那人的作品）的那位魏玛公国的宰相[①]。那家伙至少不是作品高汤的残渣。哦，不，相反，他的作品才是残渣。啊！从我自己的情况来看，我那作为文学家的名声，尽管很不应该，已经远远超越了我人性的成熟（或者不成熟）程度。这是令人恐惧的危险。

想到这儿，莫名觉得不安。若要贯彻刚才的想法，那我之前所有的作品岂不都得毁了？这可真是一种令人绝望的惊恐啊。一直以来，“写作”这个独裁者主宰着我的生活，如今竟然出现了凌驾其上的另一种权威。

不过另一方面，遣词造句时奇妙的欢欣、描写中意的场景时难以自抑的喜悦早已融为我的习性，绝不会舍我而去。写作永远是我的生活重心，并且不会给我带来任何不便。然而——不，没什么可怕的。我有勇气。我必须无所畏惧地迎接自己身

① 即歌德。

上发生的变化。蚕蛹要变成翩翩起舞的蛾子，就必须无情地咬破自己从前织就的美丽蚕茧。

十一月 ×× 日

今天是邮船入港的日子，爱丁堡版全集的第一卷到了。对装帧、纸质等基本满意。

将收到的书信、杂志大致浏览一遍，深感自己与欧洲人之间的思想隔阂越来越大。要么是我太通俗（缺乏文学性），要么是他们的思想原本就太偏狭。我曾经嘲笑过那些学法律的家伙(可笑的是，我自己也拥有律师资质)。法律只在某个范围内具有权威性。即便精通其复杂的结构并为此沾沾自喜，也并不意味着具备普适的人性价值。说到这儿，我倒想对文学圈说同样的话。英国文学、法国文学、德国文学，往大了说，欧美文学乃至白人文学，看来也是划定这样的范围，将自己的喜好奉为神圣不可侵犯的原则，仅在无法通行于其他世界的特殊、狭隘的约束之下，自诩优越。而只有脱离了白人世界之人，才能认识到这一点。当然，这也并不限于文学。针对人与生活的评价，西欧文明也制定了某些特殊的标准，并以为那就是绝对普适的真理。只懂些狭隘评价标准的家伙，岂能理解太平洋土著的人格之美和生活之美呢?

十一月 ×× 日

游走于南太平洋诸岛之间的白人商贩，有极少数（大部分当然都是自私自利的奸诈商人）是如下两种类型。第一种人是完全没想过攒点小钱回故乡安度余生（像普通的南洋商贩那样），只是因为热爱南太平洋的风光、生活、气候、航海，不愿离开南太平洋，所以不愿停下手头的生意；第二种人同样热爱着南洋和放浪形骸的生活，却以相当偏激的方式，故意蔑视文明社会，也就是人还活着，尸骨却已曝露在南太平洋风雨中的虚无者。

今天在城里酒馆偶遇第二种人。那是个四十来岁的男人，在我隔壁桌独自饮酒（跷着二郎腿，不停地抖动着）。衣着寒酸，但面相棱角分明，散发知性的气息。那浑浊的双目布满了血丝，显然是喝了酒的缘故。皮肤粗糙，只有嘴唇鲜红欲滴的，看上去有些恶心。通过不到一小时的闲聊，我只弄清楚了一点——此人毕业于英国的一流大学，操着一口这座港口小城罕见的完美英语。他说自己是杂货商人，从汤加过来，准备乘下一班船去托克劳斯岛（当然，他并不知道我是谁）。他闭口不谈生意，只聊些白人带到各岛的恶性疾病。他说自己一无所有，没有妻子，没有孩子，没有家庭，没有健康，没有希望。我问了个愚蠢的问题：“您为何会过上这样的生活？”他表示：“也没什么像小说情节那样值得一提的原因啦。而且您说‘这样的生活’，相比于生而为人这件更特殊的事，我如今的生活也算不上多特殊吧？”他笑着干咳了几声。

真是难以反驳的虚无主义论调。回家睡下后，这个人言辞间那客客气气却无可救药的语调，仍萦绕在我耳畔。Strange are the ways of men.[①] 定居此地之前，我曾坐着纵帆船周游过列岛。期间也见过形形色色的人。

在别说白人，连土著都鲜少涉足的马克萨斯岛上，我就见

---

① 英语。意为“人各有活法”。

过一个特立独行的美国人。他在海岸后面自己搭了个小屋，独自一人（在大海、天空与椰子树之间，仅此一人）住下了，与一册彭斯和一册莎士比亚为伴（并无怨无悔地打算埋骨于此岛）。听说他曾是个造船工匠，年轻时读了介绍南太平洋的书后，难以抑制对这片热带海洋的憧憬，最终背井离乡来到这座岛定居。我停靠在那片海岸时，他还写了一首诗送我。

一个苏格兰人曾在太平洋诸岛中最神秘的复活节岛（岛上遍布着无数早已灭绝了的原住民所留下的巨大且怪异的石像）当过一阵子的尸体搬运工，后来又继续过起了在各岛间漂泊的日子。一天早上，他正在船上刮胡子，听到身后船长的喊声："喂！你怎么回事？你把耳朵剃掉了！"他这才反应过来，发现耳朵果然被剃掉了，而自己竟然没有察觉。他当即决定搬到癞病岛莫洛卡伊住，在那里无怨无悔地度过余生。当我探访那个被诅咒的小岛时，他十分欢快地给我讲述了自己的冒险经历。

不知道阿佩玛玛的独裁者特比诺克现在过得好吗？那个用遮阳帽代替王冠，穿着苏格兰短裙，扎着欧式绑腿的南洋古斯塔夫·阿道夫①非常喜欢稀罕物，竟然在他那位于赤道正下方的仓库里囤了许多暖炉。他将白人分成三类："稍微欺骗过我的家伙""欺骗过我不少的家伙"和"严重欺骗过我的家伙"。当我的帆船即将离开他的岛屿时，这位豪放朴实的独裁者差点落泪，为"一点也没欺骗过他"的我吟唱了诀别之歌。对了，他还是那岛上唯一的吟游诗人。

① 即古斯塔夫·阿道夫二世，瑞典国王、军事改革家，在其任内将瑞典打造成欧洲强国。

夏威夷的卡拉卡瓦国王，如今怎样了？那个聪明绝顶又多愁善感的卡拉卡瓦，是太平洋人种中唯一能与我平等地讨论麦克斯·缪勒[①]的人物。曾经梦想实现波利尼西亚大一统的他，如今目睹自己国家的衰亡，应该已经默默地放弃挣扎，埋头于赫伯特·斯宾塞[②]的世界了吧？

时至半夜，我睡意全无，侧耳倾听着远方的阵阵涛声。曾在蔚蓝的海流和怡人的信风间见过的各色人物的身影，一个接一个地浮现在眼前，无休无止。

诚然，人啊，无疑是用来编织梦幻的材料。可那一个个梦境是何等丰富多彩又是何等滑稽可笑，可悲可叹！

十一月 ×× 日

《赫米斯顿的韦尔》第八章完稿。

感觉这份工作终于走上正轨，我已经能清晰地把握角色特点了。在写作的过程中，自己也能感受到沉甸甸的厚重感。写《化身博士》和《绑架》时，虽然速度快得惊人，但写作过程中并没有确凿的自信。只是有预感，说不定能写成优秀的作品，同时也隐隐担忧，没准写出的是自嗨的可耻劣作。因为手中的笔并不受自己控制，仿佛被什么东西牵引着、追赶着似的。这次不一样。同样是游刃有余且进展神速，但这次我显然已经将作品中所有人物的缰绳牢牢握在手中。作品的好坏，自己心里是

---

① 英国宗教史家，梵语研究学者和语言学家。代表作有《宗教的起源和发展》《宗教学导论》等。

② 英国哲学家、社会学家、教育家，被誉为“社会达尔文主义之父”。代表作有《社会静力学》《心理学原理》《教育论》等。

有数的。这并不是一种源于兴奋的自我陶醉，而是通过冷静计算得出的结论。至少可以超越《卡特丽娜》吧。虽然还没写完，但这点是可以打包票的。岛上有句谚语：“是鲨鱼还是鲣鱼，看尾巴就知道了。”

十二月一日

天色未明。

我站在山丘上。

下了一夜的雨终于停了，但风势依然凶猛。

大斜坡从脚下延伸开去。远处，浮云飞快地掠过铅灰色的海面，向西奔去。云层断裂处，时不时露出拂晓前的鱼肚白，混沌地流淌在大海与田野上。天地尚未染上色彩。如同北欧的初冬，冷气袭人。

狂风带着湿气扑面而来。我倚靠在大王椰子树的树干上，才勉强站稳。一种类似不安和期待的感觉从心头一角冒出来。

昨夜也在阳台上待了许久，任凭狂风裹挟着雨粒冲刷全身。今天早晨，又这样迎着狂风而立。我渴望一头撞向某种激烈、凶残、暴风雨般的东西，借此来击溃某个禁锢自己的硬壳。与地水火风四大元素的强烈意志对抗，傲然屹立于这云、水、山之间，唯我独醒，该有多痛快啊！一种伟大的英雄气概渐渐萌芽。“O! Moments big as years.” ① “I die, I faint, I fail.” ②——我漫无目的地呼喊着这些诗句。我的声音被狂风撕

① 英语。英国诗人济慈的诗句，大意为：啊！瞬间胜过数年。

② 英语。英国诗人雪莱《哀歌》的诗句，大意为：我无可救药，我沉醉不醒，我一败涂地。

碎，飘散而去。原野、山丘、大海渐渐明亮起来。某种东西呼之欲出。欣喜的预感充斥着我的内心，一定会发生些什么，为我清除生活的残渣和杂质。

就这样，我站了足有一个小时吧。

终于，眼前的世界在瞬间变了模样。无色的世界忽然流光溢彩。原来，东面那凸起的岩石背后，在从这儿看不到的地方，太阳升起来了。多神奇的魔术啊！前一秒还是灰蒙蒙的世界，如今被染上鲜亮炫目的番红花色、硫黄色、玫瑰色、丁香色、朱红色、绿松石色、橙色、藏青色、紫罗兰色……一切都泛着锦缎般的光泽。飘着金色花粉的晨空、森林、岩石、山崖、草地、椰子树下的村庄、红色的可可壳堆等，多美啊！

望着眼下这瞬间出现的奇迹，我的内心无比畅快。正是此刻，我心中的暗夜已逃向远方。

我意气风发地回了屋。

二十

十二月三日早晨，史蒂文森像平常一样口述了三个小时《赫米斯顿的韦尔》，由伊莎贝尔记录。下午写了几封信。傍晚来到厨房，在准备晚餐的妻子身边，一边开玩笑一边拌沙拉。然后，去地窖取葡萄酒。当他拿着瓶子回到妻子身边时，突然大喊“头！头！”，酒瓶从手中滑落，他也倒在地上不省人事。

他马上被抬进卧室。请来了三名医生，但他再也没有恢复意识。

医生的诊断是“肺麻痹并发脑出血”。

第二天早上，维利马被前来吊唁的土著所赠的野花淹没。到处都是花、花、花。

劳埃德指挥两百名主动报名的土著，天还没亮就开工，开拓了一条通往瓦埃尔山顶的道路。那山顶，正是史蒂文森生前指定的埋骨之地。

在仿佛连风也一起逝去的下午两点，出殡了。强壮有力的萨摩亚青年们轮流接力，沿着森林中那条新开辟的道路，将棺木运往山顶。

四点，当着六十名萨摩亚人和十九名欧洲人的面，史蒂文森的遗体被葬入大地。

那是一片位于海拔一千三百英尺，在枸橼树和露兜树环拥下的山顶空地。

逝者生前为家人和用人们所作的一首祈祷曲，用来唱给了他自己。在闷热的空气中，枸橼树散发出呛鼻的浓郁香气。参加葬礼的人们静静地低头默哀。墓前摆满了洁白的百合，一只散发着天鹅绒般光泽的巨大黑色凤蝶在花瓣上歇息，静静地呼吸着……

一位老酋长布满古铜色皱纹的脸上泪水滚滚而下——南国人沉醉于生之欢愉，也因此对死心怀绝望的哀伤——他低声喃喃道：

“托法（安息吧）！图西塔拉。”

在章鱼树下

たこのきのしたで

不同于粮食和服饰，文学不需要代用品。

在章鱼树下

在南洋群岛的土著人中工作期间，我完全没有阅读大陆的报纸和杂志。所谓的文学仿佛也已淡出了我的记忆。期间，战争爆发了，我越发无暇思考文学。几个月后，我回到东京。让我手足无措的不仅是气候的差异，连周围的气氛都出现了翻天覆地的变化。看了书店门口那些堆积如山的书籍，着实让我大吃一惊。久违地阅读文学作品，感觉甚是有趣，但对我这患上了南洋痴呆症的粗糙大脑而言，却对那些内容略嫌精微，难以理解了。阅读作品之外的评论和感想文章时，这种感觉越发强烈了。原因似乎出在自己身上，比如完全欠缺对文坛现状的预备知识，对于理所当然需要掌握的术语和通用语言一窍不通，无论是心理还是逻辑上，我都变成了一个过于粗枝大叶的单纯之人……

总而言之，通过这些文章，我依稀琢磨出了文学从业者们眼下所聚焦的问题。反思自己，倒是吓了一跳。一直以来，自己待在章鱼树下，对时局和文学的想法多么天真！岂止是想法天真，简直是什么都没想！

我一直以为，战争是战争，文学是文学，二者风马牛不相及。当务之急是完成分派到自己头上的任务，根本无暇他顾。偶尔忙里偷闲动动笔，也未必带着创作文学作品的意识。我从未想过要在写作中加入时局色彩，更别提思考文学竟然可以为国家大计助力了。至少，我浑浑噩噩地从未想过文学可以像应用科学那样为战争做出贡献这样的问题，只是单纯地以为眼下应该忘掉文学，一心完成当前的工作，以一介国民的身份诚实地活下去。如果自己是文学者，在这过程中自然会产出作品。不过，即使写不出作品也无妨，眼下这些都不重要——我带着如此迷蒙的想法回到了东京，所以看到种种微妙而复杂的问题泛滥，当真大吃一惊。

此时此刻我才意识到，原来文学也能为战争助力。实在是愚蠢至极。然而，文学者通过学问和知识进行的文化启蒙活动能派上用场——文学者对解读经典，以及如何写作新闻报道都能大显身手。这些究竟是否算文学的功效呢？如果文学能发挥功效，那是否算是对如时下容易被忽视的我们精神外刚内柔——或者说是对勇往直前的外表下隐藏的回避思考的惰性——所发挥的一种防腐剂功效呢？想归想，但我还没有彻底道破这一点的勇气。

我觉得，期待文学者将此刻正在体会的感动马上原封不动地呈现在作品中，有些操之过急了。担心自己的作品缺乏时代格局意识而添油加醋地故意融入一些国家政策色彩，也有些贻笑大方了。

我虽有很多想法，但尚未发酵到文学的程度。旧题材总有些与时代格格不入，而新题材又因为种种原因如今并非下笔的好时机。所以，写不出便写不出，也无需勉强去写。（我又兜兜转转地回到了在南洋时的最初想法）放下作家的头衔，作为身处战争时期的一介国民，做好自己必要的实际工作，不就可以了嘛。

不少人主张，文学者的战场终究是在书房。那些至今依然充满创作热情之人，那些坚信自己的作品可以奉公报国之人，自然有足够的资格来宣扬这一点。但是，那些已经完全下不了笔之人，那些对自己的作品心有不安之人，则没有必要囿于眼下的文学作家身份，强逼自己窝在书房里奋笔疾书。在如今缺人之际，抛下纸笔从事些实际工作，或许对文学、对国家更有益处。（也许，作家们已经在各自从事着这样的工作，只是我不知道而已。若如此，我也无话可说。）

我这些粗浅的想法，似乎过于贬低文学了吗？不，我完全没有这种意思。恰恰相反，正因为我将文学置于高处，而无法容忍这世上存在代用品——不同于粮食和服饰，文学不需要代用品。写不出来就写不出来，只能等到“正品”出来的那一天。所以，不知不觉便说出了这番话来。

在章鱼树的岛上生活时，我可笑地将战争与文学划清了界限，那是因为“为现实尽绵薄之力的愿望”和“不愿把文学变成实用海报的心情”顽固且朴素地对抗着。哪怕已经从章鱼树的海岛回到这繁华国都，这一思维倾向也是无法轻易改变的。看来我的南洋痴呆症尚未康复吧。

译后记

捷克裔法国著名作家米兰·昆德拉曾说："小说，或者说文学，跟科学、哲学一样，是我们认识世界的另一种方式……小说家是提出疑问，而不是给出答案之人。"本书作者中岛敦是什么样的人？他提出了什么样的疑问，又能从哪里找到答案呢？从他的生平和作品文章中，我们也许能找到蛛丝马迹。

中岛敦，1909 年生于日本东京，1942 年因哮喘病离世，年仅 33 岁。他毕业于东京帝国大学（现东京大学）文学系，学贯中西，博览群书，善于将故事与人类的真实相结合，他的作品被誉为"用现代的感觉表达了对世界冷酷恶意的谦恭的恐惧"。

中岛敦短暂的一生饱受坎坷命运的折磨。不满周岁时父母离异，2 岁到 5 岁期间被寄养在父亲的老家琦玉县，6 岁起随再婚的父亲和继母生活，在整个小学期间几乎每两三年便要随父亲的工作异动而转学一次，甚至辗转到了朝鲜。中学期间虽未转学，周围的人和事却依旧频频变故：第一任继母产后不久便撒手人寰；自己因父亲的第二次婚姻和工作异动而再次过上寄人篱下的生活；第二任继母所生的三胞胎中的两位弟妹相继夭折……

整个少年时期不安定的生活使中岛敦缺失对所谓“故土”的眷念，而生母的缺席和继母的虐待，也使他从未体验过母爱的温暖。叛逆期的少年与父亲、继母的关系并不融洽，是一只黑猫抚慰了他那孤独敏感的内心。所幸，明珠并未蒙尘。小学和中学时期，生活上满地鸡毛的狼狈并未影响中岛敦的“学霸体质”。中学入学才一年，中岛敦便一边照顾同父异母的妹妹，一边熟读“四书五经”等大量汉学典籍，同时还保持着其他学科的优异成绩，最后提前一年中学毕业（当时的旧制中学一般为五年制）。

在小学四年级的一堂课上，老师提到了地球灭绝之类的话题，使中岛敦萌发了生命的虚无感，自此他开始思考周围事物的必然性和偶然性等问题。这类形而上学的不安感从此在他心底扎了根，滋养了日后写作的思想。

17 岁时，中岛敦终于回到了日本东京，进入第一高等学校学习，18 岁时因肋膜炎休学一年，21 岁考入东京大学文学系。大学期间，课余生活丰富多彩，他热衷于饱读东西方经典著作，同时参与社交活动，泡舞厅、打麻将、骑马、出国旅行，甚至定下了终身大事。

中岛敦的职业生涯也颇为坎坷。大学毕业时刚好赶上就业难。在叔叔的介绍下，24 岁的中岛敦参加了朝日新闻社的入职考试，却折戟于复试体检。最终还是走了祖父门生的门路，进了横滨高等女校当教员。在长子出生 7 个多月后，中岛敦与妻子结婚。在他 32 岁时，随着哮喘病情的恶化，他从横滨高等女校辞职。在朋友的帮助下，他以南洋厅内务部地方国语编修书记身份，前往南太平洋岛国帕劳。本想在异地疗养，却遭各种疾病侵扰，不得不于次年申请回国。33 岁时辞职并专职写作，同年 12 月与世长辞。

纵观中岛敦生命短暂、命运多舛的一生，以及其深厚的写作功底，不由得令人唏嘘。在父亲的熏陶和两位伯父的感化之下，中岛敦的汉学修养极为深厚，他善于从中国历史典籍中挖掘题材进行小说创作。毫无疑问，中岛敦是日本近代文坛极为出色的天才作家，其文笔之精湛与灵性，对复杂人性的精妙展现，都尽显“故事新编”的魅力，因此在日本被誉为此类中国元素“翻案”小说的代表作家。

阅读中岛敦的作品，能邂逅诸多耳熟能详的中国历史人物，中岛敦将他们放置在精心设置的、具有“现代性”思维的故事情节中，并在作品中投射了他强烈的个人思想，因此我们畅读故事的同时也能够一窥他独特的精神世界。

“自我”与现实激烈碰撞的怀疑主义

《山月记》是中岛敦最广为人知的代表作之一，发表于其去世前 10 个月，取材自中国的唐传奇《人虎传》。故事中年少成名的李征恃才傲物，始终不得志。在“怯懦的自尊心和自大的羞耻心”演化成的执念下，李征变成了虎。“担心自己并非珠玉，不敢刻苦磨炼，同时又自信我本为珠玉，不愿与瓦砾为伍。”这是李征的自白，何尝不是人人心中隐藏的不安、不甘、纠结、迷茫呢？《山月记》为何能成为日本高中国语课本中的常客，也就不难理解了。

《李陵》曾被视为中岛敦文学创作的最高峰。主要取材于《史记》《汉书》，以李陵和司马迁为主角平行叙述了两个悲剧故事。孤军深入抗击匈奴的汉朝大将李陵不幸被俘，远在长安的汉武帝听信谗言诛灭其族，在无奈与愤恨之下李陵成为匈奴降将。司马迁出于正义为李陵辩护而触怒天子，被处以腐刑。本已生无可恋的司马迁为了完成父亲的遗愿，选择苟且活命——余生只有编史一件事，司马迁“活成”了自己笔下的人物。

那段旷古绝今的历史家喻户晓，可是活在历史中的人物在面临两难困境时，他们的心境又是如何呢？中岛敦重新演绎了那段故事，使我们得以借助作者的想象，体会到那段两千多年以前的历史的“真实”温度；在文字勾勒出的悲怆故事之下，切身感受着人物内心的纠葛。读着读着，甚至会有瞬间的错愕，好似完全可以共情李陵和司马迁内心的矛盾与不安，“我只是广袤天地之间的一粒沙子而已，为什么要纠结汉人胡人之分呢？”“若非要说错了，只能说‘自我的存在’本身错了。”

《悟净出世》和《悟净叹异》均取材自中国古典小说《西游记》，也被中岛敦并称为《我的西游记》。他曾在给友人的信中表示，要将其写成“我的浮士德”。这两部作品展现了一个与我们所熟知的悟净截然不同的形象——哲思型妖怪。在中岛敦笔下，妖怪们认为“用文字来记录智慧，简直就像伸手去抓一缕轻烟而不破坏其形状一般，愚不可及。因此，谁要是懂文字，就会被视为出现生命力衰退的症状并遭到排斥”。流沙河底众妖中的另类——悟净便是如此。他患了“因果病”，凡事都要问“为什么”，遍访河底贤哲、医者、观星师，诚心求教。历经凶险万分的拜师路之后，在观世音菩萨的点化下，悟净等来了西天取经的玄奘法师。闹腾的取经路上，师徒四人的言行思想各有千秋，西游趣事中融入了深刻的哲学思辨，时不时在因情节发笑之际，忽然来一声当头棒喝，发人深思。

“杀死”师父或自己的弟子们

《弟子》从《论语》《史记》《孔子家语》《春秋左氏传》等汲取灵感，为拥有伟大人格的孔子和子路叙写了一段漫长的故事。为何率真鲁莽的子路愿意拜仅比自己年长九岁的孔子为师，还甘愿追随他踏上周游列国的漫漫之旅，不离不弃数十载？这期间又发生了什么，让行动派子路完成了自我的蜕变？中岛敦对典故的信手拈来让《论语》中的简短对话变得具象，且用妙笔替无数读者成就了一段对几千年前美好师徒之情的想象。在那个身不由己的时代，个人如何在时代的洪流中挣扎并坚守自我的信念？也许，我们能从子路身上体会些许中岛敦内心的呐喊。

与《弟子》因缘颇深的《盈虚》《牛人》两文基调则较为阴暗，均取材自《左传》，故事的舞台同为那个“弑君三十六、灭国五十二”的春秋时期。《盈虚》的主角是卫庄公蒯聩，本篇顺带补充了子路之死的前因后果；《牛人》则描写了鲁国权臣叔孙豹的离奇梦境和悲惨死法。短短的两篇文章，将人类面对权力时的贪婪和虚无的结局赤裸裸地摆在读者面前，展现了极具中岛敦个人特色的虚无主义色彩。

同样以师生情为主题的《名人传》取材于《列子》。不同于《山月记》中李征的“自尊”与“怯懦”，主人公纪昌拜师的目标十分明确——“成为天下第一”。他拜飞卫为师，学成之后又想当天下唯一，甚至欲除掉师父。面对“行凶”未果的纪昌，飞卫施巧技让纪昌另寻高人，而学成归来后从此不识弓箭为何物。上海美术电影制片厂曾将《名人传》改编成动画片《不射之射》，于 1988 年斩获上海国际动画电影节特别奖。

南太平洋风土人情背后的价值观

《南岛谭》由三篇短文构成，取材于中岛敦在南洋的见闻，短小精悍的篇幅和富有张力的情节，体现了南洋土著的价值观。其中《幸福》取材于《列子》，但把故事舞台搬到了南洋；《夫妇》源自同在南洋厅工作的朋友提供的素材。正如《鸡》中的“我”所言：“在这个一无所有的地方，倘若不住上十代，到底是没有办法理解他们的心情的。”对于土著的价值观，中岛敦采用的是“只叙事，不评判”的态度。而中岛敦自己的价值观，则袒露于《在章鱼木下》：“战争是战争，文学是文学。我确信它们是完全不同的东西。”

《光 · 风 · 梦》完稿于中岛敦去世前一年。故事的主角是英国作家罗伯特 · 路易斯 · 史蒂文森，他和中岛敦都是英年早逝的小说家，二人之间有太多的相似之处。他们同因呼吸性疾病而“总是与死神肩并肩”却从未放弃写作；青春期都曾“放浪形骸”地享受快意人生；也都在生命的晚期前往南太平洋的殖民地疗养，见证了殖民主义的黑暗；更巧合的是，中岛敦逝世之日，正是文中史蒂文森 48 年前的下葬之日。

也许是才子间的同病相怜和敬佩，中岛敦在史蒂文森的身体状况、精神气质、文学观上看到了自己，巧妙地借史蒂文森的生平经历和日记，来写自己的生活，吐露自己的心声："长空繁星璀璨，让我静眠其下。生时怡然自乐，死亦含笑而去。""自从疾病断绝了我对行动的渴望，我的人生就只剩下文学了。文学创作。既不是快乐也不是痛苦……我就是一只蚕……无论自己幸福与否都必须结茧的蚕，不同之处只是我用语言的丝织出了故事的茧。"

在取材自亚述传说的《文字祸》中，奉国王之命研究文字精灵是否存在的老博士（原型为天文占星学者），认为"文字乃祸害，侵蚀人类头脑，乃至麻痹其精神，可谓罪大恶极"，最后老博士却死在了记载着文字的数百枚泥板下。文中年轻的历史学家曾向老博士请教如何记述历史，"一旦文字精灵们捕捉到了某件事物，并将其化为文字形态呈现出来，该事物就已经获得不灭的生命"。中岛敦对文字、对历史的态度，由此可见。

正如中岛敦借史蒂文森之口骄傲地自白："我仍然坚信小说是书籍中最好（或者说是最强有力）的类型。能依附在读者身上，夺其灵魂，化为其血肉，并被其完全吸收的，除了小说别无他物。"我们不妨从书中细品那些散落在文中的思想珠玑，也不算辜负这阅读好时光了。

汤丽珍

2022 年 10 月